Edgar Rai
Ascona

Edgar RAI

ASCONA

Roman

PIPER

Mehr über unsere Autorinnen, Autoren und Bücher:
www.piper.de/literatur

Von Edgar Rai liegen im Piper Verlag vor:
Die Gottespartitur
Etwas bleibt immer
Halbschwergewicht
Im Licht der Zeit

Unser Versprechen für mehr Nachhaltigkeit
• Klimaneutrales Produkt
• FSC®-zertifiziertes Papier
• Hergestellt in Deutschland

FSC www.fsc.org
MIX
Papier aus verantwortungsvollen Quellen
FSC® C014496

ISBN 978-3-492-07068-3
2. Auflage 2021

Satz: Eberl & Kœsel Studio GmbH, Krugzell
Gesetzt aus der Weiß
Druck und Bindung: GGP Media GmbH
Printed in Germany

Prolog

Ruth stand vor dem Fenster und blickte hinab auf die Straße. Das trübe Licht der Laterne schimmerte zu ihr herauf. Draußen zehn Grad unter null. Seit Tagen war die Stadt erstarrt, es brachen die Rohre. Allein gestern war die Feuerwehr mehr als fünfzigmal ausgerückt. Die Heizung gab Geräusche von sich, als knacke jemand mit den Fingerknöcheln.

Erich tastete nach ihrer Bettseite. »Komm weg da.«

Als drohe ihr nackter Körper aus dem Fenster zu kippen und auf der Straße in tausend Scherben zu zerspringen.

Sie wandte ihm den Kopf zu, suchte nach seinem Umriss. »Du musst das Land verlassen, heute noch.«

Erich stützte sich auf die Ellbogen, die Matratze gab nach. Er wollte etwas erwidern, aber Ruth hatte diesen Ton, den sie manchmal hatte.

»Ich soll die Stadt verlassen?«

»Nicht die Stadt. Berlin zu verlassen reicht nicht. Du musst raus aus Deutschland.«

Erich schwieg.

»Seit Stunden schleicht die SA durch die Straßen.«

»Bei minus zehn Grad? Die müssen einem ja direkt leidtun.«

»Komm her und sieh es dir an, wenn du mir nicht glaubst.«

»Seit wann stehst du denn schon da?«

»Lange genug.«

Dieser Ton. Erich langte nach dem Morgenmantel.

Er spürte die Kälte durch das Glas dringen, ohne es zu berühren. Es hatte nicht geschneit, doch der Asphalt war mit einer glitzernden Schicht überzogen, in der die Autoreifen matte Spuren hinterließen.

Gegenüber dem Hotel hielt ein Wagen, zwei Männer traten aus dem Hauseingang, Atemwolken vor den Gesichtern, SA-Mützen auf den Köpfen. Da wurden Befehle erteilt, Order entgegengenommen. Die beiden Männer rissen ihre Arme empor, Heil Hitler, der Wagen setzte seinen Weg fort, die Männer verschwanden im Dunkel des Hauseingangs. Kurz darauf glühende Zigarettenspitzen und Rauchwolken, die in den Kegel der Straßenlaterne aufstiegen.

Der Wagen war inzwischen an der Duisburger angekommen, gleiches Spiel. Erich spürte die Bedrohung so deutlich, wie er Ruths Körper neben sich spürte. Er öffnete seinen Morgenmantel, legte ihr den Arm um die Schulter, wickelte sie mit ein.

»Was haben die vor? Einen Putsch?«

»Was immer es ist, Boni, du darfst nicht hier sein, wenn es passiert, nicht in Deutschland. Hitler hat die Macht vor Augen, jeden Tag, er muss nur auf seinen Balkon treten, dann blickt er hinüber auf die Reichskanzlei, in die er hineinwill, und zwar um jeden Preis. Und wenn er einmal drin ist, bist du der Erste, den sie sich vornehmen.«

Erich hätte sie gerne beschwichtigt, ihr versichert, dass ihre Sorgen übertrieben waren. Doch es gab nichts zu beschwichtigen.

Die Erinnerung an die Uraufführung von *Im Westen nichts Neues* versetzte ihm noch heute, zwei Jahre später, einen Stich. Kaum war der Film angelaufen, hatten Goebbels und sein Gefolge im Mozartsaal einen Tumult entfacht, der sich zu einer Saalschlacht auswuchs und von einem Sonderkommando der Polizei beendet werden musste.

Der eigentliche Skandal war, dass Goebbels es fertigbrachte, den Film eine Woche später wegen angeblicher »Schädigung des deutschen Ansehens im Ausland« von der Oberprüfstelle verbieten zu lassen.

»Hitler soll sich gestern spät noch im Wilden Eber mit Oskar von Hindenburg getroffen haben«, sagte Ruth.

An der Kreuzung Ecke Xantener tauchte eine Brigade auf, sammelte zwei SA-Männer ein, zog weiter.

»Wie die Ameisen«, sagte Erich.

Ruth wand sich aus dem Morgenmantel, ging hinüber zum Bett, schaltete die Nachttischlampe ein, zog den großen Koffer vom Schrank und wuchtete ihn aufs Bett. Erichs Hosen legte sie zuunterst.

»Aber wo soll ich denn hin?«

»Irgendwohin, wo du erst einmal bleiben kannst. Porto Ronco.«

»Ich soll *jetzt* nach Ascona aufbrechen?«

Ruth stützte sich mit beiden Händen auf dem Koffer ab, blickte Erich an. »Du musst raus hier, Boni. Sofort.«

Er sog den Geruch ein, den ihr Körper in seinen Morgenmantel geatmet hatte. »Aber es ist halb zwei, und da draußen sind minus zehn Grad.«

Nachdenklich nahm Ruth den dicken Kaschmirpullover, den sie eben erst in den Koffer gelegt hatte, wieder heraus.

»Der ist für die Fahrt«, entschied sie. »Und der Mantel mit dem hohen Kragen. Und dicke Wollsocken wirst du brauchen. Und bitte, Boni, steh nicht herum und sieh mich so an, sonst breche ich gleich in Tränen aus. Ja, das ist ein Abschied.«

»Dann komm mit.«

Ein romantischer Impuls.

»Tu das nicht, Boni. Bitte.«

»*Du* bist die Jüdin von uns beiden. Wer sagt dir, dass du nicht genauso in Gefahr bist wie ich?«

»Unsinn! Ich bin viel zu unbedeutend. Du bist der erfolgreichste deutsche Schriftsteller. Und Pazifist. Du hast zwei Romane geschrieben, die in mehr Sprachen übersetzt worden sind als Hitler aufzählen könnte. Goebbels wird dir genau eine Chance geben, die Seiten zu wechseln. Außerdem« – Ruth hielt einen Moment inne – »außerdem willst du nicht, dass ich mitkomme. Ich weiß, du möchtest es gerne wollen, und das … ehrt dich. Glaube ich. Aber im Grunde weißt du, dass ich dir spätestens nach einer Woche auf die Nerven fallen würde.«

»Ich bin nicht sicher, ob du recht hast«, Erich zögerte, »aber da du ja meistens besser über mich Bescheid weißt als ich, glaube ich dir mal.« Er blickte zum Tisch hinüber. *Pat*, sein neuer Roman, war frisch abgetippt. »Den wollte ich morgen in den Verlag bringen.«

»Gib ihn mir, und ich bringe ihn hin.«

Es gab niemanden, dem Erich blinder vertraute als Ruth. Aber *Pat* aus der Hand geben? Zwei Jahre tägliches Ringen, zwei Jahre Hoffen und Bangen, Trauer und Wiederauferstehen?

»Ich nehme ihn mit«, entschied er.

Ruth tat so, als mache es ihr nichts aus. Wenn sie eins gelernt hatte aus ihrer Zeit mit Erich, dann, dass sie nicht ermessen konnte, was seine Romane ihm bedeuteten, dieses In-die-Welt-Müssen.

»Tu das. Und vergiss die Schreibmaschine nicht.«

Die Hände am Lenkrad schlich Erich die Brandenburger hinunter. Der Koffer war verstaut, das fertige Manuskript lag auf dem Beifahrersitz, beschwert von der tragbaren Remington Modell 5. Er hatte den Mantelkragen aufgestellt und sein Gesicht bis auf die Augenpartie mit dem Schal umwickelt, den Jutta ihm zu Weihnachten geschenkt und den Erich für zu lang befunden hatte. Jetzt war er dankbar für jeden Zentimeter.

Er hätte den Kurfürstendamm nehmen können, doch ein warnendes Gefühl ließ ihn in die Gegenrichtung abbiegen. Albern, kindisch geradezu. Wie überhaupt diese – was war das hier, eine Flucht? Hysterisch. Was sollte ihm schon passieren? Und doch saß er hinter dem Steuer und stahl sich den vereisten Hohenzollerndamm hinunter aus der Stadt hinaus.

Auf der Kronprinzenallee kam ihm ein Verband aus drei Autos entgegen, in der Mitte eine schwere schwarze Limousine, ein Mercedes W07. Was hatte Ruth gesagt? Hitler habe sich am Abend noch nach Grunewald hinausfahren lassen? War er das, der da gerade an ihm vorbeifuhr?

Erich steuerte seinen Lancia an den Straßenrand, ließ den Motor laufen, streifte einen Handschuh ab und suchte in den Taschen seines Mantels nach dem Zigarettenetui. Er fand es, zündete sich eine an, inhalierte. Was konnte Hitler von Oskar von Hindenburg wollen, wo doch allgemein bekannt war, dass der Reichspräsident seinen Sohn für einen Taugenichts hielt? Erich rief sich Ruths Worte ins Gedächtnis: *Wenn er einmal drin ist, bist du der Erste, den sie sich vornehmen. Ja, das ist ein Abschied.* Nicht zu glauben.

Erich klemmte sich die Zigarette in den Mundwinkel, zog seinen Handschuh über und ließ die Kupplung kommen. Vor ihm lagen 1000 Kilometer.

Als er von Locarno kommend auf der schmalen Brücke die Maggia überquerte und seinen Wagen an den schneebedeckten Feldern vorbei zum vertrauten Campanile von San Pietro e Paolo hinabrollen ließ, lagen vierzehn Stunden Fahrt hinter ihm. Noch immer fühlte sich seine Flucht unwirklich an. Als wäre die Welt um ihn herum in Auflösung begriffen. Er brauchte dringend Menschen um sich, Stimmen. Sonst würde er sich noch selbst auflösen. Er kannte diesen Zustand, die Unfähigkeit, etwas anderes zu tun, als einen Punkt an der Wand anzustarren.

Erich passierte die Kirche, tauchte in die Gasse ein, die zur Piazza hinunterführte, stellte seinen Lancia an der Promenade ab und stieg aus dem Wagen. Seine Finger waren klamm, die Füße eisig. Vom See stieg Nebel auf, das Wasser wie Stein. Zwei Männer tippten im Vorbeigehen an ihre Fischermützen. Viele Dorfbewohner wussten nicht, wer er war, sein Auto aber kannten alle.

Er überquerte die Straße und steuerte die Via Borgo an, in der das Caffè Verbano lag. Ein doppelter Espresso, etwas zu essen, ein Glas Wein, einen Grappa. Im Verbano war man nie allein.

Mit aufgestelltem Kragen stapfte Erich die Straße hinauf. Über ihm hingen schwertlange Eiszapfen von den Dachvorsprüngen. Dann der vertraute Anblick der Bogenfenster, erleuchtet, warm.

Als er das Caffè betrat, kehrten ihm sämtliche Anwesenden den Rücken zu. Nicht einmal Fede, die für gewöhnlich jeden Gast wie einen alten Freund begrüßte, nahm Notiz von ihm. Alle lauschten dem Radioapparat, der auf der Theke stand und den Erich hier noch nie gesehen hatte. Eine blecherne Stimme war zu hören, Langwelle.

»Oh, mein Gott«, sagte jemand.

»Maria ci aiuti.«

Einen Moment lang nur Knistern im Radio. Als Fede, die noch nie etwas anderes ausgestrahlt hatte als Freude und Lebenslust, sich umdrehte, sah sie um Jahre gealtert aus.

Sie blickte auf ihre Hände. »Hitler ist Reichskanzler!«

I

1

Bis Erich die Tür der Casa Monte Tabor aufschloss, war es weit nach Mitternacht. In Berlin hatte es unterdessen den ersten Toten gegeben. Keine zwölf Stunden nach Hitlers Machtergreifung war der Mördersturm 33 durch die Wallstraße gezogen, auch minus zehn Grad hatten den berüchtigten SA-Trupp nicht abhalten können. Ein Polizist, der telefonisch Hilfe anfordern wollte, wurde von einer Kugel in der Brust getroffen und starb kurz darauf im Hildegard-Krankenhaus.

Erich war vom Verbano in die Nelly-Bar unten am See gewechselt, wo er ein riesiges Stück Fleisch verzehrt und sich von den Fettaugen der Soße hatte anstarren lassen, hatte sich die Wärme und die Stimmen im Lokal wie einen Mantel umgelegt und sein verschwommenes Spiegelbild in der Scheibe betrachtet. Jetzt stand er im Flur seiner Villa, das Manuskript von *Pat* unter dem Arm.

Stille. Abgestandene Luft. Ein Geschmack von Keller auf der Zunge, von schlecht gelagerten Kartoffeln, von Feuchtigkeit, die ins Mauerwerk dringt. Der Geruch war ihm vertraut. Es war der Geruch von Räumen, in denen man sich nicht zurechtfand, wenn man nachts erwachte, von Türen, die ins Ungewisse führten, einer Kindheit ohne festen Ort. Es würde Tage dauern, ehe er dem Haus die Kälte ausgetrieben hätte. Er musste den Kamin in Gang bringen. Feuer im Kamin hieß ja auch immer, sich niederlassen dürfen. Das steckte im Menschen seit Jahrtausenden.

Die in einer Weinkiste gestapelten Zeitungen waren feucht, das Papier wellig. Erst beim zweiten Versuch griffen die Flammen auf das Stückholz über und leckten lange genug an den Scheiten, um sie in Brand zu setzen. Erich fühlte sich wie ein Eindringling in den eigenen vier Wänden.

In der Linken eine Zigarette, in der Rechten den Glasaschenbecher, blickte er auf den See hinaus. Vereinzelte Lichter auf der anderen Seite, die Scheinwerfer eines Autos, das die Uferstraße entlangkroch.

Er spürte etwas von sich abfallen, ein Nachlassen. Sollte er am Ende froh darüber sein, Ruths Drängen nachgegeben und so überhastet seine Stadt und sein Land verlassen zu haben?

»Ich werde nie wieder jemanden so lieben wie dich.«

Zwei Jahre war es her, dass sie diese Worte zu ihm gesagt hatte. Eine Feststellung. Mit zweiundzwanzig. Wie konnte man so jung so gut über sich und seine Gefühle Bescheid wissen?

Und dann: »Ich werde mich scheiden lassen.«

Was sollte er dazu sagen? Die Affäre mit Ruth war aufregend und intensiv, zum einen, weil Ruth Ruth war, zum anderen, weil es eine Affäre war. Auch wollte Erich nicht die Schuld an einer zerstörten Ehe tragen. Andererseits hatte er selbst gerade die Scheidung von Jutta hinter sich. Viel verändert hatte sich dadurch nicht. Vielleicht waren Ehen generell überschätzt. Und Scheidungen eben auch.

»Ich kann nicht mit einem Mann verheiratet sein, den ich nicht so liebe wie dich«, hatte Ruth erklärt. »Und da ich keinen Mann so lieben kann wie dich, kann ich nur mit dir oder gar nicht verheiratet sein.«

Der Beginn ihrer Beziehung markierte zugleich den Beginn ihres Endes. Ruth war so leidenschaftlich wie fordernd, und je stärker sie auf Erich einzuwirken versuchte, je mehr sie einforderte, umso mehr entfernte er sich von ihr.

Vergangenen Sommer hatte er ihr einen ausufernden Brief geschrieben, hatte lange über dem Papier verharrt, eine ganze Flasche Wein getrunken, ein Opfer dargebracht, hatte den Brief erst mit Bleistift vor- und dann mit Füller abgeschrieben:

> *... vielleicht kann ich nicht lieben, ja, geh weg von mir, mach Dich los, ich tauge nicht für einen Menschen, der ungestüm und unbedenklich sich einsetzt und sich hineinwirft, ich bin halb, ich bin nie ganz da, ich bin zu wenig, ich nehme nur und gebe nichts ...*

Viel verändert hatte sich auch dadurch nicht.

Wo sie jetzt war? Erich versuchte sich zu erinnern. War sie am Abend in einer von Holländers Revuen aufgetreten, saß in diesem Moment mit ihren Kolleginnen bei Schwannecke zusammen und redete über Hitler, und dass er jetzt in der Reichskanzlei saß? Dachte sie an ihn, und spürte sie, dass er an sie dachte? Allmählich, wie ein Verdacht, breitete sich die Wärme im Kaminzimmer aus. Die Scheite zischten. Eine letzte Zigarette, dann würde er sich hinlegen.

Ruth war es auch gewesen, die ihm zum Kauf der Casa Monte Tabor geraten hatte. Genaugenommen hatte sie die Villa für ihn ausgesucht. Und natürlich war er ihrem Rat gefolgt. Bei der Frage nach der Einrichtung hatte er ihr gar nicht mehr hineinzureden gewagt, hatte dankbar alles ihr überlassen, die Möbel, die Teppiche, die Lampen. Sie war so viel sicherer in Geschmacksfragen. Er bewunderte ihre Weltläufigkeit, die Selbstverständlichkeit, mit der sie durch ihr Leben schritt.

Er selbst würde immer ein Hineingeworfener bleiben, trotz seines Erfolgs, seiner Villa, des Autos und der Kaschmirschals. So teuer konnten die Zigarren und der Wein nicht sein, dass die Thomas Manns und Bertolt Brechts dieser Welt ihn nicht dahinter erkannt hätten. Alles Staffage. Sie würden niemals aufhören, die Nase über ihn zu rümpfen, würden ihren Hochmut stets nur mit so viel Jovialität bemänteln, dass er dem genauen Beobachter nicht entging.

Die Schriftstellerei hätten sie ihm verziehen, den Erfolg niemals. Dreieinhalb Millionen Exemplare in 18 Monaten. Selbst sein zweiter Roman, *Der Weg zurück*, hatte alle anderen Veröffentlichungen des Jahres mühelos in den Schatten gestellt. Kästner, Feuchtwanger, Zweig, Werfel, Tucholsky, alle hatten vorletztes Jahr neue Romane ins Rennen geschickt. Mit *Der Weg zurück* konnte keiner von ihnen auch nur über die halbe Distanz mitgehen. Sechs Monate nach Erscheinen bereits in 25 Länder verkauft. Sie mussten ihn hassen.

Er öffnete die Tür, trat in die Nacht hinaus, auf die Terrasse über dem See. Kein Wind, kein Nebel, Atemwolken vor dem Gesicht. Die Berührung seiner Hand mit dem Geländer zog ihm die Wärme aus den Fingern. Bis nach Italien ging der Blick, die Grenze irgendwo im See, unsichtbar, eine Behauptung.

Der Erfolg war ihm nicht bekommen. Und ein besserer Mensch war er durch ihn auch nicht geworden. Luxus, mehr nicht. Ein schönes Haus, glänzende Jetons im Casino von Monte Carlo.

Das Manuskript von *Pat* lag neben der Remington auf dem Tisch. Damals, als Erich den Roman in Angriff genommen hatte, hatte er diese Sehnsucht schon einmal formuliert, in einem Brief an Emil Ludwig.

Ich möchte etwas Geschlossenes, Klares, Positives werden,
aber es ist schwer, und manchmal glaube ich, es sei zu spät.

Vielleicht war es noch nicht zu spät, jetzt, da er alles abgestreift hatte, womit er sich sonst so erfolgreich von sich und seiner Arbeit ablenkte. Er liebte seine Künstlereinsamkeit, doch sobald er sich in sie hineinbegab, krochen die Dämonen aus den Ecken. Aber nur dann war er gut. Er musste in Gefahr schweben, wenn er verstehen wollte, worum es ihm beim Schreiben wirklich ging. Vielleicht konnte ihm jetzt etwas Großes gelingen. Der See, die Schönheit. Während man in Deutschland den Verstand verlor.

Er drückte die Zigarette aus. Das Manuskript würde er ruhen lassen, ein paar Tage, eine Woche, sich in sich selbst einfinden, hoffentlich.

Mit der Wärme kam die Müdigkeit, schwer, dehnte sich aus. Erich legte genug Holz nach, um sicher zu sein, am Morgen noch Glut vorzufinden, zog die Schuhe aus. Den Mantel behielt er an. Den Koffer könnte er später aus dem Wagen holen, keine Eile jetzt. Danke, Ruth. Mach's gut. Und gib auf dich acht.

2

Emil Ludwig stand draußen auf der Terrasse, die Arme ausgebreitet, ehrlich empfundene Freude im Gesicht.

»*Da* sind Sie also!«, rief er. Als sei er seit Stunden auf der Suche nach ihm.

Erich kniff die Augen zusammen. Dem Stand der Sonne nach musste es gegen Mittag sein. Was war mit dem Vormittag geschehen? Auf dem Sofa liegend hatte er beobachtet, wie die Sonne dem Monte Gambarogno erst einen Heiligenschein aufgesetzt hatte, um kurz darauf über ihm aufzusteigen, doch die Stunden seither? Erich erinnerte sich, den Koffer aus dem Lancia geholt und am Fuß der Treppe abgestellt zu haben. Wo er noch stand, unangetastet, und den Weg ins Obergeschoss versperrte.

Die Freude über Emils Besuch überraschte Erich. Unangekündigt. Wo es doch neuerdings überall Telefon gab. Hier, in Ascona, waren sie Nachbarn. Vergewisserung, darum ging es. Für sich sein, immer gerne. Allein sein, immer schwierig.

Emil hatte zugelegt. Das Sakko spannte über dem Bauch. Es stand ihm überraschend gut, verlieh ihm Gravität.

»Lassen Sie mich raten«, sagte Erich, »Engler hat es Ihnen gesteckt.«

Engler war der Bäcker im Dorf, jeden Morgen um halb fünf auf den Beinen. Und über alles unterrichtet, was in Ascona vor sich ging.

»Es hätten ebenso gut der Fleischer oder der Friseur sein können«, erwiderte Emil. »Das halbe Dorf weiß, dass Sie wieder da sind. Aber so elend, wie mir berichtet wurde, sehen Sie gar nicht aus.«

»Tröstlich ... Kommen Sie herein.«

Emil spannte den Brustkorb: »Kommen Sie lieber heraus, das Wetter ist ein Geschenk!«

Erich setzte einen Fuß auf die Terrasse, blickte in den Himmel. Makellos, wie ein perfekter Gedanke.

»Ein Spaziergang«, überlegte er. Körperliche Bewegung an frischer Luft. Vielleicht würde es helfen, wogegen auch immer. »Kommen Sie wenigstens *kurz* herein. Ich ziehe mir schnell ein frisches Hemd an.«

Emil trat an ihm vorbei ins Kaminzimmer. Umständlich öffnete Erich den Koffer, zog ein Hemd und frische Unterwäsche heraus.

»Haben Sie es mit dem Rücken?«, fragte Emil.

Ludwig spielte auf den Koffer an. Warum sonst hätte Erich ihn hier unten stehen lassen sollen? Das Hemd in der Hand stieg Erich über ihn hinweg und die Treppe ins Obergeschoss hinauf.

»Irgendetwas in mir scheint noch nicht akzeptiert zu haben, dass ich jetzt hier sein soll«, rief er.

Als er kurz darauf wieder herunterkam, fand er Emil über sein Manuskript gebeugt, die Hände auf dem Rücken verschränkt. Die Deckenbalken knackten, das Haus erwachte langsam.

Emil warf ihm einen fragenden Blick zu.

»Abgeschlossen.« Den Krawattenknoten zur Hälfte gebunden, hielt Erich inne. »Dachte ich jedenfalls bis gestern.«

»Und was ist in der Zwischenzeit passiert?«

»In der Zwischenzeit …« Gute Frage. »Es scheint, als seien meine Gewissheiten irgendwo in den Bergen aus dem Wagen geweht worden.«

Sie gingen entlang der Via Moscia, Ascona im Blick, Schneezungen auf den Uferwiesen. Die Dächer leuchteten ihnen entgegen. Als hätte sich das Dorf ihretwegen den Sonntagsstaat angelegt.

Ludwigs Gang ruckelte ein wenig. Oft machten seine angriffslustige Art, sein wacher Geist und seine Schlagfertigkeit den Altersunterschied zwischen ihnen vergessen. Jetzt jedoch, da sie nebeneinanderher gingen, Emil mit diesem punktierten Rhythmus und den professoral auf dem Rücken verschränkten Händen, spürte Erich die siebzehn Jahre, die sie trennten, die vergangene Jugend.

»Sorgen Sie sich nicht zu sehr.« Emil missdeutete Erichs Schweigen als Besorgnis. »Der Spuk wird bald ein Ende haben.«

Ludwig meinte Hitler. Erich war in Gedanken bei Ruth und Jutta gewesen.

»Es ist gar nicht so sehr die Sorge«, erwiderte Erich. »Es ist ... Man kommt sich wie ein Betrogener vor.«

»Hitler wird nicht lange im Amt bleiben. Selbst die Verführungswilligsten werden bald einsehen, dass sie sich einen Kretin zum Führer erwählt haben.«

So hatte es Emil bereits vor Jahren in einem Artikel für die Sunday Times prophezeit. Darin hatte er den Wunsch formuliert, Hitler möge an die Macht kommen, damit seine Unfähigkeit endgültig und für jedermann sichtbar zutage treten müsse. Seither war Emil den Nazis verhasst wie nur wenige. Etwas, das die beiden miteinander gemein hatten.

Erich hatte Zweifel an Emils Einschätzung, behielt sie aber für sich. Für einen Streit mit seinem Kollegen fühlte er sich so früh am Tage noch nicht gewappnet. Emil glaubte an das Gute im Menschen, stoisch.

»Verzagtheit, mein Guter«, sagte er, »wird der Welt nicht von Nutzen sein. Sie sollten nicht zu überrascht sein über das, was in Berlin passiert. Bereits Goethe bekam Bauchschmerzen beim Gedanken an das deutsche Volk.«

Erich wusste, auf welches Zitat Emil anspielte: »›So achtbar im Einzelnen, so miserabel im Ganzen‹.«

»Es liegt in der Natur des Nationalsozialismus, dass er die Humanisten mit der größten Leidenschaft verachtet. Ich fürchte, unser Kampf beginnt gerade erst.«

Emil sah alles andere als besorgt aus angesichts der bevorstehenden Aufgabe.

»Ich soll ein Kämpfer sein«, erwiderte Erich, »gegen die Nazis?«

»Ich sehe nicht, dass Sie eine Wahl hätten. Ihre Romane sind zum Politikum geworden. Und wenn ich mich nicht sehr täusche, wird *Pat* ebenfalls zum Politikum werden, vermutlich noch vor seinem Erscheinen. Damit sind auch Sie zum Politikum geworden. Manchmal kann man sich seine Rolle nicht aussuchen.«

»Dann hätte ich vielleicht besser in Berlin bleiben sollen.«

»Das wird die Zukunft erweisen. Ich für meinen Teil bin froh, dass die Umstände Sie fürs Erste hierher verschlagen haben, an einen Ort relativer Sicherheit.«

»Sicherheit«, murrte Erich.

»Ich gebe zu«, erwiderte Ludwig, »sie wirkt sich nicht notwendig positiv auf den künstlerischen Schaffensprozess aus, aber ganz zu verachten ist sie auch nicht. Wir haben beide den Krieg erlebt. Morgens aufzustehen in der sicheren Annahme, dass man auch am Abend noch leben und über zwei Arme, zwei Beine und einen Kopf verfügen wird, ist ein beruhigender Komfort. Wenn man ununterbrochen nur mit Überleben beschäftigt ist, bleibt für anderes kein Platz.

Sie sind ein kreativer Geist, Erich, es arbeitet in Ihnen. Auch das sucht man sich nicht aus. Irgendetwas wird sich in Gang setzen, ich bin sicher. Und sollten Sie – so Gott will – in diesem Leben noch etwas Disziplin lernen, dann wird es seinen Ausdruck finden.«

Emil hatte leicht reden, um mangelnde Disziplin musste der sich nicht sorgen. Arbeiten, Schreiben … Das war sein natürlicher Zustand. Planvoll, zielgerichtet, ökonomisch,

Kapitän seines eigenen Schiffes, mit festem Kurs und unbeirrbarem Kompass.

Es hatte Abende gegeben, da hätte Erich ihn deswegen anschreien mögen: Wie können Sie sich so sicher sein! Das ist unverschämt! Und es hatte Abende gegeben, da hatte er es getan. Und sich tags darauf entschuldigt, kleinmütig. Hier, ich habe mir erlaubt, Ihnen einige meiner besten Zigarren mitzubringen. Es war einfältig, Emil ausgerechnet das vorzuwerfen, worum Erich ihn am meisten beneidete.

Sie hatten die ersten Häuser passiert, Ascona breitete sich vor ihnen aus: die Piazza, der Pier, die Baumreihe entlang der Promenade, der bescheidene Campanile mit seiner zarten Glocke. Das Dorf hatte mit einem Bildnis von Montagné mehr gemein als mit der Realität.

»Immer heraus damit.« Emil hatte längst gemerkt, dass Erich etwas beschäftigte.

»Ich frage mich«, überlegte Erich, »ob Sie mir auch so wohlgesinnt wären, wenn wir uns unter anderen Umständen kennengelernt hätten. Oder ob unsere – ich nenne es mal Freundschaft – vor allem der Situation geschuldet ist.«

»Aber natürlich wären wir auch unter anderen Umständen Freunde geworden!«

Erich schwieg. Die nächste Frage ergab sich von selbst.

»Wie ich da so sicher sein kann«, fuhr Emil fort, »wo wir doch so verschieden sind? Nun, die Antwort ist ganz einfach: Was einen Menschen ausmacht, sind nicht seine Prinzipien – die sind einfach nur quälend banal –, sondern seine Absichten. Seine Reinheit, wenn Sie so wollen.«

Erich verschluckte sich am Rauch seiner Zigarette. Reinheit? Er dachte an Ruth, an Jutta, seine Unfähigkeit, Liebe und Begehren auseinanderzuhalten – gut, das vermochten die wenigsten –, an sein Manuskript, die Selbstzweifel, bei allem, bei jedem dritten Wort, die fehlende Disziplin, die nie erreichten Ansprüche.

»Aber bei mir ist überhaupt nichts im Reinen!«

»Es geht doch nicht um den Istzustand.« Emil sprach mit ihm wie mit einem Kind. »Denken Sie an Homer, die Ilias. Hektor weiß, der Kampf, den er zu kämpfen hat, ist nicht zu gewinnen. Er kann Achilles nicht bezwingen. Und doch nimmt er ihn an.«

»Falsch verstandenes Ehrgefühl.«

»Manchmal sucht man sich seine Rolle nicht aus. Der Mensch ist nicht klug, Erich, war es nie. Die größten Geister haben den größten Unsinn verzapft. Und doch fühlen wir mit Hektor. Denn was uns wahren Respekt einflößt, was uns wirklich für einen Menschen einnimmt, ist sein Streben. Seit Geschichten in unsere Welt gekommen sind, werden Helden zu Helden durch das, was sie zu sein *versuchen*, nicht durch das, was sie bereits *sind*.«

Erich blieb stehen, drehte seine Handflächen gen Himmel. »Ich bin ein Held!«

Emil zupfte sich einen Tabakkrümel von der Lippe: »Ich war zuversichtlich, Sie würden von selbst darauf kommen.«

3

Rosenmontag in Ascona. Eine Handvoll junger Männer war nach Locarno hinübergefahren, das als Kurort etwas mehr Zerstreuung bot, und hatte dort Ausgelassenheit demonstriert. Im Dorf jedoch war es wie immer ruhig geblieben.

In München und Köln waren derweil wilde Feste im Gange, Kehrausstimmung, ehe am Aschermittwoch der Alltag wieder Einzug hielt. Menschen in aufwendigen Kostümen drehten sich auf den Tanzflächen, Champagner, Bier, Frauen, Männer. In Berlin hatte die Feuerwehr unterdessen fünfzehn Löschzüge im Einsatz, um den Brand im Reichstag unter Kontrolle zu bringen.

Brandstiftung. Wer immer dafür die Verantwortung trug, musste sehr genau gewusst haben, was er tat. Das Feuer war an mehreren Stellen zugleich ausgebrochen, und bis der erste Löschzug in Stellung gebracht war, schlugen die Flammen bereits aus der Kuppel. Den Brand zu löschen, nahm Stunden in Anspruch. Genügend Zeit für Tausende von Schaulustigen, das Spektakel persönlich in Augenschein zu nehmen. Selbst in Steglitz und Pankow war der Widerschein des Feuers am Berliner Nachthimmel zu sehen.

Als die Flammen am höchsten schlugen, erschienen Goebbels und Göring am Unglücksort, um sich effektvoll vor der einmaligen Kulisse in Szene zu setzen. Informationen über den oder die Brandstifter lagen noch nicht vor, Göring allerdings wollte bereits von einem kommunistischen Aufstand erfahren haben.

Ein junger Maurer aus Holland wurde festgenommen – Marinus van der Lubbe –, der einen ziemlich verwirrten Eindruck machte und bei der Vernehmung nicht nur behauptete, den Brand gelegt zu haben, sondern darauf bestand, es allein getan zu haben. Hitler, Goebbels und Göring waren sich sofort einig: unmöglich. Einer allein konnte den Brand nicht zu verantworten haben. Van der Lubbe musste Unterstützung von den Kommunisten gehabt haben, die Kommunisten, wer sonst?

Es gab noch eine andere Theorie, die offen auszusprechen allerdings kaum jemand wagte. Von Görings Amtspalais führte ein unterirdischer Rohrleitungsgang in die Heizungszentrale des Reichstags, groß genug, um aufrecht hindurchzugehen. Sollten die Nazis selbst den Reichstag in Brand gesteckt haben, um sich einen Vorwand zu liefern? Aber wofür?

Wer sich diese Frage stellte, musste nicht lange auf Antwort warten. Bereits am Aschermittwoch war sie auf den Titelseiten sämtlicher Zeitungen abgedruckt: *Verordnung des Reichspräsidenten zum Schutz von Volk und Staat.*

Die nach nur einem Tag erlassene Notverordnung umfasste sechs Paragrafen, aber weiter als bis zum ersten musste man nicht lesen. Dieser erklärte, dass die Artikel 114, 115, 117, 118, 123, 124 und 153 der Verfassung des Deutschen Reiches bis auf Weiteres außer Kraft gesetzt waren. Mit anderen Worten:

> Es sind Beschränkungen der persönlichen Freiheit, des Rechts der freien Meinungsäußerung, einschließlich der Pressefreiheit, Eingriffe in das Brief-, Post-, Telegrafen- und Fernsprechgeheimnis, Unordnungen von Haussuchungen und von Beschlagnahmen sowie Beschränkungen des Eigentums auch außerhalb der sonst hierfür bestimmten gesetzlichen Grenzen zulässig.

Nur vier Wochen nach Hitlers Machtübernahme hatten sich die Nazis sämtlicher gesetzlicher Fesseln entledigt.

Erich saß hinter einem der halbrunden Fenster des Verbano, als die ersten Wellen dieser Erschütterungen Ascona erreichten. Er blickte auf die Via Borgo hinaus und ließ sich von den Gesprächen der anderen forttragen. Es dunkelte bereits. Sein Italienisch bestand aus briciole – Krümeln –, die andere im Vorbeigehen fallen ließen. Meist war ihm das unangenehm, doch es konnte auch von Vorteil sein, eine Sprache nicht zu verstehen, nur Fetzen aufzuschnappen, eine vorbeiziehende Landschaft aus As und Os und Us.

Fede sprach von allem ein bisschen, sogar Ungarisch. Dabei hatte sie Ascona niemals verlassen, war über dem Gastraum des Verbano zur Welt gekommen. Wenn sie mit Gästen kommunizierte, die nicht aus Ascona stammten, konnten sich in nur einem Satz Worte aus drei oder gar vier Sprachen wiederfinden, gelegentlich erfand sie auch welche hinzu. So wie jetzt, da sie auf den Herrn am Ecktisch einredete, der offenbar nicht aus der Gegend stammte und etwas überfordert wirkte angesichts der auf ihn einprasselnden Worte.

Erich richtete seinen Blick wieder aus dem Fenster. Fede war wirklich ein spezielles Geschöpf. Seit Jahren fragte sich das Dorf, wen sie sich wohl zum Mann nehmen würde. Die Verehrer waren zahlreich. Wer immer es war, durfte sich glücklich schätzen. Und würde starke Nerven brauchen.

Vom Straßenpflaster spritzte der Regen hoch. Zwei Frauen, die Kopftücher eng gebunden, teilten sich einen Schirm und überquerten im Laufschritt den schmalen Platz vor der Poststation.

Erich fragte sich, ob Emil dem Wetter trotzen würde. Sie fanden sich regelmäßig zur selben Zeit im Verbano ein. Nicht täglich, aber seit seiner Ankunft zwei-, dreimal die Woche. Einer Verabredung bedurfte es nicht. Emil ließ einen arbeitsreichen Tag für gewöhnlich mit einem Spaziergang ins Dorf, einer herzlichen Begrüßung von Fede, einem

Espresso und einer Zigarette ausklingen. Bei Erich verhielt es sich umgekehrt: Der stand gegen Mittag auf, brachte den Nachmittag mit Korrespondenzen, Telefonaten und dem Versuch herum, nicht zu früh mit dem Trinken anzufangen, und ging anschließend ins Verbano, um sich dort auf die Überarbeitung seines Romans einzustimmen, auf eine Nacht bei elektrischem Licht, Kaminfeuer, seinen Bleistiften, Papier, einem Aschenbecher, einer Flasche Wein, dem Blick auf den See. Herrgott, mehr brauchte es doch nicht. Und doch kam er selten über den guten Vorsatz hinaus, aus einem Espresso wurden zwei, Emil spazierte zurück zu Frau und Heim, und Erich ging hinunter zur Piazza, in die Nelly-Bar, und blieb bis in die Morgenstunden.

Der Roman, *Pat*, etwas stimmte nicht mehr mit ihm. Zwei Jahre lang hatte er Erich so viel abverlangt. Ihn niederzuschreiben war eine Mühsal gewesen. Nein, es war anders: Die Welt um den Roman herum stimmte nicht mehr. Die Geschichte der drei Kriegskameraden, die trotz allem Bemühen, ihren Platz in der Gesellschaft zu finden, ihr Leben nicht wieder in den Griff bekamen. Sie sollte die Leser betreffen, etwas angehen, unmittelbar. Doch wen kümmerte noch, was der Krieg aus den Menschen gemacht hatte? *Pat* spielte in den Jahren 28/29, und da gehörte die Geschichte auch hin, doch lag das vergangene Jahrzehnt nicht längst in Schutt und Asche? Drängte der Roman noch nach vorne? Oder hatten die vergangenen Monate ihn überflüssig gemacht, bevor er in Druck gehen konnte?

Erich sah Emil die Via heraufkommen, erkannte den ungleichen Gang. Als er näher kam, erkannte Erich auch das Lächeln in dessen Gesicht. Der Regen schien ihm Spaß zu machen.

Erich hatte die Treffen mit seinem Kollegen schätzen gelernt. Erschien Emil einmal nicht, fehlte etwas. Kaum zwei Monate in Ascona, und schon die ersten Rituale.

»Ludovico!« Lachend nahm Fede Emil Schirm und Mantel ab.

Der nickte ihr zu. »Ciao, mia cara.«

Sie tanzte davon, hinter die Theke, wo die neue, chromglänzende Mailänder Kaffeemaschine stand, eine Sensation. Und ein Monstrum. Manche Gäste hatten anfangs Angst vor ihr gehabt. Da sollte Espresso herauskommen? Marianne von Werefkin, la Nonna, wie sie im Dorf genannt wurde, hatte bei der ersten Begegnung mit »la macchina« die Fäuste in die Hüfte gestemmt und ausgerufen: »Vielleicht wird es doch noch was mit unserem Bahnhof – eine eigene Dampflok haben wir schon!«

»Sauwetter«, bemerkte Erich, nachdem Emil sich zu ihm gesetzt hatte.

»Allerdings! Da spürt man, dass man lebt!«

Wenn er in dieser Stimmung war, das hatte Erich inzwischen gelernt, dann hatte Emil einen erfolgreichen Arbeitstag hinter sich. Und er war nur selten nicht in dieser Stimmung.

Seit er mit *Goethe – Geschichte eines Menschen* seinen nationalen und internationalen Durchbruch gefeiert hatte, waren seiner Schreibwerkstatt mit angsteinflößender Regelmäßigkeit Romanbiografien entsprungen. Rembrandt, Napoleon, Wilhelm II., Bismarck, Jesus, Michelangelo, Lincoln, Schliemann. Jede von ihnen ein Bestseller. Über ein mögliches Scheitern dachte Emil gar nicht nach. Und gerade, weil er nicht darüber nachdachte, schien es ausgeschlossen zu sein.

Das war die andere Seite der Medaille. Erich freute sich über die Treffen mit seinem Kollegen, zugleich fielen sie ihm auf die Nerven. In Emils Gegenwart kam er sich wie ein Stümper vor, ein Maulwurf, blind in der Erde wühlend.

»Wie ist es Ihnen heute ergangen?«, fragte Erich. Besser, sie brachten diesen Teil gleich hinter sich.

»Acht Seiten, mein Lieber«, sagte Emil. »Und acht *gute* Seiten!«

Fede materialisierte sich neben ihm, setzte Emil einen Caffè Corretto nebst einem Biscotto di Prato vor, klopfte ihm auf die Schulter, zwinkerte Erich zu und ging weiter zu dem Mann am Ecktisch.

Acht Seiten. Seit Erich in vierwöchiger Trance *Im Westen nichts Neues* zu Papier gebracht hatte, hatte er nie wieder acht Seiten an einem Tag geschrieben, schon gar nicht acht gute.

»Es wird mir immer ein Rätsel bleiben, wie Sie das bewerkstelligen«, sagte Erich pflichtgemäß. »Bei mir waren es vergangene Nacht zwei Absätze, allerdings werde ich die heute Nacht wieder streichen.«

»Struktur«, Emil biss von seinem Biscotto ab, ein echter Genussmensch, »Sie brauchen etwas, das Ihrem Tag Struktur verleiht.«

Eine Ehe, war Erichs erster Gedanke. »Klingt, als sollte ich mich aus freien Stücken in ein Korsett zwängen.«

»Unsinn. Die Menschen träumen von einem Leben ohne Beschränkungen, aber wenn sie es haben, wissen sie nichts damit anzufangen und lassen sich aus lauter Verzweiflung von einem Zug überrollen.«

Sehr langsam zermahlten Emils Kiefer das Biscotto. Erich meinte, sein Gegenüber sei ganz und gar in den Genuss seines kaffeegetränkten Kekses versunken, doch dann wurde ihm klar, dass Emil an seinem Gesicht vorbei den Mann in der Nische anstarrte.

Er spülte den Biscotto hinunter, erhob sich und ging auf den Ecktisch zu. Erich blickte ihm nach.

»Herr Braun?«, hörte er Emil sagen. »Otto Braun?«

4

Er war es. Otto Braun. Erich stand auf und folgte Emil zum Ecktisch. Zwölf Jahre lang preußischer Ministerpräsident. Und neuerdings, so war in der *Volksstimme* zu lesen gewesen, seines Amtes enthoben.

Braun blickte erst Emil, dann Erich an. Als würde er sie sehen und doch nicht sehen.

»Ich wusste nicht, dass Sie *auch* hier sind.«

»Wollen Sie uns nicht Gesellschaft leisten?«, sagte Emil. »Bitte, seien Sie so gut.«

»Wenn Sie es wünschen. Aber erwarten Sie nicht, dass ich Erheiterndes zu Ihrer Konversation beizutragen habe.«

Schwerfällig erhob sich Braun, richtete sich zu voller Größe auf. Er überragte die beiden Schriftsteller um einen ganzen Kopf. Das »demokratische Bollwerk«, so hatte man ihn genannt.

Was ihn nach Ascona geführt habe? Braun versank in Schweigen. Der Stuhl, den Erich ihm herangezogen hatte, schien sein Gewicht kaum tragen zu können.

Braun war der SPD zu einer Zeit beigetreten, als Napoleon Bonaparte noch in seinem Schweizer Exil vom Sturz der dritten Französischen Republik geträumt hatte. Bereits vor dem Krieg war Braun in den Parteivorstand, nach dem Krieg dann zum Ministerpräsidenten Preußens gewählt worden. Er hatte den Nationalsozialisten die Stirn geboten und stoisch für die Weimarer Verfassung gekämpft. Jetzt saß er in Ascona und trank Tee.

»Wir mussten fliehen, meine Frau und ich. Fliehen! Aus *unserem* Land! Vor *unserer* Regierung!«

Brauns noch unverbrauchte Empörung führte Erich vor Augen, wie groß der Verlust auch für ihn selbst war. Deutschland war sein Land, seine Sprache, seine Biografie. Wie Braun war auch er von einem diffusen Stolz durchdrungen. Und jetzt sollte ein cholerischer Egomane ihm das wegnehmen?

Braun legte die Hände auf den Tisch, spreizte die Finger. »Sie haben meine Frau bedroht. Am helllichten Tag und auf offener Straße!«

Zwei Braunhemden hatten Emilie nach ihrem wöchentlichen Arztbesuch bei Walter Kron aufgelauert, sie zu Boden gestoßen, ihr ins Gesicht gespuckt. Brauns hinzueilender Chauffeur wurde von hinten niedergeknüppelt. Die Zeit für Ihresgleichen sei abgelaufen. Wer nicht mit uns ist, ist gegen uns. Bei der nächsten »Strafexpedition« sei sie fällig, schöne Grüße an den Gatten, Heil Hitler.

Emil und Erich wechselten Blicke. Das ergab keinen Sinn, nicht einmal nach Nazi-Maßstäben. Braun war ein integrer Politiker, hatte sich große Verdienste erworben und nichts zuschulden kommen lassen. Das musste man nicht anerkennen, aber er war weder Kommunist noch Pazifist oder Jude. Wenn Menschen wie er um ihr Leben fürchten mussten, wer blieb dann noch übrig?

Es war wegen Brauns Frau, überlegte Erich, sprach den Gedanken jedoch nicht aus. Emilie. Seit Jahren war sie halbseitig gelähmt. Braun hatte sie wie sein gesamtes Privatleben stets von der Öffentlichkeit abgeschirmt, kaum einer kannte ihren Namen oder wusste von ihrer Krankheit.

»Aber wessen sollte man Sie anklagen?«, fragte Emil. »Die können Sie doch schlecht einsperren, nur weil Sie einer Oppositionspartei angehören.«

»Meine Herren!« Braun straffte sich. »Sie machen sich keine Vorstellung davon, was in Berlin vor sich geht. Rechtsstaatliche Prinzipien interessieren da niemanden mehr. Die benötigen keine Anklage, die bemühen nicht einmal mehr einen Vorwand. Die machen Jagd, und wen sie haben, den werfen sie ins Gefängnis. Keine Anklage, kein Verfahren, kein Urteil. Und wer sich ihnen in den Weg stellt, wird kurzerhand mit einkassiert.

Hiller, Ossietzky, Mühsam, Mierendorff – alle verhaftet. Thälmann auch. Es kursieren Säuberungslisten, mit denen ließen sich Fernsprechverzeichnisse füllen. Und diese Listen waren geschrieben, *bevor* der Reichstag brannte. Goebbels und Göring wussten sehr genau, was passieren würde. Von außen sieht es aus wie das blanke Chaos, aber intern folgt es einer strengen Agenda.«

Erich versuchte, die Informationen zu sortieren. Ossietzky war, wenn er sich recht erinnerte, kürzlich erst aus der Haft entlassen worden. Eine erneute Haft wäre … vernichtend. Hiller war, wie Erich selbst, ein radikaler Pazifist. Wie hatte Emil es formuliert? *Es liegt in der Natur des Nationalsozialismus, dass er die Humanisten mit der größten Leidenschaft verachtet.* Das konnte für Hiller nichts Gutes bedeuten. Mierendorff: Den würden sie durch die Mangel drehen. Er war jung, etwa in Erichs Alter, und eigentlich kein hohes Tier bei der SPD, doch hatte er schon vor Jahren eine viel beachtete Untersuchung veröffentlicht: *Gesicht und Charakter der nationalsozialistischen Bewegung*.

Erichs Eingeweide zogen sich zusammen. Wäre er in Berlin geblieben, was wäre mit ihm geschehen? Was war mit Ruth, mit Jutta?

»Was ist mit Mann?«, fragte er, »Heinrich Mann.«

»Kann ich nicht sagen. Vor zwei Wochen haben sie ihn aus der Akademie der Künste ausgeschlossen. Ob er geblieben ist – ich weiß es nicht.«

»Feuchtwanger?« Auch bei Emil griffen die Räder ineinander. »Wissen Sie etwas über dessen Verbleib?«

Feuchtwanger gehörte zu den wenigen Autoren, von

denen Emil nach eigenem Bekunden noch etwas lernen konnte.

»Wenn ich richtig informiert bin, befindet sich Herr Feuchtwanger zurzeit auf Vortragsreise in den USA. Man kann ihm nur wünschen, dass er seine Schiffspassage verfallen lässt. Wir haben einen vernünftigen Botschafter in Washington sitzen, von Prittwitz. Überzeugter Demokrat, jedenfalls bis jetzt. Es steht zu hoffen, dass er Herrn Feuchtwanger eine diesbezügliche Empfehlung aussprechen wird.«

Dunkelheit legte sich gegen die Scheiben. Die Gäste hatten ihre Stimmen gedämpft, manche waren früher gegangen als üblich. Plötzlich wirkte Braun ausgelaugt, von Leere umgeben. Sein Blick irrte im Raum umher.

Fede verstand nicht viel von dem, was der Mann aus Deutschland zu berichten hatte, aber sie verstand genug, um den drei Männern einen Grappa vorzusetzen.

»È offerto della casa.«

Als sie Braun im Vorbeigehen eine Hand auf die Schulter legte, zuckte er zusammen. Die drei Männer erhoben ihre Gläser.

»Gut, dass Sie beide erst einmal hier sind«, sagte Emil.

Braun blickte ihn an, als frage er sich, was Emil an seinem Tisch zu suchen hatte.

»Sie und Ihre Frau«, erklärte Emil.

»Ja. Ich sollte zurück ins Hotel, meine Frau … Ich bin schon viel zu lange fortgeblieben.«

Braun stand in der Gasse wie von einem Torpedo getroffen. Der Regen kümmerte ihn nicht. Emil und Erich nahmen ihn in die Mitte, Emil spannte seinen Schirm auf. Erich widerstand dem Impuls, Braun zu stützen. Nach den ersten Schritten merkte der es selbst, blieb stehen, straffte sich.

»Wo sind Sie untergekommen?«, fragte Erich.

»Ein Hotel unten am See.«

»Hotel Müller.«

»Ich glaube ja.«

Aus Sorge, er könne unterwegs verloren gehen, lieferten sie Braun direkt an der Rezeption ab, klingelten, warteten, bis seine Schritte auf der Treppe über ihnen verklungen waren.

Unter Emils Schirm stehend rauchten sie noch eine Zigarette am Pier. Von den Bergen herab wälzten sich die Wolken ins Tal, der Regen auf dem See ein gleichmäßiges, umfassendes Rauschen. Beinahe synchron traten sie ihre Stummel aus.

Ein letzter Blick hinauf zum erleuchteten Fenster im ersten Stock. Wieder kam Erich ihr Spaziergang in den Sinn, am Tag nach seiner Ankunft, und wie Ludwig gesagt hatte, dass Hitler nicht lange an der Macht bleiben werde.

»Was Braun zu berichten hatte, klang nicht so, als hätte der Spuk bald ein Ende«, bemerkte er.

»Wenn Sie wollen, kommen Sie noch auf eine Flasche mit zu mir«, erwiderte Emil. Er kannte Erich, wusste um dessen Nähe zum Abgrund. Ein halbes Dutzend Briefe seines Kollegen hatte sich über die Jahre angesammelt. Als bedurfte es einer Entscheidungshilfe, fügte er hinzu: »Elga freut sich immer, Sie zu sehen.«

5

Das Blut pulsierte Erich in den Schläfen, er schnaufte wie ein Pferd. Und alles nur wegen ein paar Treppenstufen. Seit er nach Ascona gekommen war, verschlechterte sich seine Verfassung, er trank zu viel, rauchte zu viel, saß herum. Und war einerseits zu eitel, um diesen Zustand zu akzeptieren, andererseits nicht eitel genug, etwas dagegen zu unternehmen.

Aber es waren auch nicht nur *ein paar* Stufen gewesen, sondern 500. 490, um genau zu sein. Er hatte sie gezählt, warum auch immer. Kinderkram. Damals, in Osnabrück, hatte er alles Mögliche gezählt, die Schritte zur Schule, die Kartoffeln in der Stiege, Messer, Gabeln, Stifte. Als ließe sich auf diese Weise irgendetwas bannen.

Eduard von der Heydt hatte ihn zum Tee gebeten und dabei eigentümlich klandestin geklungen. Oder einfach nur kapriziös. Er hatte Erich angerufen, um halb zehn in der Frühe, sich geräuspert und gesagt, dass er sich gefragt habe, ob der »liebe Herr Remarque« ihm nicht am Nachmittag in der Casa Anatta Gesellschaft leisten wolle, in von der Heydts persönlicher Residenz.

Eduard von der Heydt war der König von Ascona, zumindest der König des Monte Verità. Früher hatte der Dorfberg einfach nur Monte Monescia geheißen, doch im Jahr 1900, pünktlich zu Beginn des neuen Jahrhunderts, war eine kleine Wandertruppe im Dorf aufgetaucht, angeführt von der Pianistin Ida Hofmann sowie einem Belgier namens Oedenkoven, der mit besagter Pianistin in wilder Ehe lebte. Sie stiegen den Hügel hinauf, kamen wieder herunter und erklärten, ihn kaufen zu wollen, um darauf eine vegetabile Kooperative zu gründen. Von so etwas hatte man in Ascona noch nie gehört.

Zwei Jahrzehnte hatte die Gemeinschaft Bestand, bevor sie, erschöpft von sich selbst, zerfiel und Oedenkoven und Ida Hofmann weiterzogen. In den darauffolgenden Jahren suchten diverse Pächter ihr Glück auf dem Berg, doch dauerhafter Erfolg war keinem von ihnen beschieden. Es schien, als bliebe der Berg, dem Oedenkoven den Namen Monte Verità gegeben hatte, künftig wieder sich selbst überlassen. Bis eines Tages Eduard Freiherr von der Heydt ins Spiel kam.

Der kunstliebende Bankier mit den buschigen Augenbrauen hatte bereits früher Bekanntschaft mit Marianne von Werefkin und deren Kunst gemacht, und als ihn sein Weg durch Ascona führte, zeigte ihm La Nonna die Gegend und stieg mit ihm auf den Monte Verità hinauf. »Grandios«, befand der Bankier. Jahre später bot man ihm den Berg zum Kauf an. 320 000 Franken. Die Gläubiger scharrten mit den Füßen. Von der Heydt bot die Hälfte und bekam ihn.

Er ließ die meisten Gebäude auf dem Hügel abtragen und beauftragte den Architekten Emil Fahrenkamp mit einem Hotelneubau, modern, schlicht, wohlproportioniert. Und von der Heydt bekam, was er in Auftrag gegeben hatte: eine architektonische Perle.

Er ließ einen beträchtlichen Teil seiner immensen Kunstsammlung herbeischaffen und schuf so eine Art Übernachtungsmuseum mit angeschlossenem Restaurant. Nicht lange, und es hieß, im Hotel auf dem Monte Veritá hänge ein Picasso im Aufzug. Gäste aus Berlin und Paris reisten an, reisten ab und berichteten daheim, dass es wahr sei: ein Picasso, im Lift, und gegenüber ein Sisley.

Der Dorfberg erwachte zu neuem Leben, und zum Glück für von der Heydt waren die neuen Pilger keine Aussteiger und Sinnsucher mehr, sondern Emil Jannings und Richard

Strauß, der deutsche Kronprinz, Thomas Mann, Adelige, Großfürsten und deren Kokotten.

Die Casa Anatta ließ von der Heydt zu seinem Refugium ausbauen. Von der Straße aus war sie nicht zu sehen, nahm man jedoch den Fußweg, der sich zwischen den Häusern hindurch aus dem Dorf herauswand und an der kleinen Kapelle vorbei den Berg hinaufführte, dann blitzte sie, kurz bevor man die Kuppe erreichte, linkerhand zwischen den Bäumen auf.

Ihm sei lieber, hatte von der Heydt gesagt, Remarque würde seinen Wagen nicht direkt vor dem Hotel parken, also hatte Erich den Lancia auf der Piazza stehen lassen und war die 490 Stufen hinaufgestiegen.

Er wartete noch darauf, dass sich seine Atmung normalisierte, als sich die Tür öffnete und von der Heydt erschien, in Lufthemd und Kurzhosen – seinen Markenzeichen –, die verbliebenen grauen Haare zu Stoppeln rasiert.

»Schön, dass Sie es einrichten konnten. Kommen Sie.«

Das Erdgeschoss des Hauses wirkte verbaut, bunkerhaft. Erichs Augen mussten sich an die Dunkelheit gewöhnen. Von der Heydt führte seinen Besucher an verschlossenen Türen vorbei in den ersten Stock hinauf, der unerwartet hell und einladend wirkte. Durch geöffnete Türen sah Erich Bücherregale, Sessel, Bilder, leuchtende Orientteppiche. War das ein Renoir, und da, über dem Bett, ein van Gogh? Noch mehr Stufen, dann fand Erich sich auf einer Dachterrasse von der Größe eines halben Tennisplatzes wieder. Das Haus war von Kiefern und Palmen umstanden, die weit über das Dach hinausragten, der See flirrte als blaue Ahnung durch das Grün.

»Die Aussicht ist begrenzt«, entschuldigte sich von der Heydt, »dafür ist man vor unliebsamen Blicken geschützt. Ich habe mir erlaubt, einen Tee zuzubereiten, bitte …«

Mitten auf der Terrasse lag ein kleines Vermögen in Form eines orientalischen Teppichs ausgebreitet, darauf eine Handvoll bunt gemusterter Kissen um einen niedrigen Tisch, achteckig, mit Messingbeschlägen, Marokko vermutlich.

Von der Heydt wartete, bis Erich sich auf einem der Kissen eingerichtet hatte, bevor er seinem Besucher eine Schale mit einer klaren Flüssigkeit füllte und sie vor ihm abstellte.

»Weißer Tee.«

Der Bankier goss sich selbst eine Schale ein, ließ sich auf einem Kissen nieder, die Beine über Kreuz, das Rückgrat aufrecht. Als nehme er eine vorgeschriebene Position ein. Erich trank einen Schluck. Der Tee schmeckte nach gar nichts und zugleich nach sehr viel.

Je länger sie einander gegenübersaßen, umso größer wurde Erichs Unbehagen. Was immer der Bankier nach außen kehrte, schien Inszenierung zu sein, seine Lufthemden ebenso wie seine Kunstsammlung oder sein Hotel. Von der Heydt genoss den Ruf, ein gewiefter Geldverschieber zu sein. Alle Welt wusste, dass er die Finanzen Wilhelms II. verwaltete. Skrupel schienen ihn deshalb nicht zu plagen.

Sich als Privatbankier eines vom Hof gejagten Monarchen zu betätigen war eine Sache, fand Erich. Eine andere war, dass von der Heydt nach Hitlers Machtergreifung in die NSDAP eingetreten war. Das jedenfalls erzählte man sich. Wie konnte jemand einen ausgeprägten Sinn für Schönheit und Harmonie haben und zugleich Nazi sein? Oder hatte er es aus Berechnung getan? War von der Heydt der NSDAP beigetreten, weil er sich davon Vorteile erhoffte? Das hätte es zumindest erklärt.

Was es nicht erklärte, und das wusste Erich aus sicherer Quelle, war, dass von der Heydt bereits vor Jahren dem Stahlhelm beigetreten war. Die Kriegsverklärung, die sich der Bund der Frontsoldaten auf die Fahnen geschrieben hatte, wollte Erich nicht in den Sinn. *Blutsmäßig verbundenes gehorsames Deutschtum*, so stand es im Leitspruch des Stahlhelm zu lesen. Ein Haufen Unbelehrbarer unter der Führung dieses Geisteskranken Seldte. Und von der Heydt machte da mit.

Der Hotelbesitzer hielt die Porzellanschale im Schoß. Es waren Kinderaugen, die Erich ansahen, naiv geradezu. Ihn sich mit einem Küchenmesser vorzustellen, war schwer genug, aber mit einer Waffe in der Hand? Unmöglich.

Der Besitzer des Monte Verità schien darauf zu warten, dass Erich das Wort ergriff. Doch die Milde, die er verströmte, machte Erich nur noch argwöhnischer. Von der Heydt lächelte, auch wenn er gar nicht lächelte.

»Sie fragen sich, weshalb ich Sie hergebeten habe.«

Erich erwiderte das Nicht-Lächeln seines Gegenübers.

Von der Heydt trank einen Schluck, schmeckte ihm nach. Erich verspürte den Impuls, sich umzusehen, tat es. Nichts, natürlich. Kriegsreflex. Manche Dinge behielt man sein Leben lang.

»Ich hoffe, ich kann offen zu Ihnen sprechen«, fuhr von der Heydt fort. »Nun, das hoffe ich nicht nur, das glaube ich. Sonst hätte ich Sie wohl kaum hergebeten. Ich werde also offen mit Ihnen sein. Mit der Bitte um Verschwiegenheit.«

Er erwartete ein Signal der Bestätigung seines Gegenübers, doch Erich stellte lediglich die Tasse ab.

»Ich stecke ein wenig in einer misslichen Lage, fürchte ich.«

Erich konnte nicht verhindern, dass sich seine Augenbrauen zusammenzogen. Würde von der Heydt ihn nach Geld fragen? Hatte der Bankier sich mit seinem Hotel übernommen? Der Mann, in dessen Lift ein Picasso hing?

»Ich habe unerwartet Besuch bekommen. Ein Jude. Aus Deutschland. Keine Aufenthaltserlaubnis, keine Legitimation.«

»Ein Emigrant.«

Von der Heydt drehte die Schale in seinen Händen. »Vielleicht kennen Sie ihn, Manuel Mendelssohn, Journalist seines Zeichens.«

Der Name sagte Erich nichts. Er schwieg.

»Ist wohl auch nicht erheblich«, sagte von der Heydt. »Vorgestern stand er plötzlich vor der Tür, um drei in der Frühe. Die Sohlen durchgelaufen und ein Loch im Bauch von der Größe Siziliens.«

»Wie haben Sie reagiert?«

»Wie soll ich schon reagiert haben? Ihn hereingeholt natürlich. Konnte den armen Kerl ja schlecht im Regen stehen lassen. Man ist doch kein Unmensch.«

»Und wo ist er jetzt?«

Von der Heydt verzog die schmalen Lippen und deutete mit dem Zeigefinger nach unten.

»Hier im Haus?«

»Hab ihn im Erdgeschoss einquartiert.« Es klang wie eine Entschuldigung. »Nach hinten raus. So weit ist er ganz gut beieinander, nicht krank oder verlaust oder so.«

Erich überlegte. Flüchtlinge, die es über die Grenze geschafft hatten und die sich jetzt irgendwie durchzuschlagen versuchten, gab es an jeder Ecke. Warum machte von der Heydt so eine große Sache daraus? Er forschte in von der Heydts Gesicht. Die Antwort war: Angst.

Im Dorf hieß es, die Nazis brächten ihre Agenten bevorzugt in von der Heydts Hotel unter, und dass sie seine Dienste für Geldtransfers nutzten. Offenbar gingen sie davon aus, in ihm einen strammen Gleichgesinnten gefunden zu haben. Es wäre fatal, wenn herauskam, dass sich jüdische Flüchtlinge in seiner persönlichen Residenz versteckten.

»Ich dachte mir, da Ihre Villa doch etwas außerhalb liegt und noch dazu gut abgeschirmt ist, dass vielleicht Sie …«

Von der Heydt versenkte sich in seine Schale. »Wie mir versichert wurde, sind Sie ein ausgesprochener Menschenfreund, und mit Juden verkehren Sie ebenfalls.«

»Sie möchten, dass ich einen Emigranten bei mir verstecke.«

»Das schwebte mir vor, ja. Ist ein anständiger Kerl, auch wenn er Jude ist.«

Soweit Erich wusste, war die junge Baroness, die sich vor einigen Jahren von dem Bankier hatte scheiden lassen, ebenfalls Jüdin. War sicher *trotzdem* ein anständiges Mädchen.

»Es soll nicht zu Ihrem Nachteil sein, Herr Remarque. Ich würde es Ihnen auch …«

Vergelten? Erichs Fingerspitzen begannen zu prickeln. »Sie wollen mich dafür bezahlen, dass ich einen Flüchtling bei mir verstecke?«

Bei von der Heydt blitzte etwas Konspiratives auf. »Ich dachte an ein Bild. Wie ich höre, haben es Ihnen die Impressionisten besonders angetan.«

»Herr von der Heydt. Einem Menschen in Not zu helfen, ist keine Frage des Geldes, sondern der Moral.«

»Sicher, sicher.«

6

Erich war zehn Minuten zu früh, aber Mendelssohn wartete bereits am Fuß der Treppe, die zur Casa Anatta führte. Um zwei Uhr in der Frühe. Offenbar hatte von der Heydt dem Journalisten ein Paar seiner cremeweißen Sommerschuhe vermacht. Im Licht der Scheinwerfer leuchteten sie, als führten sie ein Eigenleben. Erich ließ den Motor laufen, lehnte sich über den Beifahrersitz, öffnete die Tür. Mendelssohn beugte sich herunter, nickte, erkannte den berühmten Schriftsteller.

»Wo sind Ihre Koffer?«, fragte Erich.

Mendelssohn zeigte seine Aktenmappe vor.

Erich nickte. »Steigen Sie ein.«

Er wendete den Wagen, ließ ihn die unbeleuchtete Straße ins Dorf hinabrollen, die Via Borgo hinunter, am Hotel vorbei und dann die Uferstraße entlang und aus dem Ort hinaus. Auf der anderen Seeseite spiegelten sich die Lichter von Gambarogno im Wasser.

»Wie geht es Ihnen?«, fragte Erich.

Keine Antwort. Mendelssohn hörte ihn nicht. Erich warf dem Journalisten einen Blick zu. Mendelssohn war unrasiert, fünf Tage mindestens, und seine Augen hatten schon traurig ausgesehen, als er noch eine Anstellung, Freunde, Kollegen und eine Charlottenburger Hinterhauswohnung gehabt hatte. Die Aktenmappe lag auf seinen Oberschenkeln. Er war kaum größer als Erich. Zumindest Erichs Hemden sollten ihm also passen. Bei den Hosen müsste man womöglich den Saum auslassen.

Erich stellte den Wagen in der Grotte ab, die er sich neben der Uferstraße aus dem Felsen hatte stemmen lassen. Beim

Aussteigen zitterten Mendelssohns Beine. Erich kannte diese Art der Erschöpfung aus seinen depressiven Phasen. Wenn es dir an nichts fehlte, aber schon das Aufstehen dir Unmögliches abverlangte. Er dachte an *Pat*. Das Manuskript zerfiel jeden Tag mehr, wie von einem Pilz befallen. Und statt es zu überarbeiten, starrte er es einfach nur an. Er musste strenger mit sich sein.

»Kommen Sie.«

Er ging voraus, wählte den seitlichen Eingang, der direkt in den ersten Stock führte, zeigte Mendelssohn das hergerichtete Zimmer, Blick auf den See, Handtücher, Pyjama, hier drüben das Bad.

Mendelssohn stand verloren neben dem Bett. »Könnte ich ein Glas Wasser haben?«

Die ersten Worte, seit er in den Wagen gestiegen war. Von der Heydts Schuhe sahen an ihm noch alberner aus als am Hotelier.

»Sie können auch einen Wein haben, danach schläft es sich besser.«

»Ich möchte Ihnen keine Umstände bereiten.«

»Tun Sie nicht. Oder finden Sie, es liegt ein guter Grund vor, nicht zu trinken?«

Wenn ja, würden sie es schwer miteinander haben. Ohne wenigstens eine Flasche Wein getrunken zu haben, ging Erich schon lange nicht mehr ins Bett. Alleine zu trinken war tröstlich, als Einziger zu trinken ungemütlich.

»Nein.« Mendelssohns Mundwinkel zuckten, ein Lächeln. »Liegt, soweit ich sehen kann, *nicht* vor. Danke.«

Erich heizte den Kamin ein. Eine Willkommensgeste, ansonsten überflüssig. Der Frühling in Ascona legte sich einem um den Hals wie einer von Juttas Seidenschals.

Sie tranken, jeder in seinen Sessel versunken. Erich ließ sein Zigarettenetui aufspingen. Mendelssohn nahm sich eine, betrachtete den Flügel.

»Spielen Sie?«, fragte Erich.

»Nein.«

Mendelssohns Blick schweifte durch den Raum, glitt über die Vasen auf dem Sims, die Teppiche. Ich weiß, dachte Erich, die Privilegien quellen mir aus den Poren.

»Entschuldigung«, sagte Mendelssohn, »ich bin keine besonders brauchbare Gesellschaft.«

Als Antwort hielt Erich ihm das Etui hin und schenkte Wein nach. Wie alt mochte Mendelssohn sein? Jünger als er selbst vermutlich, Ende zwanzig, dreißig. Sah aber älter aus. Der Hinterkopf lichtete sich bereits. Sein linkes Bein zitterte noch immer.

»Jetzt kommen Sie erst einmal an«, sagte er.

»Oh, ich werde Ihnen nicht lange zur Last fallen, bestimmt nicht.«

»Tun Sie nicht. Haben Sie schon Pläne?«

»Hätten Sie mich das mal vor einem Monat gefragt. Da hatte ich noch welche.«

»Und wie sahen die aus?«

»Ins Politikressort wechseln, meine Liebste heiraten, ins Vorderhaus umziehen, eine Familie gründen, meinen Kindern im Hof das Radfahren beibringen, sie mit zum Fußball nehmen. Ich hätte gerne zwei Jungs gehabt. Weiß nicht, ob ich mit Mädchen so gut wäre.«

Die Gläser hatten sich erneut geleert. Erich schenkte nach. Bei einer Flasche würde es nicht bleiben.

»Und jetzt?«

Mendelssohn ließ sich Zeit mit der Antwort. »Solange man am Leben ist, ist es noch nicht vorbei.«

7

Das Schönste an Erichs Villa waren im Winter das Kaminzimmer und während des restlichen Jahres die beiden versetzt angelegten Terrassen, auf Stelzen erbaut, den Hang überragend. Von der Straße aus erblickte man nur die Rückseite des Obergeschosses, zwei winzige Fenster, überwuchertes Mauerwerk. Der Eingang lag seitlich, verborgen, die Stufen mit dem Erdreich verwachsen. Im Inneren der Villa führte eine Wendeltreppe ins Mittelgeschoss, dort weitete sich überraschend der Raum, die Flügeltüren öffneten sich, und man betrat die obere Terrasse, schwebend, unter sich den See, ein überwältigendes Aufatmen.

Erich und sein neuer Gast saßen im Schatten des Sonnenschirms und blickten über den türkisfarbenen See zu den dunstig verklärten Bergen auf der italienischen Seite. Der seifige Geruch der Purpur-Magnolien hüllte sie ein. Erich hatte Sitzkissen auf die schmiedeeisernen Stühle gelegt, hatte seinem Gast und sich die letzten sizilianischen Orangen ausgepresst. Manchmal war Ascona Palermo näher als Zürich oder Bern.

Vitamine. Das war Erichs Gedanke gewesen. Was immer geeignet war, Mendelssohn aus seiner Agonie zu befreien. Wieder hatte sein Gast bis nach Mittag im Bett gelegen, hatte sich nicht überwinden können aufzustehen. Manchmal hielt ein sicherer Ort eine Depression nicht auf Abstand, sondern gab ihr stattdessen Raum zur Entfaltung.

Emden war zurück. Max Emden. Und diesmal würde er bleiben. Die Nazis wollten ihm mit der gleichen Gier an den Kragen, mit der sie an sein Geld wollten.

Jetzt schoss eines seiner Sportboote von Ascona kommend über den See, ein schwarzer Strich in der sich spiegelnden Sonne. Der Rumpf schlug hart auf dem Wasser auf. Im Gegenlicht war es nicht zu erkennen, doch Erich war sicher, dass Ottokar ein weiteres feingliedriges, zaghaft bekleidetes Geschöpf auf die Insel übersetzte. Derart jagte Emdens Hofnarr nur über den See, wenn es galt, eine junge Frau zu beeindrucken.

»Sagt Ihnen der Name Max Emden etwas?«, fragte Erich. Vielleicht brachte er Mendelssohn so auf andere Gedanken.

»Sie meinen den von M.J. Emden Söhne? Den mit dem Warenhauskonzern?«

»Ebenden. Er wohnt dort drüben, auf den Inseln. Das Boot ist eins von seinen, er besitzt ein ganzes Dutzend davon.«

Endlich kam etwas Leben in Mendelssohn. »Der *wohnt* da?«

»Sind Emdens Inseln, er hat sie gekauft.«

»Er hat diese Inseln *gekauft*?«

»Nicht nur das. Im Moment sieht man es nicht, weil die Bäume belaubt sind, aber auf der von uns aus gesehen hinteren Insel hat er sich einen Palazzo im römischen Stil bauen lassen, mit vierundzwanzig Zimmern.« Erich blickte hinüber. »Schiffsladungen voller Marmor hat er auf die Insel bringen lassen, die Boote lagen so tief im Wasser, dass sie auf Grund liefen, bevor sie anlegen konnten. Und das alles nur, weil ihm das Mosaik im Mailänder Dom so gut gefiel, dass er den gleichen Boden in seinem Palazzo haben musste. Er hat auch einen Pool in den Fels sprengen lassen, mit einer wunderschönen Bronzestatue an der Stirnseite. Dabei sind es nur drei Meter, und man kann im See baden.«

Mendelssohns Blick folgte dem von Erich. Zwei grüne Flecken im See, wie hingetupft.

»In dem Boot sitzt übrigens mit ziemlicher Sicherheit eine neue Inselschönheit«, bemerkte Erich.

Mendelssohn legte den Kopf schief.

»Sehen Sie«, fuhr Erich fort, »der gute Emden leidet unter Depressionen, und als wirksamstes Mittel dagegen haben sich nach eigener Aussage möglichst junge möglichst leicht bekleidete Frauen erwiesen, die über sein Anwesen streifen. Er kann sehr spendabel sein. Folglich gibt es einen steten Fluss junger Damen, die von Blumenkleidern umweht die Dorfstraße hinabfedern, kleine Köfferchen schwenkend, am Pier ihr Gesicht in die Sonne halten und darauf warten, dass Ottokar, Emdens Hofnarr, mit einem der Boote über das Wasser geschossen kommt und sie auf die Insel bringt. Vorausgesetzt, er hält sie für geeignet, die Leiden seines Chefs zu lindern.«

Mendelssohn blickte forschend in Erichs Gesicht. »Das haben Sie sich gerade ausgedacht.«

Sie beobachteten, wie Ottokar mit dem Boot einen perfekten Halbkreis in den See pflügte und das Gas herausnahm, worauf der Rumpf sanft ins Wasser eintauchte. Mit letztem Schwung glitt das Boot an den Steg.

»So etwas könnte ich mir nicht ausdenken«, sagte Erich. »Wenn Sie wollen, rudern wir später mit dem Boot hinüber. Heute Vormittag erst hat er angerufen und mich gebeten zu kommen.«

»Er hat Sie von der Insel aus angerufen?«

»Hab ich das nicht erwähnt? Er hat seine Insel ans Strom- und Telefonnetz anschließen lassen. Hat ihn einhunderttausend Franken gekostet. Sagt er. Wenn Sie ihn kennenlernen, werden Sie feststellen, dass er sich bevorzugt in seiner eigenen Realität aufhält.«

Erich hatte nicht vorgehabt, der Einladung Emdens zu folgen, doch jetzt überlegte er, ob es ihnen nicht guttun würde, gegen Abend, Bewegung, das Eintauchen der Ruderblätter, Gleichmaß.

Bevor er den Gedanken zu Ende denken konnte, wurde oben an der Straße die Klingel gedrückt.

Reflexartig erhob sich Mendelssohn: »Besser, ich gehe hinein.«

Erich wollte widersprechen, nickte stattdessen. Man konnte nie wissen.

Als er das Tor aufzog, blickte Erich in ein Gesicht, das ihm vage bekannt vorkam und das augenblicklich eine körperliche Reaktion bei ihm auslöste. Der Mann hatte praktisch auf der Schwelle gewartet, jetzt schob sich ein Fuß auf die oberste Stufe.

»Gestatten: Körner!« Er zog seinen Hut. »Staatssekretär des Preußischen Innenministeriums.«

Pilli Körner, fiel Erich ein. Göring war es gewesen, der seinem ehemaligen Referenten den Spitznamen verpasst und ihn offenbar gleich noch zu seinem Staatssekretär befördert hatte. Nur, was hatte Körner in Ascona und noch dazu auf Erichs Grundstück zu suchen?

»Bitte, eintreten zu dürfen!«

Erich war kurz davor, *Scheren Sie sich zum Teufel* zu antworten, aber etwas hielt ihn zurück. Er neigte zu Hochmut, wenn er sich Idioten gegenübersah, doch nur, weil jemand ein Idiot war, hieß das nicht, dass er keine Macht über dich hatte. Oder gerne gehabt hätte. Außerdem verfügten selbst die größten Idioten manchmal über sensible Antennen für den Hochmut ihres Gegenübers. Und wenn sie einmal an der Macht waren, zahlten sie dir die erlittene Demütigung heim, rächten sich für ihr eigenes Idiotentum. Erich streckte den Kopf durch das Tor. Offenbar war Körner allein gekommen.

»Wenn ich Ihnen damit einen Gefallen erweisen kann.«

Er führte den Staatssekretär um das Haus herum, direkt zu den Terrassen. Die Flügeltür stand offen, von Mendelssohn war nichts zu sehen.

Körner nahm Haltung an, ließ den Blick über den See schweifen. Anschließend nahm er die beiden Stühle ins Visier, den Orangensaft.

»Ich werde Sie doch nicht unterbrochen haben?«

Wusste er von Mendelssohn? Hatte er seinetwegen den weiten Weg aus Berlin auf sich genommen? Unwahrscheinlich. Mendelssohn war ein kleines Licht. Es sei denn, in seiner Aktenmappe verbargen sich Geheimnisse, von denen die Öffentlichkeit nichts erfahren sollte. Was, wenn Mendelssohn gar kein Journalist, sondern ein Agent war? Erich wusste immer noch so gut wie nichts über ihn.

»Nicht doch.« Er zog den Stuhl zurück, auf dem eben noch Mendelssohn gesessen hatte. »Ich hatte so ein Gefühl, dass ich heute noch Besuch bekommen würde.«

Pillis wässrige Augen blickten argwöhnisch unter seinen Schlupflidern hervor. Ironie schien für Görings rechte Hand ein Buch mit sieben Siegeln zu sein.

Idiot.

Das Wort nicht zu denken, schien unmöglich zu sein. Erich nahm sich vor, Körner im Geiste nicht länger mit Pilli, sondern mit Herr Staatssekretär anzureden, vielleicht half das.

»Setzen Sie sich doch«, forderte Erich ihn auf.

Körner setzte sich. Der Orangensaft lockte verführerisch, doch er widerstand der Versuchung. Entsagung war für einen wie Körner gleichbedeutend mit Lustgewinn. Er trug Zivil, aber in seinem Binder steckte eine dezente Hakenkreuz-Nadel. Demonstrativ nahm Erich einen Schluck, schlug die Beine übereinander.

Körner sammelte sich. »Um auf den Grund meines Besuchs zu sprechen zu kommen ...«

Erich blickte ihn an. Dann mal los.

»Ich bin im Auftrag von Reichstagspräsident Göring persönlich angereist. Er hat mir aufgetragen, Ihnen die besten Grüße zu entbieten.«

Schön.

»Darüber hinaus möchte er Sie ermutigen, nach Deutschland zurückzukehren.«

8

Erich war auf einiges gefasst gewesen, aber diesen Satz hatte er nicht erwartet.

»Wie ich mich überzeugen konnte«, fuhr Körner fort, »haben Sie sich hier ein recht idyllisches Refugium eingerichtet.« Erneuter Blick über den See. »Da kann man schwach werden. Und dafür haben wir Verständnis. Allerdings steht unser Land vor großen Herausforderungen. Jetzt ist nicht die Zeit für einen Deutschen, seinen Schwächen nachzugeben. Jetzt heißt es: stark sein!«

Erich trank sein Glas aus. »Gönnen Sie sich ruhig einen Schluck, Herr Körner, wo ich die Orangen extra für Sie ausgepresst habe.«

Die Ironie verunsicherte Körner zutiefst. Er konzentrierte sich.

»Noch ist Zeit, sich zu besinnen, Herr Remarque. Und nicht feige zurückzustehen. Lassen Sie die Welt wissen, dass Ihre Entscheidung, Ihrem Vaterland den Rücken zu kehren, einer vorübergehenden Verwirrung geschuldet war, und stellen Sie sich Ihrer Verantwortung als deutscher Patriot – der Sie sind, wie Sie aller Welt bewiesen haben.«

Wie lange Körner benötigt hatte, sich diese Ansprache zurechtzulegen?

Angespornt von Erichs Schweigen setzte der Staatssekretär nach: »Ich habe Ihren Roman gelesen. Sie heiligen die Kameradschaft. Das ist es, was Deutschland jetzt benötigt. Das, wofür Hitler – wofür wir alle! – stehen, Seite an Seite, ist gut, stark und edel. Ihre Sprache, Herr Remarque, ist einfach, klar und für jedermann verständlich. Und Einfachheit und Klarheit sind die Dinge, die unser Volk jetzt braucht.

Die Zeit des überspitzten jüdischen Intellektualismus ist vorbei. Besinnen Sie sich auf Ihre soldatischen Tugenden, und Sie werden der Welt als leuchtendes Beispiel deutschen Schriftstellertums vorangehen.«

Erich spürte seinen Mund austrocknen. Wie war es möglich, dass Körner so wenig begriff, worum es ihm in *Im Westen nichts Neues* gegangen war? Zahlte Erich jetzt den Preis dafür, dass er immer darauf bestanden hatte, in seinen Romanen keine politischen, sondern menschliche Themen zu behandeln?

Er war ohne sein Zutun auf die richtige Seite geschleudert worden. Mit dem Ergebnis allerdings, dass die falsche Seite jetzt auf seiner Terrasse saß und verzweifelt versuchte, den Orangensaft nicht anzurühren.

Erich dachte an das Manuskript, das drinnen auf dem Tisch lag. Vielleicht war das der Weg, der jetzt zu gehen war: Er musste deutlicher werden. Künstlerischer Humanismus war nicht länger das Mittel, sich Gehör zu verschaffen. Er durfte nicht zulassen, dass Menschen wie Körner seine Romane instrumentalisierten. Mut musste her, Klarheit. Gleich morgen würde Erich die Überarbeitung in Angriff nehmen, nächste Woche, spätestens.

Körner war berauscht von den eigenen Worten. »Nun, mein lieber Remarque, was sagen Sie? Also, *ich* sehe das so: Sie sind weder Jude noch jüdisch versippt. Sie haben sich gottlob früh von Ihrer Frau scheiden lassen, Kinder haben Sie ebenfalls keine. Alles andere lässt sich regeln. Stellen Sie sich vor: ein deutscher Künstler von Weltruf, der die Kameradschaft heiligt und verinnerlicht hat, dass der Schützengraben der Ort ist, an dem die wahren Helden geboren werden. Wenn *Sie,* mit Ihrer Reputation, sich in den Dienst der edlen und richtigen Sache stellten … Was für eine Symbolhaftigkeit Ihre Rückkehr hätte: eine Versöhnung im Geiste großdeutschen Großmuts.«

Aus dem Augenwinkel sah Erich, wie sich das Fenster von Mendelssohns Zimmer einen Spaltbreit öffnete. Er erhob sich.

»Bin gleich zurück.«

»Bitte sehr.«

Erich ging ins Kaminzimmer, das Etui lag neben dem Manuskript, zündete sich eine Zigarette an, inhalierte, tief, inhalierte noch einmal. *Ich sehe nicht, dass Sie eine Wahl hätten.* Emils Worte. Nun, offenbar hatte Erich doch eine. Noch war es nicht zu spät, wie Körner ihm soeben versichert hatte. Er nahm den Aschenbecher, kehrte auf die Terrasse zurück, setzte sich, streifte die Asche ab.

Erich sah Körner an, der seinen Blick erwartungsvoll erwiderte. Ein Idiot, es half alles nichts. Ein Nazikarrierist, schlau genug zu wissen, wo es warm herauslief, und mit dem sicheren Gespür dafür, wer diejenigen waren, die einen mit nach oben ziehen würden, wenn man ihnen nur rechtzeitig und tief genug in den Arsch kroch. Und hier saß er, der Arschkriecheridiot, mit diesem Lächeln wie Grießpudding, und fraternisierte mit Erich.

»Ihnen ist bekannt, dass ich Pazifist bin? Ein militanter Pazifist geradezu? Menschen mit meiner Gesinnung werden von Menschen mit Ihrer Gesinnung in Deutschland gerade zu Tausenden interniert.«

»Pazifismus«, Körner produzierte ein schmatzendes Geräusch, als er die Luft einsog, »ist eine romantische Illusion, mein lieber Herr Remarque. Als Idee hübsch anzusehen, aber letztlich – nehmen Sie es mir nicht übel – kindisch. So spricht der jugendliche Leichtsinn. Das hat etwas Anrührendes, aber wir wissen es beide besser. Ein Deutscher denkt und fühlt nicht pazifistisch. Ich rate Ihnen dringend: Werden Sie erwachsen, und stellen Sie sich Ihrer Verantwortung als aufrechter deutscher Patriot. Der Sie sind. So wie ich. So wie alle Nationalsozialisten. Ich kann Ihnen versichern, wenn Sie der Aufforderung des Reichsministers Folge leisten, werden Sie sich bei Ihrer Rückkehr zu neuer Größe emporgehoben finden. Nebenbei bemerkt würden auch die fünfundzwanzig Prozent Reichsfluchtsteuer entfallen. Herr Göring jedenfalls sieht in Ihnen den künftigen führenden Repräsentanten einer neuen deutschen literarischen Ära. Eine Chance, die sich Ihnen kein zweites Mal bieten wird.«

Heinrich Mann kam Erich in den Sinn, den sie gerade aus der Akademie der Künste ausgeschlossen hatten, obwohl er deren Präsident gewesen war.

»Aber dann wäre ich ja ganz allein!«, rief Erich. Bei einem wie Pilli half nur Zynismus. Erich beugte sich vor, die Unterarme auf den Oberschenkeln. »Schauen Sie«, erklärte er, »so gut wie jeder, der noch vor wenigen Monaten das repräsentierte, was der Rest der Welt unter deutscher Kultur verstand, ist heute ein Flüchtling, sofern er nicht weggesperrt wurde. Und da soll ausgerechnet *ich* zurückkommen? Das Land, nach dem ich Heimweh habe, existiert nicht mehr. Meinem Nationalgefühl wurde die Grundlage entzogen. Nationalgefühl ist nur dann möglich, wenn der Humus, auf dem dieses Gefühl wachsen soll«, Remarque formte die Finger seiner rechten Hand zu einer Knospe und ließ sie aufspringen, »Kultur und eine offene Gesellschaft sind. Und nicht die absurde Vorstellung, seinen Nachbarn natürlicherweise überlegen zu sein. Sie selbst sind übrigens, entgegen anderslautender Behauptung, *kein* Patriot. Waren es nie und werden es nie sein. Ebenso wenig wie Ihr Chef. Denn Patriotismus und Nationalismus sind zwei völlig verschiedene Paar Schuhe.«

Körner ließ sich Zeit mit der Erwiderung. Unterdessen verschwand der Glanz aus seinen Augen. *Blutsmäßig verbundenes gehorsames Deutschtum.*

»Herr Göring hatte mich gewarnt, dass so etwas passieren könnte.«

»Dass *was* passieren könnte?«

»Dass Sie sich unseren Argumenten gegenüber unaufgeschlossen zeigen würden. ›Ein sturer Bock‹, so hat er Sie genannt. Schien ihm auf gewisse Weise zu imponieren.«

»Da können Sie einmal sehen, was *Ihr* lieber Herr Göring für ein exzellenter Menschenkenner ist. Richten Sie ihm gerne aus, der sture Bock habe sich entschieden, seiner anrührenden, kindischen Überzeugung treu zu bleiben.«

»Schmecken wird ihm diese Antwort nicht.«

»Ich bin untröstlich.«

»Die Zeit wird kommen, da wird Ihnen Spott keine Hilfe mehr sein. Noch haben Sie Gelegenheit, Ihre Position zu überdenken, doch das Fenster schließt sich, und zwar bald.«

»Sie irren sich. Das Fenster hat sich bereits geschlossen. Und richten Sie Herrn Göring überdies gerne aus, dass er *Ihr* Ministerpräsident und Reichstagspräsident und Reichsminister ohne Geschäftsbereich – wer hat sich *das* eigentlich ausgedacht? – sein mag, nicht aber meiner.«

»Möchten Sie wirklich, dass ich Herrn Göring *diese* Antwort überbringe?«

Als gebe er ihm eine letzte Chance.

»Mit Verlaub: Es ist mir vollkommen gleichgültig, was Sie Herrn Göring überbringen. Von mir aus überbringen Sie ihm einen Schweizer Käse.«

Es dauerte zwei gemeinsam mit Mendelssohn gerauchte Zigaretten, bis Erichs Erregung so weit abgeebbt war, dass das Lächeln auf sein Gesicht zurückkehrte.

»Trinken Sie ruhig«, sagte er. »Körner hat das Glas nicht angerührt. Vielleicht hat der gute Emil ja doch recht.«

»Womit?«

»Er meint, jetzt, da die Nazis an der Macht sind und jeder erkennen muss, was das für eine Bande ist, wird ihre Abwahl nur eine Frage der Zeit sein. Wenn Göring seine rechte

Hand losschickt, um einen Schriftsteller wie mich nach Deutschland zurückzubeordern, dann müssen die Herren in Berlin wahrlich verzweifelt sein.«

»Haben Sie gar keine Angst? Görings Arm ist lang.«

»Schauen Sie: Körner ist wie ein gut geöltes Gewehr. Pflanzen Sie ihm eine Patrone in den Kopf und ziehen Sie den Abzug, und er schießt. Das Ziel suchen Sie aus. Nein, Angst ist ein Gefallen, den ich den Nazis nicht erweisen werde.«

9

Die Sonne malte einen leuchtenden Steg auf das Pflaster der Via Borgo, spiegelte sich in Erichs Schuhen. Das gesamte Dorf duftete nach Kamelien und leuchtete in Farben, die der Fantasie entsprungen schienen.

Neuerdings standen drei Tischreihen vor dem Verbano, nicht länger zwei. Fede hatte zugekauft, noch fünf Tische, noch zwanzig Stühle. Sie versperrten die halbe Gasse. Täglich entstiegen dem Omnibus neue, versprengte Seelen. Und alle fanden sich früher oder später im Verbano ein.

Fede brachte gerade einer Frau ihren Kaffee, als sie Erich die Straße heraufkommen sah. Mit der Linken das Tablett balancierend, winkte sie ihm zu. Ascona im Frühling.

Etwas an der Frau, die Fede bediente, stieß bei Erich eine Tür auf. Sie trug eine grotesk anmutende Leopardenfellmütze, dazu einen russischen Offiziersmantel, saß leicht eingesunken und streckte ihren Kopf aus dem Kragen wie eine Schildkröte.

Erich blieb stehen, spürte die Sonne im Rücken. Schließlich trat er an ihren Tisch, legte seinen Schatten über die Frau. Sie hob den Kopf, schirmte die Augen ab.

»Ach Sie sind's!«, stellte sie fest. In diesem Leben würde Else Lasker-Schüler nichts mehr überraschen.

Sie erhob sich, und dann, als hätten sie es verabredet, machten sie etwas, das sie noch nie getan hatten: umarmten einander.

Noch bevor Erich seine Umarmung löste, brach Lasker-Schüler in Tränen aus. Er hielt sie noch etwas länger.

»Das ist doch lächerlich.« Sie stieß sich von ihm ab. »Geben Sie mir ein Taschentuch, um Himmels willen.«

Er reichte ihr eins. Sie betupfte ihre Augenränder, steckte das Taschentuch ein, ließ sich auf ihren Stuhl sinken.

»Sie leben«, sagte Erich. Es sollte aufmunternd klingen.

»Ich lebe, ja. Ein gewaltiges Missverständnis, wie mir zuweilen scheint.«

Erich kannte ihre Geschichte. Die Menschen, die ihr am meisten bedeutet hatten, waren alle gestorben und alle zu früh. Ihr Bruder, ihre Mutter, ihr engster Vertrauter und Freund, Franz Marc, gefallen bei Verdun, in der sinnlosesten aller Schlachten. Und schließlich ihr Sohn, Tuberkulose, genau wie damals ihr Bruder. Erich unterdrückte den Impuls, sein Mitgefühl in eine theatralische Geste zu gießen, ihre Hand in seine zu nehmen oder Ähnliches. Leicht fiel ihm das nicht.

»Haben Sie schon eine Bleibe?«, fragte er.

»Noch nicht. Bin vor zwei Stunden erst aus dem Bus gefallen.«

»Wir finden etwas. Bis jetzt ist jeder noch irgendwo untergekommen.«

Im Zweifel würde Erich ihr anbieten, eins der Zimmer in seiner Villa zu beziehen.

»Meine Sorge gilt eher der Schweizer Fremdenpolizei«, erwiderte Lasker-Schüler. »In Zürich wurde ich auf Schritt und Tritt von Kontrolldetektiven verfolgt. Die Behörden haben meine Aufenthaltserlaubnis nicht verlängert, mit Arbeitsverbot haben sie mich auch belegt. Nicht einmal Schreiben oder Malen darf ich mehr, zumindest darf ich mich nicht dafür bezahlen lassen. Ich habe den Fehler begangen zu fragen, ob ich Freunden, die mich finanziell unterstützen, im Gegenzug Bilder schenken darf.« Sie trank von ihrem Kaffee. »Ui, der ist aber gut.«

Erich sah sie an, wartete.

»Darf ich *nicht*«, fuhr sie fort. »Das käme einer Erwerbstätigkeit gleich.«

Ihre Tasse war leer. Ihr Blick verriet, dass sie nachrechnete, ob sie sich eine zweite leisten konnte. Nicht einmal genug Geld für einen Kaffee. Und letztes Jahr noch den Kleist-Preis erhalten.

»I pantaloni bianchi col giornale«, flüsterte Fede, als sie Erichs Kaffee abstellte. Sie wusste, dass er kaum Italienisch verstand, doch das hatte sie noch nie bekümmert.

Erich erblickte die »weißen Hosen mit der Zeitung« zwei Tische weiter. Ein Mann mit kantigem Gesicht, der sich bemühte, entspannt auszusehen. Ein deutscher Spion. Auch von denen fanden sich immer mehr in Ascona ein.

Er wollte das Gespräch mit Lasker-Schüler wieder aufnehmen, als unvermittelt eine Stimme durch die Gasse hallte: »Der Prinz! Der Prinz von Theben ist da!«

Marianne von Werefkin war praktisch jedem im Ort vertraut – mit Ausnahme des Mannes in den weißen Hosen, der für einen Augenblick fürchtete, enttarnt worden zu sein.

Mit vorgestreckten Armen wallte La Nonna heran, behängt mit Armreifen und Halsketten, die roten Haare von einem bunt gemusterten Kopftuch gebändigt. Lasker-Schüler ging ihr entgegen, und dann standen sie in der Sonne, mitten auf der Gasse, die Häupter von Licht umkränzt, und hielten einander an den Händen.

Der Prinz von Theben war Lasker-Schüler selbst. Prinz Jussuf von Theben, um genau zu sein. Bereits vor vielen Jahren hatte sie sich den Helden ihrer frühen Erzählungen zu ihrem Alter Ego erwählt. Erich bestellte mehr Kaffee.

Die Begrüßung zwischen der Werefkin und Erich war vertraut, doch distanziert. Erich und sie standen sich nicht besonders nahe und hatten im Verbano noch nie am selben Tisch gesessen. Jetzt jedoch rückten sie zusammen.

Offenbar arbeitete die Künstlerin an einem neuen Bild. Erich bemerkte Farbspritzer an den Händen und den Unterarmen, rot, dunkel violett und noch feucht. Sie arbeitete stets an etwas Neuem, genau wie Emil. Alle waren sie so schamlos produktiv!

Die Nonna beugte sich vor und nahm Elses Hand zwischen ihre. Und weil es die Nonna war, war es erlaubt.

»Meine liebe Else, erzählen Sie: Wie ist es Ihnen ergangen?«

Elses Lippen waren schmal geworden, ihr Mund verrutscht. »Wie so vielen«, sagte sie, um gleich darauf wieder in Schweigen zu verfallen. »Ist ja immer auch ein Trost«, fuhr sie schließlich fort, »dass man nicht die Einzige ist. Der Zug, mit dem ich nach Zürich gefahren bin, war jedenfalls besetzt bis auf den letzten Platz.« Sie berichtete, wie sie bei Nacht und Nebel aus Zürich hatte verschwinden müssen. »Was denken die sich, wo ich hinsoll – nachdem mich die Nazis auf offener Straße verprügelt haben?«

Sie drehte sich zu dem Mann mit den weißen Hosen um, als hätte sie ihn die ganze Zeit über beobachtet. Dabei konnte sie unmöglich gehört haben, was Fede Erich zugeflüstert hatte.

Sie drehte sich zurück. »Also, man kann ja von den Nazis halten, was man will, aber wie man sich seinen niedersten und primitivsten Instinkten hingibt, das haben sie wahrlich zur Perfektion getrieben.«

Erich überlegte, ob er Else ein Zeichen geben sollte. Seit sich herumgesprochen hatte, dass Ascona zu einem Zufluchtsort für Emigranten geworden war, musste man darauf achten, was man wo zu wem sagte. Deutsche, die auf Besuch kamen, wurden bei der Rückreise an der Grenze zuverlässig verhört. Man legte ihnen Listen vor, mit wem sie wo verkehrt hatten und was dabei beredet worden war, nicht selten Wort für Wort. Erich lehnte sich zurück. Sie waren in der Schweiz, in Sicherheit, und solange die Nazis in Deutschland das Sagen hatten, war an eine Rückkehr ohnehin nicht zu denken.

Das folgende Gespräch zwischen dem Prinzen und der Nonna fand weitgehend ohne Erich statt. Es hätte ihn interessiert, woher die beiden einander kannten und seit wann sie befreundet waren. Doch dafür wäre später noch Gelegenheit, nächste Woche, in drei Monaten. Ascona war von der Zeit abgekoppelt.

Erich musste sich eingestehen, dass er die Werefkin, unbeabsichtigt, aber eben doch, bislang gemieden hatte. Und jetzt, hier mit ihr am Tisch, während sie ihrer Freundin mit jedem Satz einen neuen Tropfen Zuversicht einflößte, verstand er auch, warum das so war.

Die Nonna gab ihm zuverlässig das Gefühl, noch nicht viel vom Leben verstanden zu haben, zu sehr an den Dingen zu kleben, dem Erfolg, dem Auto, der Villa, den Maßanzügen. Und vermutlich stimmte das. Doch es änderte nichts. Es fühlte sich an wie eine Degradierung.

Außerdem trafen ihre Bilder seinen Geschmack nicht. Sie hinterließen einen starken Eindruck, das ja, aber schön waren sie nicht. Zu russisch, zu schwer. Seit Jahren fand sie ihre Motive in Ascona und der Umgebung, und doch glich noch immer jeder Pinselstrich einem Faustschlag, nie erhob sich etwas in die Luft, schwebte. Und keine Farbe, der nicht wenigstens ein bisschen schwarz beigemischt war. Aber vielleicht durfte er ihre Bilder auch einfach *nicht* mögen. Er hätte auch nie von ihr verlangt, seine Romane zu mögen. Das musste schließlich nicht heißen, dass man einander nicht schätzte.

»Aber das kann ja gar nicht sein, dass Sie kein Zimmer haben«, sagte die Werefkin in diesem Moment, und ehe Erich vorschlagen konnte, Else bei sich einzuquartieren, rief sie: »Fede!«

Jeder im Ort wusste, dass die Nonna und Fede eine besondere Beziehung verband. Für die Werefkin war sie die Tochter, die sie mit dem undankbaren und selbstsüchtigen Lümmel, dem sie ihr halbes Leben hinterhergeworfen hatte, nicht bekommen hatte. Auch jetzt, als Fede zu ihnen an den Tisch trat, war es sofort greifbar. Wenn die Werefkin Italienisch sprach, wurde ihre Stimme versöhnlich und warm, sprach sie mit Fede, wurde ihr ganzer Körper weich.

»E i Signorelli?«, fragte sie. »Loro non hanno una camera libera?«

Es war bekannt, dass die Signorellis ein freies Zimmer hatten. Oder auch zwei. Sie zu fragen hatte allerdings noch niemand gewagt. Fede blickte zur anderen Straßenseite hinüber, wo die Signorellis ihre Patisserie betrieben, seit Generationen. Ehrbare Leute, aber ein bisschen wie ihr Feingebäck: mit dem Lineal gezogen.

»Già«, antwortete Fede. Schon. »Aber du weißt, wie sie sind«, fuhr sie in ihrem Tessiner Italienisch fort. »Da muss nur ein Kind seine Nase gegen die Scheibe drücken, und der alte Herr bekommt einen Herzinfarkt.«

»Papperlapapp«, erwiderte die Werefkin auf Deutsch.

Ihre verstümmelte Hand wischte durch die Luft. Als junge Frau hatte sie sich bei einem Unfall selbst die Hand durchschossen, noch dazu ihre Malhand. Doch das hatte sie nicht davon abgehalten, ihrer Berufung zu folgen. Renoir hatte sich in seinen letzten Jahren den Pinsel jeden Tag an die Hand binden lassen, was machte da ein fehlender Mittelfinger?

»Wenn der einen Herzinfarkt bekommt, dann nur, weil niemandem seine Crema so gut schmeckt wie ihm selbst. In Zeiten wie diesen sollte jeder die Chance erhalten, sich durch Menschlichkeit auszuzeichnen.«

Fede drehte die Handflächen nach oben. »Frag sie. Ich bin gespannt, ob sie den Mut haben, dir etwas abzuschlagen.«

Tatsächlich ertönte in diesem Augenblick ein Glöckchen, und die Tür der Patisserie öffnete sich. Signorina Signorelli trat auf die Straße und wischte mit einem Tuch die Fingerabdrücke von der Türscheibe. Ein Ritual, das sich stündlich wiederholte.

»Signora Signorelli!« Erstaunlich behände erhob sich die Werefkin und rauschte über das Pflaster. »Eccola lì!«

10

Erich stand am Fuß der majestätischen Treppe, den See im Rücken, und blickte zur Villa der Ludwigs hinauf: Mimosen, Azaleen, Kamelien, wilde Rosen. Die untergehende Sonne tauchte die Fassade in ein impressionistisches Rosa. Schon wieder erschien Erich der Bau verändert. Bei jedem Besuch gab es ein neues Detail zu entdecken.

Damals, vor dem Krieg und frisch nach ihrer Hochzeit, hatten sich Elga und Emil mit Zuversicht und wenig Geld ein Häuschen zusammengezimmert. Kein elektrisches Licht, kein Telefon, kein warmes Wasser. Später ließen sie sich eine Villa mit zahlreichen Säulen und Rundbögen entwerfen, die seit ihrer Fertigstellung vor gut zehn Jahren ständig umgebaut und erweitert wurde. Außerdem kauften sie die angrenzenden Grundstücke hinzu, um erst einen Gemüsegarten, anschließend einen Tennisplatz aus dem Hang zu stemmen. Die Terrasse nahm Jahr für Jahr an Umfang zu, ein organischer Prozess. War ein Haus erst einmal fertig, meinte Emil, zog der Tod ein. Offenbar wollten Elga und er ewig leben. Das Häuschen von vor dem Krieg hatten sie stehen lassen, eine romantische Erinnerung.

Elga stand auf der Terrasse, neben sich die Bronzefigur des bogenschießenden Apollon, frühes 16. Jahrhundert. Emil war der berühmte und in aller Welt gefeierte Autor, aber ihn in seinem Domizil zu besuchen hieß vor allem, Elga zu besuchen. Sie schwebte über allem.

Erich hob die Arme, zeigte rechts die Blumen und links die Flasche Cheval Blanc vor, die sie später trinken würden. Elga legte eine Hand auf den Sockel des bronzenen Apollon. Sie vermochte wie eine Herrscherin auszusehen und zugleich nahbar und voller Herzenswärme. Erich stieg die Treppe hinauf.

»Irgendetwas ist schon wieder verändert«, sagte er, »aber ich komme nicht darauf.«

Emil kam hinzu, wippte auf den Fußballen. Elga legte ihrem Mann einen Arm um die Hüfte.

»Ich bin sicher, er wird es Ihnen mit Freuden demonstrieren. Am I right, my love?« Sie war zweisprachig aufgewachsen, ihre Mutter Engländerin.

Emil warf seiner Frau diesen Blick zu, der immer wieder aufs Neue bezeugte, wie glücklich er sich schätzte, dass ihn das Schicksal ausgerechnet mit Elga zusammengeführt hatte. Seit mehr als fünfundzwanzig Jahren verbrachten sie nahezu jeden Tag gemeinsam, arbeiteten gemeinsam, atmeten gemeinsam dieselbe Luft ein. Allein der Gedanke an so viel Zweisamkeit löste bei Erich einen Fluchtreflex aus.

»Mir nach!«, sagte Emil.

Es war der Trakt über dem Atelier, in dem die Hausangestellten wohnten. Er hatte einen separaten Zugang erhalten. So mussten die Angestellten nicht länger durchs Haus laufen. Emil ging drei Mal hinein und kam wieder heraus. Rein, raus, rein, raus, rein, raus.

Bis Erich rief: »Um Himmels willen, ich habe es verstanden!«

Greta, die italienische Köchin mit dem wiegenden Gang, hatte Ossobuco gekocht. Dazu Safranrisotto. Sie saßen schwer und stumm in den Sesseln vor dem erkalteten Kamin, während der Cheval Blanc unangetastet auf dem Sims stand.

Schwarz hinter den Fenstern. Erich tat, was er in seiner eigenen Villa viel zu selten machte: stand auf, stellte sein Glas neben das Notenpult, rollte die bestickte Tastendecke zusammen und setzte sich an den Flügel. Die Ludwigs hatten einen Bechstein mit weichem Anschlag, die Bässe warm, der zweigestrichene Bereich wie geschaffen für lyrische Melodien. Elga legte ihre Hände ineinander. Sie genoss, wenn Erich dem Instrument, das doch die meiste Zeit nur Möbel war, vorübergehend Seele einblies.

Schumann. Wo auch immer der jetzt herkam. Opus 15, die Kinderszenen, von fremden Ländern und Menschen, G-Dur, so einfach wie wahr. Gebrochene Akkorde füllten die Stille, die Hoffnung auf etwas Schönes. Bereits vorhin auf den Stufen war Erich die Szenerie seltsam entrückt vorgekommen, jetzt, umgeben von Musik, steigerte sich der Effekt noch. Der Raum schien sich aus seiner Verankerung zu lösen.

Erich dachte an die Monate im St.-Vinzenz-Hospital vor fünfzehn Jahren, und wie er für die Verwundeten Klavier gespielt hatte. An die Blicke der Krankenschwestern, und, natürlich, an die heimlichen Stunden mit der Tochter des Direktors, an ihr Glucksen, mitten im Krieg, in seinem Bett.

Er breitete die Decke wieder über die Tasten. Die einsetzende Stille summte in den Ohren. Emil ging in den Weinkeller, schwere Schritte auf den Stufen, kehrte mit einer Flasche Markobrunn zurück. Die nächste Zigarette hielt er zwischen den Fingern, bis ihm der Stummel die Haut versengte und sich kaum noch ausdrücken ließ.

Ohne dass einer von ihnen auf die Uhr gesehen hätte, erhob sich Elga, strich ihren Rock glatt, ging zum Bücherregal und schaltete das Radio ein. Langwelle. Sie drehte am Rädchen, ein Stochern im Äther, russische Sprachfetzen, ein schwedischer Schluckauf, dann hatte sie es.

Die Stimme aus dem Holzkasten klang überraschend nah und unvernebelt. Die Aktion war bereits im Gange.

»... und der kommende deutsche Mensch«, brüllte Goebbels, »wird nicht nur ein Mensch des Buches, sondern ein Mensch des Charakters sein.« Elga blieb neben dem Radio stehen. »Und dazu wollen wir euch erziehen«, rief der

Reichsminister den Studenten zu, »jung schon den Mut zu haben, dem Leben in die erbarmungslosen Augen hineinzuschauen, die Furcht vor dem Tode zu verlernen, um vor dem Tode wieder Ehrfurcht zu bekommen!« Goebbels betonte jedes Wort. »Und deshalb tut ihr gut daran, um diese mitternächtliche Stunde den Ungeist der Vergangenheit den Flammen anzuvertrauen. Das ist eine starke, große und symbolische Handlung! Eine Handlung, die vor aller Welt dokumentieren soll …« Elga biss sich auf die Lippen, das war noch ärger als erwartet. Goebbels kam zum Ende: »… Aus diesen Trümmern wird sich siegreich erheben der Phönix eines neuen Geistes!«

Blechbläser setzten ein, gefolgt von einem dumpfen Chor aus tausend Stimmen: »… wir halten zusammen, auf Leben und Tod …«

Stille. Einzig der brennende Scheiterhaufen auf dem Opernplatz in Berlin war zu hören, quälend lange nichts als das lodernde Feuer.

Schließlich der erste studentische Rufer, durch die Flammen hindurch: »Deutsche Studenten! Wir haben unser Handeln gegen den undeutschen Geist gerichtet. Übergebt alles Undeutsche DEM FEUER!«

Elga stemmte sich gegen das Bücherregal, als wolle sie die Wand versetzen. »So weit sind wir jetzt? Dass wir uns von einem Haufen Geisteskranker vorschreiben lassen müssen, was Deutsch ist und was nicht!«

Der Scheiterhaufen musste gewaltig sein. Der Student jedenfalls war kaum zu verstehen. Der erste Feuerspruch erscholl, lauter jetzt, blechern, ein Rufer brüllte etwas von idealistischer Lebensauffassung und eröffnete den Exekutionsreigen:

»Ich übergebe dem Feuer die Schriften von Karl Marx!«

Ein zweiter Rufer übernahm: »Gegen Dekadenz und moralischen Verfall! Für Zucht und Sitte in Familie und

Staat! Ich übergebe der Flamme die Schriften von Heinrich Mann, Ernst Glaeser und Erich Kästner.«

Der dritte Rufer wollte die Schriften von Friedrich Wilhelm Förster vernichtet wissen, dem Gesinnungslumperei und politischer Verrat vorgeworfen wurden.

»Was habe ich mir denn darunter vorzustellen«, überlegte Emil, »Gesinnungslumperei?«

Freud war der Nächste auf der Liste, der Rufer bescheinigte ihm »seelenzerfasernde Überschätzung des Trieblebens«.

Dann der fünfte Rufer: »Gegen Verfälschung unserer Geschichte und Herabwürdigung ihrer großen Gestalten. Für Ehrfurcht vor unserer Vergangenheit! Ich übergebe der Flamme die Schriften von Emil. Ludwig. Cohn!«

Emil zündete sich die nächste Zigarette an, stand auf, vergrub die freie Hand in der Hosentasche, blickte auf den wie von Schellack überzogenen See hinaus.

Vielleicht, dachte Erich, würde es dereinst eine Auszeichnung bedeuten, zu den Autoren gehört zu haben, deren Werke in diesem Moment in Flammen aufgingen. Vergesst mich nicht. Vergesst nicht, auch meine Bücher ins Feuer zu werfen, und vergesst nicht, sich ihrer zu erinnern.

Aus dem Radio ertönte der nächste Rufer: »Gegen literarischen Verrat am Soldaten des Weltkriegs, für Erziehung des Volkes im Geiste der Wehrhaftigkeit!«

Emil sprach gegen die Scheibe: »Das klingt mir ganz nach Ihnen.«

Der Rufer verkündete: »Ich übergebe der Flamme die Schriften von Erich. Maria. Remarque!«

Sie hörten die Übertragung nicht bis zu Ende an. Tucholsky, Ossietzky, Seghers, Zweig, Thomas Mann, Klaus Mann, Feuchtwanger, Toller, Einstein, es nahm kein Ende.

Elga schlug die Hände vors Gesicht: »Wann ist das passiert? Das sind doch alles denkende Menschen!«

Tatsächlich war das das Traurigste daran: Dass die Idee

noch nicht einmal auf Goebbels' oder Görings Mist gewachsen war, sondern auf dem der deutschen Studentenschaft, der geistigen Elite, der kommenden Generation.

»Sei so gut, Liebes«, Emil war an den Kamin getreten, »setz dich wieder zu uns.« Er nahm Erichs Flasche vom Sims. »Und wärst du so gut, die großen Gläser mitzubringen.«

Bis Erich den Heimweg antrat, glomm bereits der erste Morgenschimmer über dem Monte Tamaro und zeichnete die gewellte Linie seiner Kuppen in den Himmel. Erich hatte Mühe, die Stufen hinabzusteigen, musste mit jedem Schritt sein Gleichgewicht finden.

Gegen zwei war Elga zu Bett gegangen, während Emil und er weitergetrunken hatten. Dabei hatten sie weniger um sich selbst oder ihre Bücher als um ihr Land getrauert. Zweig, Tucholsky, Mann, sämtliche großen und schönen und mutigen Geister, verbrannt. Durch die Tyrannei von Arschgeigen. Es war nicht zu begreifen.

Erich hielt sich rechts, am Hang. So sah er zwar nicht, was sich in seinem Rücken näherte, doch um diese Zeit herrschte noch kein Verkehr auf der Via Moscia, schon gar nicht in Richtung Italien. Er hätte auf der Uferseite gehen sollen, doch er schwankte und wollte sich nicht der Gefahr aussetzen, durch einen Fehltritt den Abhang hinabzustürzen.

Emil hatte ihm angeboten, in Moscia zu übernachten, Betten gab es genug, im Zweifel Gretas. Das Ossobuco habe sie ohnehin nur seinetwegen gekocht. Erich hatte abgelehnt. Der kleine Fußmarsch würde ihm guttun, ihn durchlüften.

Bis er sein Haus erreichte, fielen die ersten Sonnenstrahlen durchs Bambusdickicht. Er stieg an der Villa vorbei zur Terrasse hinab, inzwischen war er halbwegs nüchtern. Schon jetzt strich ihm die Luft warm über die Haut. Seine Jolle wiegte sich am Steg hin und her. Ein Idyll. Und in Berlin wehte die Asche seiner verbrannten Bücher durch die Straßen.

Er warf einen letzten Blick hinüber zur Promenade von Ascona und wollte sich gerade abwenden, da bemerkte er einen gräulichen Umriss unter der großen Kiefer. Im ersten Moment dachte er an ein schlafendes Tier, ein Reh, mit hellen Hufen. Erich strengte seine Augen an, die ersten Möwen kreischten.

»Bitte nicht«, stieß er aus.

11

Er wusste es, noch bevor er die Stufen zum Steg hinuntergeeilt war, um den erstarrten Mendelssohn an Schulter und Knie zu fassen und ihn auf den Rücken zu drehen.

Schädelbruch, so würde es tags darauf in der *Südschweiz* zu lesen sein, und dass Mendelssohn vermutlich den Abhang hinabgestürzt war, als er versuchte, bei Nacht und zu Fuß über die italienische Grenze zu gelangen.

Viel Blut war nicht ausgetreten, zwei Rinnsale aus Ohr und Nase, die in den Nackenhaaren versickert waren. Sollte er Schmerzen verspürt haben, überrascht gewesen sein, so war im Gesicht nichts davon zu sehen. Jetzt, im Tod, strahlte er plötzlich Erhabenheit aus.

Als Erich aufstand, um eine der Wolldecken zu holen, die er für die Liegestühle bereithielt, bemerkte er die geöffnete Terrassentür. Einem diffusen Impuls folgend, schlich er sich auf die eigene Terrasse, spähte durchs Fenster, schob sich zwischen den Türflügeln hindurch, löste lautlos den Schürhaken aus der Halterung, lauschte.

Er kontrollierte sämtliche Zimmer, die Küche, die Kammern, blickte in Schränke und unter Betten. Im Haus war niemand, und die Eingangstür war verschlossen. Zu fehlen schien ebenfalls nichts. Es hätte auch keinen Sinn ergeben. Mendelssohns Leiche war starr, musste seit Stunden unter dem Baum liegen. Hätte sich jemand Zutritt zum Haus verschafft, wäre er längst über alle Berge.

Erich nahm die Decke, ging zurück zu Mendelssohn, breitete sie über ihn. Es gab nicht einmal jemanden, den er hätte informieren können, jedenfalls wusste er von niemandem. Der einsamste Tod, den man sich vorstellen konnte.

Er setzte sich unter die Kiefer, lehnte sich gegen den Stamm. Um ihn herum singende Vögel im frischen Grün. Er nahm sich eine Zigarette und blies den Rauch über den See.

Die Sonne war kaum aufgegangen, da jagte Emden in einem seiner Boote über den See, umkreiste mit absurdem Getöse seine Inseln. Alle Möglichkeiten dieser Welt und so wenig Verwendung. Sie waren kein einziges Mal hinübergerudert, Mendelssohn und er. Heute, hatten sie überlegt, gegen Abend vielleicht.

Wie war Mendelssohn zu Tode gekommen? Weshalb stand die Terrassentür offen? War er gesprungen? Oder war er unfreiwillig über die Klippe gegangen? Hatte doch von der Heydt seinen Nazikumpanen einen Tipp gegeben?

Körner. Der Name durchzuckte Erich. Pilli Arschkriecher Körner. *Noch haben Sie Gelegenheit, Ihre Position zu überdenken*, hatte er gesagt, und dass sich das Fenster schließen werde, *und zwar bald*. Hatten ihm Naziagenten aufgelauert und dann, in der Annahme, es handele sich um Erich, Mendelssohn erschlagen und über das Geländer geworfen?

An Selbstmord mochte Erich nicht glauben. Gerade erst hatte Mendelssohn begonnen, seinen Kopf wieder aus dem Dickicht zu strecken, sein Gesicht dem Licht zuzuwenden. Ein Unfall erschien ebenfalls abwegig. Mendelssohn war ein vorsichtiger Mensch. Und er trank nur nach mehrmaliger Aufforderung. Zufällig war der nicht von der Straße abgekommen.

Emden war noch damit beschäftigt, das Wasser um seine Inseln aufzuwühlen, als Erich ins Haus zurückkehrte und versuchte, den posto di polizia zu erreichen. Sehr zu seiner Überraschung hob Paolo, der Dorfpolizist, beim ersten Klingeln ab.

»Parla qui Erich Maria Remarque.«

»Signor Remarque!« Es klang, als schlage Paolo die Hacken zusammen.

»Senti«, begann Erich, suchte nach Worten. »C'è una persona morte.«

Schweigen füllte die Leitung.

»Sul mio sito«, ergänzte er.

»Sto arrivando.« Ich komme.

In den folgenden Stunden verwandelte sich Erichs Anwesen vorübergehend in eine Bühne. Paolo erschien auf seinem Dienstfahrrad, überzeugte sich von der Anwesenheit der Leiche und forderte Verstärkung aus Locarno an. Kurz darauf traf der erste Journalist ein. Für den herbeigerufenen Arzt gab es nicht viel zu tun. Er stellte den Totenschein aus. Schädelbasisbruch, sofortiger Tod, vermutlicher Zeitpunkt zwischen ein und drei Uhr nachts.

Auf die Frage eines der Polizisten aus Locarno, ob die Verletzung Folge eines möglichen Sturzes sein könnte, legte der Arzt seinen Kopf in den Nacken, schätzte den Abstand zur Straße ein.

»Certo.«

Der Polizist machte sich eine Notiz.

Selbst der Postbote tauchte auf der Terrasse auf. In zwei Stunden würde es im Ort niemanden mehr geben, der nicht im Bilde wäre. Er übergab Erich einen Brief, den dieser unbesehen in die Jacketttasche schob. Später. Einer der Polizisten trat an ihn heran, tippte gegen seinen Mützenschirm.

»Conoscevi il morto?«

Ob der den Toten gekannt hatte? Erich überlegte. Wenn herauskam, dass er einem jüdischen Flüchtling Obdach gewährt hatte, würde er ins Visier der Behörden geraten. Er dachte an Lasker-Schüler, die selbst hier, in Ascona, auf der Flucht vor den Schweizer Kontrolldetektiven war. Außerdem würde es schwer werden, in Zukunft anderen zu helfen.

»Conoscevi il morto?«

Beim zweiten Mal klang es wie eine Anordnung. Als sei Erich schwer von Begriff.

»Nein«, erwiderte er. »Ich kannte ihn nicht.« Er dachte an das ungemachte Bett im Obergeschoss, an die geöffnete Terrassentür. »Wie er auf mein Grundstück gekommen ist, weiß ich nicht.« Non lo so.

Die Polizisten aus Locarno gingen als Letzte. Erich begleitete sie zur Straße.

»Hast du die Schuhe gesehen?«, fragte der eine auf Italienisch seinen Kollegen.

Erich sah an sich herab, dann wurde ihm klar, dass die Schuhe von Mendelssohn gemeint waren.

»Ich dachte immer, keiner außer von der Heydt trägt so was.«

Um kurz vor halb zwölf schloss Erich das Tor hinter ihnen. Die Müdigkeit hing schwer an ihm, zugleich war er aufgekratzt, als habe er Kokain geschnupft. Wenn Mendelssohns Tod weder Zufall noch Unfall gewesen war, sondern einer Verwechslung geschuldet, würden sie dann wiederkommen, sobald sich herausstellte, dass sie den falschen getötet hatten? Ascona war eine blühende, farbenprächtige, duftende Illusion. In Wahrheit schlafwandelten sie alle auf einem Schwebebalken über dem Abgrund.

Erich ging ins Bad, schluckte eine Veronal, und dann, nach kurzer Überlegung, eine zweite. Zurück im Kaminzimmer streifte er die Schuhe ab, hängte das Jackett über die Sessellehne und sank aufs Sofa. Der Brief, den der Postbote gebracht hatte, lugte aus der Tasche. Erich nahm ihn. Ruth hatte ihm geschrieben! Aus London, zwei beidseitig beschriftete Blätter.

Ihre Flucht hatte sie nach England geführt. Es ginge ihr gut, sie sei gesund, habe Menschen um sich, denen etwas an ihr liege. Entwurzelt, aber nicht verloren. Manchmal frage sie sich, ob Erich und sie sich jemals wiedersehen würden.

Erich ließ den Brief sinken. Eben erst hatten sie Mendelssohn an ihm vorbeigetragen.

Ein Mensch starb.

Einer lebte.

II

12

Sie trug die weiße Badekappe, neuestes Modell, Riemen unter dem Kinn, heller als alles um sie herum, eine auf dem See treibende Blüte. Darüber hinaus trug sie nichts. Es sei so belebend, wie sie betonte. Erich wusste, dass es sie erregte, wenn das Wasser zwischen ihren Beinen hindurchströmte, die Berührung, die keine war, der zärtliche Widerstand. Ein Spiel, bei dem sie immer die Oberhand behielt.

Erich erkannte es an ihrem Lächeln, an dem geheimen Wissen. Meerjungfrauenhaft, den Kopf auf die gekreuzten Arme gelegt, den Körper hüftabwärts ins Wasser getaucht, blickte sie zu ihm auf.

»Komm rein, es ist herrlich!«

Von der Terrasse aus sah Erich, wie sie unter Wasser die Beine abwechselnd spreizte und zusammenführte. Er schüttelte den Kopf. Etwas stimmte nicht an dem Bild. Offenbar ging es Jutta gut, sie hatte, was sie wollte. Das hätte ihn glücklich machen sollen. Doch ihre Heiterkeit erschien ihm obszön. In Deutschland rannten sie um ihr Leben. Das hier war kein Vergnügungsausflug, die sie umgebende Schönheit eine Lüge. Wie brachte sie es fertig, so zu tun, als ginge sie das alles nichts an?

Erichs Groll erhielt zusätzlichen Auftrieb durch die Tatsache, dass es mit seinem Roman nicht voranging, den er abgeschlossen geglaubt hatte, und der ihm jetzt so unstimmig erschien wie die Szene, die ihm Jutta gerade darbot.

»Spielverderber!«

In vollendeter Eleganz zog sich Jutta aus dem Wasser, eine schwungvolle Drehung, und sie saß auf dem Steg, die Arme hinter sich aufgestützt, ein Bein angewinkelt. Als sie sicher war, die gewünschte Wirkung erzielt zu haben, erhob sie sich, trocknete sich ab, Standbein, Spielbein, der Sonne zugewandt.

Es erschien Erich beschämend, wie wenig er sich in der Gewalt hatte. Er hätte eine Frau hassen, sie verachten und dennoch begehren können. Hatte es schon getan. Sex wie zwei in den Käfig gesperrte Kampfhähne, die Erschöpfung danach eine Narkose.

Röschen erschien, brachte eine Kristallschale mit Bilderbuch-Erdbeeren. Neuerdings gab es eine Köchin in der Casa Monte Tabor, Rosa Kramer, Wienerin. In ihren Adern flossen Mehl, Eier und Butter. Erich hoffte, sie würde Jutta nicht bemerken, ihre Nacktheit, die Darbietung. Doch Jutta nicht zu sehen war wie eine offene Wunde nicht zu sehen.

Erich hatte den Impuls, sich bei seiner Köchin zu entschuldigen, tat es.

»Entschuldigen Sie, Röschen.«

»Es ist *Ihr* Haus«, erwiderte sie. »Und es ist *Ihre* Frau.«

Auf der Suche nach Josef glitt Rosas Blick über das Grundstück. Ihr Mann kümmerte sich um den Garten.

»Ex-Frau«, erwiderte Erich.

Beider Blicke wandten sich dem Steg zu. Jutta, ein Bein leicht gebeugt, bückte sich, hob ein schwereloses Stück Stoff auf und legte es sich um die Schultern.

»Wie Sie meinen.«

Ein Räuspern war zu hören. Josef hatte die ganze Zeit über unter der Terrasse gestanden.

»Wünschen Sie noch etwas?«

»Nein, Röschen, vielen Dank.«

Sie hatte ihm geschrieben. Es gehe nicht mehr, sie könne unmöglich länger in Deutschland ausharren. Als hätte sie alles Menschenmögliche versucht. Sie schwebe in Gefahr, wollte erfahren haben, dass sie als Ex-Frau eines verfemten

Autors ins Visier der Nazis geraten sei, die von Göring gegründete Gestapo spioniere ihr nach.

Insgeheim zweifelte Erich daran, dass Jutta sich in konkreter Gefahr befand. Die Nazis waren damit beschäftigt, ihre Konzentrationslager mit Regimekritikern, Oppositionellen, Kommunisten und Künstlern zu füllen, vorzugsweise Juden, schwul oder auf irgendeine andere paranoide Weise undeutsch. Dass die Gestapo sich ausgerechnet für eine Fabrikantentochter interessieren sollte, die kaum jemals öffentlich in Erscheinung getreten war, einzig, weil sie sich mit einem in Ungnade gefallenen Schriftsteller eingelassen hatte, von dem sie noch dazu längst geschieden war, erschien wenig plausibel.

Doch das war es nicht, was seinen Unmut erregte. In diesen Zeiten konnte man niemandem verübeln, Deutschland den Rücken zu kehren. Was ihn kränkte, war der Vorwurf zwischen den Zeilen: Hätte Jutta damals nicht ausgerechnet ihn geheiratet, würde sie sich heute keiner Bedrohung ausgesetzt sehen. Sie schob ihm die Verantwortung für ihr Leben zu.

Also war sie nach Ascona gekommen, genauer: nach Zürich, Erster Klasse, hatte aus München in der Villa angerufen und ihm durch Rosa ausrichten lassen, wann ihr Zug in Zürich eintraf. Es war nicht die dreistündige Autofahrt dorthin, die Erich gegen den Strich ging, er liebte sein silbergraues Cabriolet, es war die Selbstverständlichkeit, mit der Jutta davon ausging, in Zürich in Empfang genommen zu werden. Als komme etwas anderes gar nicht in Betracht.

Dann der Moment, als der Zug in den Bahnhof einfuhr und Jutta dem Abteil entstieg. Kaum hatte ihr Fuß den Bahnsteig berührt, war Erichs Groll verflogen. Das hatte er nicht erwartet. Ihre Dankbarkeit, die Umarmung, hoben ihn empor. Er spürte ihre Erleichterung und wie die Anspannung aus ihrem Körper wich.

Neuerdings waren alle Gefühle wie unter einem Brennglas vergrößert. Jeder Glücksmoment von überwältigender Schönheit, jede Trauer von schicksalhafter Endgültigkeit. Ein Leben im ununterbrochenen Bewusstsein der Vergänglichkeit, von allem.

Sie kam als Freundin, so die Abmachung. Keine Verbindlichkeiten, keine Ansprüche. Doch die Abmachung hielt keine fünf Minuten. Erich ging voraus, trug ihren Koffer in das von Rosa hergerichtete Zimmer. Es war das Zimmer, in dem zuletzt Mendelssohn geschlafen hatte.

Er stellte Juttas Koffer ab und wandte sich zum Gehen, doch Jutta versperrte ihm den Weg. Und schon war der Punkt erreicht, an dem keiner der beiden mehr den Anschein aufrechterhalten musste, als stehe infrage, worauf das hier hinauslief. Wenn er ehrlich zu sich war, hatte Erich es bereits im Auto gewusst, auf der Herfahrt, als Jutta ihr Halstuch festhielt, lachend, damit es nicht davonwehte. Sie liebte seine riskante Fahrweise, die Nähe zum Abgrund, das Ausgeliefertsein.

Im Grunde hatte er es bereits davor gewusst, am Bahnhof, als der Zug eingefahren war. Wem wollte er etwas vormachen: Bereits als er ihren Brief geöffnet hatte, war da dieses Ziehen gewesen, hatten sich die Symptome eingestellt. Würde er sie nach Ascona holen, und etwas anderes kam nicht infrage, brächten sie es niemals fertig, die Finger voneinander zu lassen.

Drei Tage verlebten sie in hormonseligem Überschwang. Ihre Füße berührten kaum den Boden, jedes Lächeln war eine Verlockung. Der lange erwartete Besuch einer Geliebten nach Monaten der Einsamkeit, vertraut und aufregend neu zugleich.

Am vierten und jedem darauffolgenden Tag kamen die Koffer, täglich mehr, ein ganzes Zimmer voll. Die Übernahme hatte begonnen. Plötzlich beanspruchte Jutta zwei

Zimmer für sich, das Bad quoll über vor Badezusätzen, Cremes und Parfums. Sie ließ eine weitere Woche verstreichen, dann sagte sie: »Wir sollten eine Köchin anstellen.«

Wir.

Sie schliefen auch weiterhin miteinander, die getrennten Zimmer beförderten ihr Begehren mehr als dass sie es abkühlten. Wer würde zuerst in wessen Zimmer hinübergehen?

Es gab Nächte, da keiner zum anderen ging und jeder für sich blieb. Dann schliefen sie beide schlecht, und Erich, auf dem Rücken liegend, die Deckenbalken über sich, ärgerte sich über seine Abhängigkeit. Wie viel mehr Bestätigung würde er noch brauchen, um bei dem Gedanken, nicht geliebt zu werden, nicht länger in Panik zu verfallen? Oder sollte die Angst vor Zurückweisung sein lebenslanger Begleiter bleiben?

Inzwischen war die Casa Monte Tabor Juttas Haus mehr als seins. Sie besprach mit Rosa, was es zum Essen geben sollte, zeigte Josef, wie weit sie die Glyzinien zurückgeschnitten wünschte.

Zum Arbeiten hatte Erich sich erst ins Haus und schließlich an das venezianische Rokokotischchen in seinem Schlafzimmer zurückgezogen. In Juttas Gegenwart einen klaren Gedanken zu fassen, war ein Ding der Unmöglichkeit. Selbst wenn sie sich nicht zeigte, spürte er ihre Anwesenheit. Als lauere sie ihm auf. Bis sie exakt in dem Moment auf der Terrasse erschien, da Erich sich so weit in sein Manuskript hineingefühlt hatte, dass etwas Neues möglich schien. Zuverlässig nahm sie sich etwas vom Tisch, bevor sie leichtfüßig und nur mit einem Stofffetzen bekleidet die Stufen zum Steg hinablief, jeder Schritt eine Provokation.

Erich hatte sie eindringlich gebeten, es nicht zu übertreiben, bitte, wenigstens eine Palm-Beach-Kombination zu tragen, wenn sie auf der unteren Terrasse ihr Sonnenbad nahm, es herrsche keinerlei Nacktzwang auf seinem Grundstück, ob sie nicht wenigstens auf Röschen und Josef Rücksicht nehmen wolle.

»Glaubst du, Josef gefällt nicht, was er da zu sehen bekommt?«, hatte sie erwidert, mit diesem Lächeln, dem Ausdruck selbstverständlicher Überlegenheit, erworben einzig durch ihre großbürgerliche Herkunft.

Im Bett arbeiteten sie sich inzwischen aneinander ab. Wenn unter den Zärtlichkeiten etwas Rohes zum Vorschein kam, fühlte sich Jutta auf eine Weise herausgefordert, die ihrer Lust zusätzlichen Auftrieb verlieh. Macht, natürlich, du gehörst mir.

Das Tuch, das sich Jutta über die Schultern drapiert hatte, erwies sich bei näherer Betrachtung als noch weniger als nichts, ein pastellfarbener Hauch, durch den sich ihre Schlüsselbeine abzeichneten und der ihre Brüste mehr als nur erahnen ließ, die vom Wasser erigierten Brustwarzen, die dunklen Höfe im Kontrast zu ihrer hellen Haut.

Ihre türkisblauen Augen setzten einen Nadelstich. Stets glichen sie sich der Farbe des Sees an, vormittags türkis, abends tiefblau, nachts schwarz.

»Ich ruhe mich ein bisschen aus.« Sie betupfte sich die hohe Stirn mit dem Handtuch. »Es wird schon wieder so heiß.«

Im Vorbeigehen schnappte sie sich eine Erdbeere aus der Schale und strich Erich mit zwei perfekt manikürten Fingern über die Schulter. Sie liebte dieses Spiel, und er liebte es auch. Als er ihr nachfolgte, trug er die Schale mit den Erdbeeren hinein.

13

Erich hatte ein Gemälde erworben. Die Sehnsucht nach Schönheit war unstillbar in dieser Zeit, nach etwas, das Bestand hätte. Nicht irgendein Gemälde. *Die Bahnunterführung von Arles*, ein Hauptwerk van Goghs. In Erichs Vorstellung würde es den Grundstein für etwas legen, was auch immer dieses Etwas sein mochte, und dieser Grundstein sollte solide sein, überdauern, ganz gleich, was kommen würde.

Er liebte Kunst. Nicht so, wie Emden oder von der Heydt sie liebten. Denen ging es ausschließlich ums Besitzen und Vorzeigen. Sie wollten nicht ihre Kunst bewundern, sie wollten für ihre Kunst bewundert werden. Sie glaubten, Kunst zu sammeln, mache sie zu wertvolleren Menschen.

Walter Feilchenfeldt hatte ihn aus Paris angerufen. Ruth hatte Erich und ihn miteinander bekannt gemacht, vorletztes Jahr in Berlin, die kluge Ruth mit ihrem sechsten Sinn für alles Zwischenmenschliche.

»Ich glaube, ich habe das Bild, das Sie suchen«, hatte Feilchenfeldt gesagt.

»Ich suche ein Bild?«

»Jetzt nicht mehr, denn ich habe es ja gefunden.«

Der Kunsthändler hatte seinen Kunden geraten, ihre Bilder an Ausstellungen im Ausland zu verleihen, um sie so vor dem Zugriff der Nazis zu schützen. Auch Tilla Durieux war diesem Rat gefolgt, die gefeierte Schauspielerin, bevor sie und ihr Mann mit dem letzten »Emigrantenzug« nach Prag geflohen waren, jeder mit zweihundert Mark in der Tasche, mehr war nicht erlaubt. Jetzt saß sie mit Feilchenfeldt und ihren Geldsorgen in Paris zusammen, während ihr Mann bei Freunden in Luzern ausharrte. Der van Gogh gehörte ihr.

»Weshalb bieten Sie das Bild nicht Emden oder von der Heydt an?«, wollte Erich wissen.

»Weil das Bild ausdrücklich nach Ihnen verlangt.«

Erich begriff, dass es bei diesem Telefonat um mehr ging als den Verkauf eines Gemäldes, dass Feilchenfeldt gerade eine Brücke zwischen Paris und Ascona schlug. Es ging um Vertrauen, womöglich sogar um künftige Freundschaft.

»Wie viel?«

»Frau Durieux benötigt schnellstmöglich achtzigtausend Schweizerfranken. Für diesen Betrag wäre sie bereit, sich von dem Gemälde zu trennen.«

Achtzigtausend Schweizerfranken. So viel hatte Erich vor zwei Jahren für seine Villa bezahlt. Für ein Gemälde, das er noch nicht einmal in Augenschein genommen hatte. Weil ein Kunsthändler in seinem Pariser Exil behauptete, er, Erich, habe dieses Bild, ohne sich dessen bewusst zu sein, gesucht.

»Erich, sind Sie noch dran?«

»Ich kaufe es.«

Erich wandelte durch die Villa wie ein Wünschelrutengänger. Schließlich fand er den richtigen Ort, hängte das Bild, trat zurück und wusste, dass Feilchenfeldt recht gehabt hatte. Zu diesem Gemälde würde er immer eine besondere Beziehung haben.

Jutta stand neben ihm, die Bluse wie üblich weit aufgeknöpft. Sie roch nach Sonne auf der Haut. Sie fühlte es nicht, sah nicht, was Erich sah, doch sie verstand, dass es nicht einfach nur ein guter Kauf gewesen war, nicht für ihn.

»Ich freue mich, dass ihr zueinandergefunden habt.« Ihre zu perfekten Bögen gezupften Augenbrauen wölbten sich ein wenig. »Ich hoffe nur, dass ich in Zukunft nicht auf eine Bahnunterführung eifersüchtig sein muss.«

Das Bild war großartig. Hatte man je eine kältere Sonne gesehen? Alles geschah wie zufällig und selbstverständlich und folgte doch einer meisterlichen Komposition. Wie alle große Kunst. Wie *Pat* es tun sollte. Doch für Erich wurde das Bild erst zu dem, was es war, durch das, was man nicht sah: Der Weg, auf dem es zu ihm gekommen war. Dass er Tilla Durieux mit dem Kauf aus der Not geholfen hatte. Und schließlich, dass er Feilchenfeldt vertraut hatte. Als hätten sie einander über tausend Kilometer hinweg die Hände gereicht.

Erich musste zweimal hinsehen, um sicher zu sein. Nicht weil man ihr Gesicht im Verbano nicht erwartet hätte – kein Gesicht der Welt vermochte im Verbano noch zu überraschen –, sondern weil sie so rapide gealtert war. Ihr streng frisiertes Haar war ergraut, ihr hintergründiges Lächeln verschwunden. Wie die Blumen in den Zeitraffer-Bildern von Pillsbury, dachte Erich. Einzig das leuchtende Seidentuch um ihren Hals wehte wie eine Fahne aus unbeschwerten Zeiten.

Ganz Berlin hatte Tilla Durieux zu Füßen gelegen, ganz Deutschland. Und Österreich ebenfalls. Und die Schweiz. Hatte ihre Geschmeidigkeit bewundert, ihre Hinterlist, ihre mühelose Bühnenpräsenz, ihr reduziertes Spiel. Erich hatte da keine Ausnahme gemacht.

Persönlich waren sie sich nie begegnet, und so wusste Erich über ihr Privatleben nur, was alle darüber wussten. Dass sie nach der Niederschlagung der Räterepublik Ernst Toller in ihrem Kleiderschrank versteckt und später vor Gericht für ihn ausgesagt hatte, dass Renoirs letzte große Arbeit ihr Porträt gewesen war, und dass sie mit dem Verleger und Kunsthändler Paul Cassirer verheiratet gewesen war und sich hatte scheiden lassen wollen. Doch als sie und Cassirer sich beim Anwalt einfanden und der ihnen die Scheidungsurkunde zur Unterzeichnung vorlegte, stand Cassirer auf, ging ins Nebenzimmer und erschoss sich.

Feilchenfeldt, zu dieser Zeit bereits seit zwei Jahren Cassirers Mitarbeiter, übernahm dessen Kunstsalon und führte ihn weiter. So war der van Gogh, den Cassirer irgendwann seiner Frau geschenkt hatte, zu Feilchenfeldt und von diesem zu Erich gelangt.

Sie saß am Ecktisch, zweite Reihe außen. Als müsste sie jederzeit aufspringen können. Ludwig Katzenellenbogen, ihr Mann, saß neben ihr. Ihnen gegenüber Victoria Wolff.

»Herr Remarque, welche Ehre!«

Durieux' Stimme hatte nicht gelitten, klar und mühelos bis in die letzte Reihe zu hören.

Katzenellenbogen erhob sich, reichte Erich die Hand. »Herr Remarque, es ist uns eine ausgesprochene Freude.« Sein kugelförmiger Kopf rollte von links nach rechts. »Bitte setzen Sie sich einen Augenblick.«

Erich spürte ein Unbehagen. Zum einen war da diese Dankbarkeit in Durieux' Blick. Er wollte das nicht. Er würde reden müssen, Antworten geben, Fragen stellen. Außerdem saß die Wolff mit am Tisch, wie stets adrett und wohlerzogen, weshalb Erich schon früher beschlossen hatte, dass sie langweilig sein müsse.

Womit er ihr unrecht tat, wie er wusste. Ihre naive Art sowie das ständige Herumzupfen an ihren Kindern führten dazu, dass man sie unterschätzte. Else hatte ihm anvertraut, dass Wolff als erstes Mädchen überhaupt in Heilbronn Abitur gemacht und anschließend sogar das Selbstbewusstsein besessen hatte, ihr Studium hinzuwerfen. Ihre Romane waren Erich zu bieder, doch das war geschmäcklerisch, außerdem war sie produktiver und disziplinierter als er, was ihm grundsätzlich schnell die Laune verdarb.

Wenn er es recht bedachte, war er seinen Mitmenschen gegenüber oft ungerecht, besonders in letzter Zeit, mochte sich selbst nicht leiden. Dabei war nur zu offensichtlich, worin der Grund dafür zu suchen war. *Pat*. Sein Roman lag wie ein Stein auf dem Tisch im Schlafzimmer, viel zu schwer für das zarte Möbel.

Was, wenn sein Leben bereits gelebt war? Wenn er mit Mitte dreißig der Welt nichts mehr zu sagen hätte, alles schon ausgeschöpft, schamlos sanft gebettet und nichts mehr zu geben. Was, wenn sein eigenes Leben viel mehr mit einer Blume von Pillsbury gemein hatte als das Gesicht von Tilla Durieux?

»Wie geht es dem van Gogh?«, fragte Katzenellenbogen.

Erichs Blick fiel auf den gestärkten Kragen, die korrekt gebundene Krawatte. Keinerlei Nachlässigkeiten. Erich war mit Eifer dabei, wenn es galt, sich über die blühende Bürgerlichkeit anderer zu mokieren, in schwierigen Zeiten jedoch, das war nicht von der Hand zu weisen, konnte Disziplin das rettende Floß sein. Katzenellenbogen hatte sich durch lebenslange harte Arbeit erst immenses Vermögen und Ansehen erworben und anschließend beides verloren. Und doch steckte in Durieux' Mann mehr Blick nach vorne als Erich selbst in besseren Momenten aufbringen konnte.

»Gut«, erwiderte er. »Dem Bild geht es gut.«

»Ohne Sie wären wir jetzt nicht hier, wissen Sie das eigentlich?«, fragte Durieux.

Wusste er nicht.

Sie senkte die Stimme. »Unsere Pässe waren abgelaufen. Erneuern lassen konnten wir sie schlecht. Also haben wir von Ihrem Geld etwas Neues erworben.« Kurz blitzte ihr hinterlistiger Blick von früher auf. Eine gute Pointe schmeckte ihr noch immer. »Die honduranische Staatsbürgerschaft.«

»Von dem, was danach noch übrig war«, ergänzte Katzenellenbogen, »haben wir uns am Ortsrand ein kleines Häuschen gemietet.«

»Dann sind Sie jetzt dauerhaft hier!«, sagte Victoria, die in Tilla die mütterliche Freundin erhoffte, die ihr in Ascona so sehr fehlte.

Durieux schien die Rolle anzunehmen, legte der jungen Schriftstellerin eine Hand auf den Arm. »Mit der Dauerhaftigkeit ist das so eine Sache«, sagte sie. »Man weiß es immer erst im Nachhinein.«

14

Vier Tische, um die ein Dutzend Menschen verteilt saßen. Emil Ludwig, Leonhard Frank – der seit einigen Monaten in Ascona war und den Erich in Gedanken »die Eminenz« nannte – und natürlich Else, die nie lange auf sich warten ließ, sobald Frank irgendwo auftauchte. Die Werefkin sowieso. Außerdem der Maler Albert Kohler, der schon vor Jahren seinen Wohnsitz nach Ascona verlegt hatte, sowie Johanna Blumenfeld, die sich gerne mit auffallend jungen Männern umgab und von der niemand im Ort wusste, wer sie eigentlich war oder woher sie kam. Daneben Victoria Wolff, die Durieux und deren Mann.

Man redete und rauchte und trank, dankbar für die Insel in der Zeit. Lachen hallte von den Wänden wider und verlor sich in den Gassen, während die Schatten langsam über das Pflaster wanderten und die Via Borgo heraufkrochen.

Auch Victorias Kinder wurden von der Stimmung erfasst, sie sprangen um die Gruppe wie Hütehunde, wollten nicht, dass es endete. Mit traurigen Augen zauberte Katzenellenbogen Münzen aus Ursulas Nase und ließ sie in Franks Ohren wieder verschwinden, möglich, dass er dabei an die Kinder dachte, die Tilla und er nicht bekommen hatten, vielleicht auch an seine Kinder aus erster Ehe, an Konrad, der bereits in die USA emigriert war.

Erich schenkte ihm Nostrano nach, den »von hier«, mehr konnte er nicht tun. Für gewöhnlich rührte er Nostrano nicht an, ein erdiger Wein ohne jede Finesse. Manchmal aber war Erdung wichtiger als Eleganz.

Ernst Toller kam die Via herunter, auch er ein Neuzugang, unbeirrbar und wie stets mit zerfurchter Stirn. Elga hatte ihm eine Bleibe besorgt, bei den Spertinis, einer befreundeten Familie. Elga und Emil hatten überall Freunde, immer waren Gäste im Haus. Erich würde nie verstehen, wie man so viel Satisfaktion daraus ziehen konnte, Menschen um sich zu versammeln.

Unter Tollers Arm klemmte eine Aktenmappe. Erich dachte an die Mappe von Mendelssohn, die er später in dessen Zimmer gefunden hatte, leer, eine Allegorie, hatte er gedacht, ohne zu wissen, wofür.

»Ernst, sind Sie das?«

Toller steuerte die Post an, als ihm Tillas Stimme ins Mark schnitt. Er blieb stehen, erkannte seine Retterin von einst und machte ein Gesicht, das alle anderen verlegen zu Boden blicken ließ. Es gab nichts Schönes mehr in diesen Tagen, dem nicht auch Tragik beigemischt war.

Tilla erhob sich, ging auf Toller zu, der reglos auf dem Pflaster stand und einem Auto den Weg versperrte. »Kommen Sie«, sie berührte ihn am Arm, »setzen Sie sich zu uns.«

Sie rückten zusammen, Stühle stießen gegeneinander, machten Platz für Toller, der noch immer nicht ganz da war.

Erich deutete auf die Mappe. »Sie wollten zur Post?«

»Habe einige Briefe aufzugeben«, sagte Toller und ließ sich ein Glas Wein reichen. »Danke. Die wollen mich aus dem P. E. N.-Club ausschließen. Der neue Vorstand hat mir mitgeteilt, dass ich ab sofort von allen Rechten und Pflichten gegenüber des Clubs entbunden sei. Ich habe mir erlaubt, gegen diesen Beschluss Einspruch zu erheben. In den Statuten findet sich nirgends eine Bestimmung, die es erlaubt, Mitglieder ihrer Gesinnung wegen auszuschließen.«

Und wenn schon. Erich selbst hätte eine solche Mitteilung umstandslos in den Papierkorb befördert. Ein Kampf gegen Windmühlen. Toller hatte alles verloren, was kümmerte es ihn, ob das Deutsche P. E. N.-Zentrum ihn weiterhin als Mitglied führte?

»Ich habe auch an Feuchtwanger geschrieben, alles hier drin«, fuhr Toller fort. »Habe die Bildung eines P.E.N.-Zentrums deutschsprachiger Autoren im Ausland angeregt.«

»Einen Bund deutschsprachiger Exilschriftsteller«, dachte Erich laut.

»Wir können nicht zulassen, dass Goebbels der Welt diktiert, was deutsche Literatur ist. Dem habe ich übrigens ebenfalls einen Brief geschrieben.«

»Was, um alles in der Welt«, sagte Katzenellenbogen, »schreibt man einem wie Goebbels?«

»Dass auch wir Fehler gemacht haben und daher nicht schuldlos an unserem Schicksal sind«, erklärte Toller. »Unser größter Fehler war der Langmut gegenüber den Nazis. Aber diesen Fehler werden wir überwinden, und das ist Goebbels' Verdienst, dazu habe ich ihm gratuliert. Keiner könnte mehr Gegenwehr mobilisieren als er.«

Erich war Toller in den vergangenen Wochen gelegentlich begegnet, so wie sich alle in Ascona begegneten, hatte Informationen mit ihm ausgetauscht, wie ging es Tucholsky, was war mit Feuchtwanger, wo hielten sich Klaus und Erika Mann auf. Und doch war ihm Toller stets verschlossen geblieben.

Jetzt, zum ersten Mal, begriff Erich, was seinen Kollegen antrieb: Toller war ein Märtyrer. Der Zweck seines Daseins war, sich zum Opfer zu bringen. Was auch geschah, Festungshaft, Ausbürgerung, Ausschluss aus dem P.E.N.-Club, er würde nicht aufhören zu kämpfen. Toller würde niemals Ruhe geben. Und niemals welche finden. Es hieß, er trage in seiner Mappe stets einen Strick mit sich herum. Er wolle nicht eines Tages einen brauchen und keinen zur Hand haben.

Jemand berührte Erich am Arm. Die Durieux. Sie neigte sich zu ihm.

»Kapitulation«, sagte sie, »ist keine Option.«

Erich blickte sich um. Galt das nicht für alle hier? Katzenellenbogen, Toller, Lasker-Schüler, die Durieux, selbst die Nonna, entwurzelt, gestrauchelt, auf den Beinen geblieben. Für mich, dachte Erich, könnte Kapitulation durchaus eine Option sein. Hinaustreiben, irgendwann die Richtung verlieren und unbemerkt aufhören zu existieren. Es gab Momente, da dieser Gedanke durchaus seine Verlockungen hatte.

»Ich will verflucht sein«, sagte die Nonna. Sie hatte Durieux' Satz aufgeschnappt, erhob sich, überragte die anderen. »Alle mal herhören!« Sie wandte sich an die Gruppe. Eigentlich wandte sie sich an alle, die dort saßen, nicht nur im Verbano, auch im Caffè schräg gegenüber. »Ascolta tutti!« Ganz Ascona sollte sie hören. Sie erhob ihr Glas: »Kapitulieren ist keine Option!«

»Brindo a questo!«, rief Fede, die einige Reihen weiter zwischen den Tischen stand. Darauf trinke ich.

Das gesamte Verbano stand auf, auch jene, die nicht wussten, worum es ging, sie fühlten es, erhoben sich von ihren Stühlen, die Vorbeikommenden blieben stehen, Ursula und Frank, Victorias Kinder, hielten inne, hinter der Tür ihrer pasticceria erschien das Ehepaar Signorelli. Und wer ein Glas hatte, der erhob es und trank.

Erich und Toller tauschten einen Blick, und während Erich den erdigen Wein schluckte, fragte er sich, wer von ihnen wohl das bessere Los gezogen hatte. Derjenige, der immer weiter kämpfen würde, oder der, der nicht mehr wusste, wofür es sich noch zu kämpfen lohnte.

Die Gäste nahmen ihre Plätze wieder ein, Fede trug die leeren Karaffen ins Caffè, Frank quengelte und wollte auf den Schoß seiner Mutter.

Entfernt nahm Erich ein Motorengeräusch wahr. Eins von Emdens Sportbooten. Kein anderes Fahrzeug in Ascona und Umgebung gab ein solches Röhren von sich, ein Boot in der

Brunft. Das Geräusch erstarb, wenig später erschien Ottokar auf der Via Borgo. Eine Schrecksekunde, als er sich der Größe der Gruppe bewusst wurde, dann zog er seine Jackettflügel straff, trat an den Tisch heran, an dem Else und die Nonna saßen, nahm seine Chauffeursmütze ab, nickte den Damen zu und sagte: »Sehr geehrte Frau Werefkin, ich bitte die Störung zu entschuldigen.«

Alle Augen richteten sich auf Ottokar, der mit beiden Händen seine Mütze umklammerte.

»Ich komme im Auftrag von Herrn Emden, der Sie herzlich grüßen lässt. Er hat den Wunsch, Sie zu unterstützen, weshalb er mich damit beauftragt hat, eines Ihrer Bilder zu kaufen.«

Emdens Kunstsammlung war legendär, er hatte seinen Palazzo ähnlich üppig mit Kunst vollgehängt wie von der Heydt sein Hotel. Allerdings wusste Erich, dass Emden mit Werefkins Bildern ebenso wenig anfangen konnte wie er selbst. Er suchte nach Helligkeit, nicht nach Verdunklung, und würde einem Gemälde der Nonna einen Platz zuweisen, an dem er es nicht ansehen müsste. Sofern er es nicht gleich auf einem Speicher dem Vergessen anheimfallen ließ.

»Herr Emden hat Sie geschickt, mir ein Bild abzukaufen?«

Werefkins russischer Akzent blitzte auf wie eine Klinge.

»Ganz recht.«

»Und welches meiner Bilder hat wohl sein spezielles Interesse geweckt?«

Die Nonna war in Kämpferlaune. Das spürte auch Ottokar.

»Keins im Besonderen«, gestand er. »Es geht Herr Emden wohl eher …«

»Dann ist es Herrn Emden vollkommen gleichgültig, welches meiner Bilder er kauft?«

»Er lässt fragen, ob Sie mit zehntausend Schweizerfranken als Kaufpreis einverstanden wären.«

Noch einmal stand die Nonna auf, heute war so ein Tag. Ihre Armreifen klirrten. Zehntausend waren ein guter Preis, genug, um sich mit dem Geld ein Jahr lang über Wasser zu halten, zwei, wenn nötig.

»Meine Bilder werden mit Liebe und Respekt gekauft.« Ihre verstümmelte Hand fuhr durch die Luft. »Oder aber sie werden gar nicht gekauft. Noch gibt es Künstler, die ihre Kunst achten und nicht wie hungrige Hunde jeden schwanzwedelnd anspringen, nur weil er ihnen einen Knochen hinhält! Ein Mensch, der meint, alles kaufen zu können, verachtet in Wahrheit die Menschen *und* die Künstler und die Kunst an sich. Richten Sie Ihrem Inselkönig also gerne aus, dass, solange ich noch sehen und fühlen und einen Pinsel halten kann, ich alles habe, was ich brauche. Und wenn das einmal nicht mehr der Fall sein sollte, wird mir sein Geld auch nicht von Nutzen sein.«

Ottokar setzte seine Mütze auf. »Sehr wohl, Madame.«

Während Erich ihm nachblickte, wie er mit hölzernen Bewegungen zum See hinunterging, beneidete er die Werefkin für einen Moment um ihre Mittellosigkeit, um ihre Freiheit. Ein romantischer Reflex. Dennoch imponierte ihm ihre Unbestechlichkeit. Sie war mit einem goldenen Löffel im Mund zur Welt gekommen, hatte alles verloren und schließlich entschieden, dass Reichtum dem Charakter eines Menschen nicht zuträglich war.

An den anderen vorbei sah sie Erich an. »Sie sind jung und können es noch nicht wissen«, sagte sie, »aber das Glück des Schaffens ist ein Schutz für die Seele.«

15

Jutta wandte den Kopf zur Seite, bot ihm die Wange. »Adieu, mein Lieber.«

Letzte Nacht noch hatten sie darum gerungen, wer im Bett die Oberhand behielt. Sie hatte Erich geohrfeigt, während er in sie stieß. Als sie schließlich zu einem wütenden Orgasmus kam und ihm dabei in die Schulter biss, hatte er sich gefragt, ob wirklich *er* diese Lust bei ihr entfachte, oder nicht eher *ihre* Ohrfeigen.

Erich fügte sich in die ihm zugedachte Rolle, deutete einen Wangenkuss an.

»Es ist nicht nötig, dass du mich zum Zug begleitest.«

Das konnte bedeuten, dass er sie wirklich nicht an den Zug bringen sollte, oder es konnte bedeuten, dass er darauf bestehen sollte, es zu tun.

»Ganz, wie du willst.«

»Die Koffer lasse ich in den nächsten Tagen abholen.«

Sollte mich wundern. Erich nickte.

Als Bühne für ihre Abschiedsszene hatte sich Jutta den Vorplatz der neuen Züricher Bahnhofshalle gewählt. Die gleißende Fassade, der Springbrunnen, sein glänzender Lancia. Auf dem gesamten Platz war niemand, der sie nicht bemerkt hätte. Ist das nicht der berühmte Autor, da, Remarque, und die Frau, wer ist diese Frau?

Erhobenen Hauptes schritt Jutta über den Vorplatz und auf das Portal zu. Die Enden ihres Seidenschals zitterten wie Schmetterlingsflügel auf ihren Schultern, edelster Stoff, etwas anderes käme für die Tuchfabrikantentochter niemals infrage.

»Ich fahre zurück nach Berlin«, hatte sie nach ihrem letzten Streit gesagt.

Erichs Reaktion hätte verletzender nicht sein können. Er hatte gelacht. Als Jutta nach Ascona gekommen war, hatte sie behauptet, aus Deutschland fliehen zu müssen, weil sie dort als seine Ex-Frau nicht mehr sicher sei. Jetzt floh sie vor ihm zurück nach Deutschland.

An den Wagen gelehnt, rauchte Erich eine Zigarette, keine Eile jetzt, betrachtete die keusche Fassade, sah dem Tram nach, das quer über den Platz zockelte, so langsam, dass er mühelos hätte aufspringen können.

Der Streit gestern. Er sitzend, sie stehend, eine Lichtgestalt, auf der Terrasse über dem See. Der wahre Grund war, dass Erich ihr in den vergangenen Wochen entglitten war, die Gewichte hatten sich verschoben. Sie war nicht nur in ihrer Eitelkeit gekränkt, es verunsicherte sie.

»Ich sehe, der Wein schmeckt dir schon wieder.«

So hatte es angefangen. Erst in den Morgenstunden war Erich aus Ascona zurückgekehrt, betrunken. Er war ins Bett gefallen wie eine Welle, hatte bis nach Mittag geschlafen, anschließend zwei Stunden mit literweise Kaffee über seinem Manuskript gekauert, war gegen vier auf der oberen Terrasse erschienen und hatte gegen halb fünf die erste Flasche geöffnet.

»Ja.« Erich schirmte die Augen ab. »Schmeckt schon wieder.«

Jutta verschränkte die Arme vor der Brust, was sie altmodisch aussehen ließ, sprach von mangelnder Disziplin und dem Geniekult, den er um sich selbst betreibe, alles nicht neu und alles wenig hilfreich. Wann genau die Unterhaltung aus dem Ruder gelaufen war, ließ sich nicht mehr rekonstruieren.

Irgendwann sagte Jutta: »Ich frage mich, was ich eigentlich noch hier soll.«

Erichs Finger griffen nach dem Zigarettenetui. Immerzu diese Erwartungen. Er schüttelte das Streichholz aus.

»Das frage ich mich auch.«

»Ich habe dich geheiratet, als du noch ein namenloser Provinzredakteur warst, der über Mode und Hunderennen berichtet hat. Vergiss das nicht!« Offenbar suchte sie nach ihrer Rolle in diesem Streit, schwankte zwischen Herrin und Opfer. »Damals bist du noch jeden Tag mit deinem Gehstock und dieser albernen Melone ins Romanische Café gedackelt und hast davon geträumt, einmal einer von den großen zu sein. Und jetzt, da dir alle Welt zu Füßen liegt, da degradierst du mich zum Zaungast deines Lebens!«

Provinzredakteur. Sie wusste, wo er am verwundbarsten war.

»Wir leben in Scheidung«, gab er zurück, »seit drei Jahren. Du erinnerst dich?«

»Du hast ein Anhängsel aus mir gemacht!«

»Dann gib deinem Leben einen eigenen Sinn.«

Sie wusste, wo seine Schwachstellen lagen, er kannte ihre.

Jutta hatte Schauspiel und Gesang studiert, wie praktisch jede junge Frau in der Weimarer Republik, sofern die Eltern über die nötigen Mittel verfügten. Das war ihre erste große Rolle gewesen, Schauspiel- und Gesangsstudentin, und in der hatte sie sich sehr gefallen. Ihr Wille und ihre Bereitschaft zu ehrlicher Arbeit hatten sich jedoch in der Folge als beschränkt erwiesen, und so hatte sie es beim Studium belassen und sich stattdessen als Kolumnistin versucht, ironisch, pointiert. Das entsprach ihrer neuen Version von sich selbst, schließlich war sie blitzgescheit, sah blendend aus, war frech, ein Flappy Girl. Doch nicht einmal originelle Alltagsbeobachtungen schrieben sich von selbst. Als gescheit zu gelten war ein Muss, Druckerschwärze an den Fingern ein Signet sozialer Niederungen.

Für die »Sport im Bild« verfasste sie *Die Dame auf Spazierfahrten* sowie *Café-Terrasse nachmittags um 4*, dann ließ sie davon ab. Sie war exzentrisch genug, um Männer von Welt neugierig zu machen, gescheit genug, um jede Gesellschaft zu bereichern. Das musste genügen. Zum Dank bekam man eine Frau, die von anderen Frauen zuverlässig beargwöhnt wurde und um die andere Männer einen beneideten.

Erich trat die Zigarette aus, stieg in den Lancia, startete den Wagen und genoss das gleichmäßige Surren des V8-Motors, eher eine Vibration als ein Geräusch. Vielleicht war das das Ernüchterndste an seiner Beziehung mit Jutta. Offenbar wollte er es nicht anders. Verlässlich ließ er sich von solchen Frauen verhexen, die seine kleinbürgerlich-katholische Kindheit mit einem Handstreich ungeschehen machten. Er wollte nicht sein wie Mann oder Brecht, verachtete deren Hochmut, den gespreizten Intellekt. Auf der anderen Seite war er eitel, ein Fatzke, und schämte sich für seine Herkunft. Er bekam die Frauen, die er verdiente.

Zu Hause erwartete ihn ein Brief aus London. Ruth. Als hätte Jutta erst den Zug besteigen müssen, um den Weg für einen Brief von Ruth freizumachen.

> … *Trotz all dem Schweren und Schicksalhaften hast Du doch auch eine positiv so bevorzugte und von allen auserwählte Möglichkeit – zur Wirkung – auf die Umwelt – auf die Nachwelt – dass es ein Jammer wäre, wenn Du Dich nicht zusammenraffen könntest.* …

Ruth kannte ihn wirklich besser als er sich selbst. Er trug eine Verpflichtung in sich, die über ihn selbst hinausging. So sah sie es. Ein Ritterschlag. Und eine Verantwortung. Und anders als Jutta ging es Ruth nicht immer nur um sich, sondern auch um ihn, Erich.

Im Grunde war er wie Köster, einer der drei Kameraden in *Pat*: *Nur nichts herankommen lassen. Was man herankommen lässt, will man halten. Und halten kann man nichts.* Die Tragik der kommenden fünfhundert Seiten, vorweggenommen in drei Sätzen.

Erich riss sämtliche Türen auf, nahm zwei Stufen auf einmal, trug das Manuskript hinunter und legte es auf den großen Tisch im Kaminzimmer. Es würde nicht lange dauern, bis die ersten Briefe von Jutta eintrafen, wie es ihr erging in Berlin und mit wem sie sich traf, und sie die ersten Andeutungen machen und seine Eifersucht schüren würde und das Spiel von Neuem begönne. Jetzt aber galt es, sich seinen Dämonen zu stellen, der Urangst aller Künstler: der Angst, der Quell seiner Kreativität könne versiegen.

Viel zu lange hatte er in Selbstzweifel gebadet, Nächte über der Frage, ob er gar nicht wirklich gut und es nur eine Frage der Zeit war, bis nicht nur die Kritiker, sondern auch seine Leser das erkannten. *Remarque hat uns an der Nase herumgeführt! Der neue Roman beweist es: In Wirklichkeit kann er gar nicht schreiben, »Im Westen nichts Neues« und »Der Weg zurück« waren nur Taschenspielertricks!* Keine Ausreden mehr, keine Ablenkungen. Wer sich immer nur im flachen Wasser aufhielt, festen Boden unter den Füßen, der war kein Künstler, der war Handwerker.

16

Der Roman lag vor ihm wie ein ausgenommener Hecht, die Eingeweide über den Tisch verteilt. Jetzt galt es festzustellen, welche von ihnen noch brauchbar und welche bereits verdorben waren, die Filets von den Flossen zu trennen, den Schwanz wegzuwerfen, den Kopf auszukochen und sorgsam die Gräten zu entfernen.

Das erste Kapitel. Der Icherzähler, der sich dem Leser vorstellt, von seinen seelischen Versehrungen berichtet, dem frühen Tod der Mutter, den Fronterlebnissen in Flandern, und die Frage nach dem Warum stellt. Dutzende Male hatte Erich diese Seiten gelesen, hatte nichts an ihnen auszusetzen gefunden und war doch nach jeder Lektüre mit einem Unbehagen zurückgeblieben. Die Erklärungen Robert Lohkamps waren rhetorisches Blabla, triefend vor Selbstmitleid. Immerhin, sie gaben Aufschluss darüber, worum es in dem Roman gehen würde: dem zum Scheitern verurteilten Versuch dreier Kameraden, ihrem Schicksal den eigenen Stempel aufzudrücken, und das vor dem Hintergrund einer großen, tragischen Liebe. Oder war es anders herum? Müsste die Liebesgeschichte nicht vor dem Hintergrund der Freundschaftsgeschichte spielen? Oder wäre es möglich, die Liebes- und die Freundschaftsgeschichte zu einem Ganzen zu verweben?

Der Brief von Lolott lag noch unter dem Briefbeschwerer, Lotte Preuß, einer früheren Affäre, die unbemerkt entschlafen und als Freundschaft wiederauferstanden war. Lotte war an Erichs Seite gewesen, als er noch um seine Daseinsberechtigung als Künstler gekämpft hatte und oft tagelang in

Depressionen versunken war, hatte etwas in ihm erkannt, er wusste nicht, was. Etwas, das zu heilen wäre.

Frauen für sich einzunehmen war Erich nie schwergefallen. Warum das so war, darüber dachte er besser nicht nach. Wer ein Uhrwerk auseinandernahm, um seine Funktionsweise zu ergründen, konnte sicher sein, dass er es anschließend nicht mehr zum Laufen bringen würde.

Kurz vor seiner Flucht hatte Lotte *Pat* für ihn abgetippt, ihm das Manuskript ins Majestic gebracht und den Brief unter die Kordel geschoben, mit der sie die Seiten verschnürt hatte.

Erich hatte ihn einzig deshalb noch nicht mit der täglich eintreffenden Korrespondenz abgelegt, weil er das schönste Kompliment enthielt, das ihm je für einen Roman gemacht worden war. Ein Brief wie eine Tür, die sich öffnete, wann immer die Wände zu nahe rückten. Er datierte vom 29. Januar 33, Erichs letztem Tag in Deutschland.

Pat sei der schönste Liebesroman, den sie je gelesen habe, schrieb Lolott, und dass sie beim Lesen ebenso geheult habe wie beim Abtippen. Zum Schluss fügte sie hinzu: *Am liebsten hätte ich gehabt, es wäre gestern jemand gekommen und hätte etwas Blödes von dir gesagt – damit ich ihn hätte anschreien können.*

Das war genau, was Erich sich von der Geschichte erhofft hatte. An der Liebesgeschichte also war nicht zu rühren, ebenso wenig an der Geschichte der drei Kameraden. Auch an den Figuren lag es nicht. Das Problem war, dass der Roman in der Gegenwart spielen sollte. So hatte Erich selbst es formuliert, gefordert geradezu, in der Synopsis, die er noch in Berlin für den Verlag verfasst hatte. Die Geschichte musste den Leser direkt betreffen, ihn etwas angehen. Sonst wäre alles nichts. Und hier lag das Problem.

Der Roman drängte nicht länger in die Gegenwart, wirkte aus der Zeit gefallen. Nicht, was die Konflikte oder die Schicksale der Protagonisten betraf, die waren stark, sondern was deren Zufälligkeit anging. Sie wurden Opfer von Umständen, die jeden treffen konnten, die Mächte, an denen sie scheiterten, waren beliebig.

Erich nahm das erste Kapitel, wog es in der Hand. Nicht viel, wenn man bedachte, wie lange er daran geschrieben hatte. Gewusst hatte er es die ganze Zeit über, doch jetzt erst verstand er: Die Geschichte musste auf neue Beine gestellt werden, die Bedrohung für die Protagonisten konkret sein. Konkret und politisch. Auch wenn er das immer vermieden hatte. Dem Leser musste unmittelbar vor Augen treten, wie sehr der Mensch angesichts von staatlicher Willkür in seiner Existenz bedroht war. Selbst einer wie Pilli Körner durfte keine Chance haben, den Roman zu missdeuten. Andererseits durfte *Pat* nicht zu einem Pamphlet geraten, nichts Programmatisches haben, Roman bleiben.

Er musste Klement schreiben, seinem Agenten. Der Abgabetermin war nicht zu halten, die Verträge mit den ausländischen Verlagen mussten gelöst, Termine verschoben werden, USA, Großbritannien, Schweden, Frankreich, Niederlande, Norwegen.

Erich warf die ersten fünfzehn Seiten in den Papierkorb. Keine bemühten Erklärungsversuche, die waren in einem Roman noch nie am richtigen Ort gewesen, ein szenischer Einstieg musste her. Vertrauen in die Kraft der Figuren, dann würde sich das Wissen um ihre Versehrungen von selbst vermitteln.

Er spitzte seine Bleistifte an und legte den Radiergummi bereit. Alsdann, Robert Lohkamp, schließ deine Garage auf, stürze dich ins Leben. Und verzweifle daran.

Der Himmel war gelb wie Messing und noch nicht verqualmt vom Rauch der Schornsteine. Viertel vor acht. Ich schloss das Tor auf und machte die Benzinpumpe fertig …

17

Sie fuhren im Aufzug nach oben, dritter Stock. Erich, Emden und natürlich der Hausherr. Im berühmt-berüchtigten Fahrstuhl in von der Heydts Hotel. Es hatte sich als Geniestreich erwiesen, dort einen Picasso aufzuhängen. Es gab keinen zweiten Fahrstuhl, der so viel von sich reden machte.

Als die Tür aufglitt, warf Erich noch einen Blick auf die Zeichnung. Ein Frauenkopf, sinnlicher Mund, große Augen, flüchtig hingeworfen, der Strich von traumwandlerischer Sicherheit. Allerdings eher eine Skizze als eine richtige Arbeit. Ein Picasso war es, aber mehr auch nicht. Das wusste auch von der Heydt.

»Es erfüllt seinen Zweck.« Er zwinkerte Erich zu.

Ein Picasso als Reklame-Gag. Was der Künstler dazu gesagt hätte?

Erich fühlte sich zunehmend unwohl. Er wollte nicht, dass von der Heydt ihn anzwinkerte. Emden dagegen war bester Dinge. Ihm gefiel die verschwenderische Geste.

»Vielleicht sollte ich mir auch einen Fahrstuhl zulegen«, überlegte er. »Hab noch einen hübschen Matisse herumstehen und weiß nicht, wohin damit.«

Es war nie auszuschließen, dass Emden solche Dinge ernst meinte, oder dass, falls es ihm nicht ernst damit war, er es trotzdem tat.

Inzwischen war Erich leicht angewidert. Zum Glück hatte er bereits getrunken. Das machte es erträglicher, für den Moment. Er nahm sich vor, nachsichtiger mit den beiden zu sein. Zwei Männer mit zu viel Geld, die die Dunkelkammern ihrer Seelen mit Kunst vollstopften. Es gab Schlimmeres. Andere hätten an ihrer Stelle Kriege geführt.

Keine zweihundert Kilometer entfernt, in Montreux, tagte seit heute die CAUR. Die *Südschweiz* hatte darüber berichtet. Die CAUR war ein Ausschuss, in dem sich die führenden Faschisten Europas organisiert hatten, unter ihnen so illustre Gestalten wie General Eugenio Coselschi oder Frits Clausen, »Führer« der dänischen Nationalsozialisten, deren Partei sich wenig originell DNSAP abkürzte. Von Portugal über Norwegen bis Rumänien. Seit Hitler Deutschland regierte, rissen sie überall die Mäuler auf. Erich musste aufstoßen, der Geschmack von Magensäure am Gaumen.

Von der Heydt deutete eine Verneigung an: »Inspiration und Frieden.« Der Satz, mit dem er prominente Gäste zu begrüßen pflegte.

Er schloss die Tür einer Suite auf. Ein warnender Moment. Wartete da drin die Gestapo? Oder ein weiterer Flüchtling? Der Hotelbesitzer ging voraus. Die Suite war menschenleer.

Die Aussicht wusste zu beeindrucken, Panoramablick mit Sonnenuntergang, der von Bergen umschlossene See von dunklem Violett, der Himmel über den schneebedeckten Bergrücken eine in Farben gegossene Suite von Edvard Grieg.

»Allesamt Neuerwerbungen.«

Deshalb also hatte von der Heydt ihnen vor dem Essen die Suite zeigen wollen. Emden und er sollten seine neuen Kunstwerke goutieren. Erich sah sich um: Unmöglich, seinen Blick auf etwas zu richten, das keine Kunst war. Kunst aus unterschiedlichen Zeiten und Kulturen, Teufelsmasken, Buddhas, orientalische Teppiche, Vasen, tönerne Drachen. Die Bilder zeigten wahlweise nackte Frauen oder nackte Männer. Erich kam das Wort Obsession in den Sinn. Über dem Bett ein Renoir, flankiert von zwei indischen Gottheiten. Die Auswahl, das wusste er, war Programm. Schon zu verschiedenen Anlässen hatte Erich den Bankier über die

Idee einer Ars Una dozieren hören, einer »Weltkunst«, Inspiration und Frieden und so weiter. Aber in der NSDAP.

Je länger Erich den Bankier kannte, desto gekünstelter kam er ihm vor. Beide Versionen des Hotelbesitzers erschienen ihm als Inszenierungen: der militaristische von der Heydt mit seiner verklärten Monarchiesehnsucht ebenso wie der Ghandi mit den Sandalen zum Anzug, im Dezember, als könne er sich, falls ihm der Sinn danach stand, jederzeit schwebend durch die Räume bewegen. Er wollte als jemand erscheinen, der sein Ego überwunden hatte, dabei barst er vor schlecht verhohlenem Besitzerstolz und missionarischem Sendungsbewusstsein.

»Wir sollten unser hierarchisches Kunstverständnis überwinden«, erklärte er. Offenbar war der Moment für das missionarische Sendungsbewusstsein gekommen. Emden hatte keine Ahnung, wovon der Hotelier redete. Unwillkürlich fragte sich Erich, weshalb der Inselkönig überhaupt mit von der Partie war.

»Keine Kunst ist einer anderen überlegen«, fuhr von der Heydt fort. »Epochen, Kulturen … Wir müssen uns und die Kunst von der Vorstellung befreien, es gebe eine Rangordnung. Schauen Sie hier, diese Masken. Sind sie nicht ungemein ausdrucksstark!«

Die beiden auf Augenhöhe angebrachten Masken waren das Erste, womit der Gast konfrontiert wurde, sobald er die Suite betrat. Hölzerne Krieger mit ausgeschnittenen Augen, furchteinflößend.

»Das rührt an Bereiche, die wir mit dem Verstand gar nicht greifen können. Ich frage Sie: Sind sie darum weniger wert als die Farbenpracht eines Matisse?«

Erich fuhr mit zwei Fingern die Vertiefungen entlang, die von den gewaltigen Nasenflügeln zu den Mundwinkeln verliefen, roh, gezackt, grob aus dem Holz gehauen.

»Wie viel haben Sie diese Masken gekostet?«

Über Geld zu sprechen, danach zu fragen, war unschicklich, doch von der Heydt störte sich nicht daran, im Gegenteil. Er war in eine Bankiersfamilie hineingeboren und in dem sicheren Glauben erzogen worden, Geld sei ein Wert an sich. Geld war seine wahre Religion, Buddhismus hin oder her.

»Einhundertfünfzig Schweizerfranken das Stück. Eine lächerliche Summe.«

»Und der Matisse?« Erich deutete zur Kommode hinüber. »Das ist doch ein Matisse, oder?«

»Allerdings. Siebzehntausend. Ebenfalls eine lächerlich geringe Summe.«

So viel zur nicht existierenden Rangordnung. Höchste Zeit für einen Cognac. Erich wünschte sich, zu Hause geblieben zu sein, mit der vereisten Bahnunterführung van Goghs und einem Whiskey. Er spürte Groll in sich aufwallen, gegen den Gastgeber, gegen Emden, vor allem gegen sich selbst. Schwer zu trennen manchmal.

Von der Heydt schien Mitleid mit Erich zu haben, beendete seine Ausführungen und fuhr mit seinen Gästen ins Erdgeschoss zurück. Im Restaurant empfing sie das übliche sonntägliche Sprachengewirr. Und die Aussicht auf einen Negroni. Augenblicklich hellte sich Erichs Stimmung auf. Der Glanz der Perlenketten, das dezente Klappern des Silberbestecks, die unterschiedlichen Sprachen. Im Exil zu leben gab dir das Gefühl, am Abgrund zu stehen, die Welt im Rücken. Im Restaurant des Albergo jedoch, oder im Verbano, war die Hoffnung noch nicht preisgegeben.

Erich sah reiche Engländerinnen auf der Flucht vor ihren Gatten, Männer mit Turban, Frauen in knöchellangen Gewändern, die so eng geschnürt waren, dass sich ihre Trägerinnen nur in Trippelschritten fortbewegen konnten, gewichtige Herren aus der Hochfinanz, Deutsche, denen nicht zu trauen war, außerdem eine französische Baronesse nebst ihrer züchtigen Tochter. Letztere warf Erich aus dem Augenwinkel Blicke zu.

Erich und Emden nahmen an einem abseits stehenden Tisch Platz, während von der Heydt seine Runde machte, um jedem einzelnen Gast das Gefühl zu geben, über dessen Anwesenheit hocherfreut zu sein. Ihm nur dabei zuzusehen erschöpfte Erich bereits.

Während er seinen Negroni trank und gleich noch einen zweiten bestellte, überlegte er, welchem Umstand er von der Heydts Einladung zu verdanken hatte. Er hätte Emden fragen können, der ebenfalls bei seinem zweiten Negroni angelangt war, aber zum einen würde er es ohnehin gleich erfahren, zum anderen war er auf Distanz zu Emden gegangen, seitdem der sich einen Stuhl auf die Motorhaube seines Daimlers hatte montieren lassen, um damit die neueste Inselschönheit, eine dunkelhäutige Venus namens Arabella, durch die Straßen von Ascona zu fahren. Eine Art Übersprunghandlung, nachdem die Werefkin Ottokar so brüsk abgefertigt hatte. Emden hatte einen Infantilitätsgrad erreicht, der nichts Amüsantes mehr an sich hatte, nur noch Verzweiflung ausdrückte.

Es gab Fasan, in einer Soße aus Rotwein und Backpflaumen, dazu ließ von der Heydt einen 28er Latour reichen. Der Hausherr selbst aß gedünstete Möhren und trank in kleinen Schlucken ein Glas heißes Wasser.

»Haben Sie es mit dem Magen?«, fragte Emden.

Von der Heydt lächelte sein weltumspannendes Lächeln: »Kerngesund.«

Erich ließ sich Wein nachschenken. Lieber ein bisschen krank.

Emden und von der Heydt waren in Plauderlaune, redeten über die Steuer, wo man in Ascona jemanden fand, der einen Mercedes ordnungsgemäß lackierte, das Wetter. Erich fürchtete schon, es gebe gar keinen triftigen Anlass für die Einladung. Ein vergeudeter Abend für ein Glas Latour und verstohlene Blicke vom Nachbartisch.

Nach dem Essen endlich die Auflösung. Von der Heydt ließ den Tisch abräumen, bat Emden und Erich, ihre Gläser anzuheben.

»Und jetzt«, er griff hinter sich, »zu einem Kunstwerk der etwas anderen Art.« Er zog einen zusammengerollten Papierbogen aus einer Pappröhre und breitete ihn auf dem Tisch aus. Eine Architekturzeichnung. Allerdings zeigte sie kein Gebäude.

»Ein Park?«, fragte Emden.

Von der Heydt deutete auf das Signet in der Ecke: Colt & Alison, Golf Architecture. Ein Golfplatz.

Die Idee, in Ascona einen Golfplatz anzulegen, war nicht neu. Bereits Ende der Zwanzigerjahre hatte sich der von vielen belächelte Golf Club Ascona gegründet. Geschehen war seither nicht viel, warum auch, Ascona war ein Fischerdorf, wozu da ein Golfplatz?

»Colt und Alison sind die besten Golfplatz-Architekten der Welt«, sagte von der Heydt.

Als sei alleine das Grund genug, sie einen Platz anlegen zu lassen.

»Wusste gar nicht, dass es so etwas gibt«, sagte Erich, »Golfplatz-Architekten.«

»Das ist eine Spezialwissenschaft, mein Lieber. Vielmehr haben Colt und Alison sie in diesen Stand erhoben.« Erich wünschte, von der Heydt würde aufhören, ihn »mein Lieber« zu nennen. »Sehen Sie sich diesen Platz an! Das werden die schönsten neun Löcher Europas!«

Der Bankier erklärte, Colt und Alison hätten sich auch in Deutschland bereits Lorbeeren erworben, Aachen, Frankfurt, Hamburg, nirgends aber seien die Voraussetzungen so optimal wie auf dem sanft abfallenden Gelände an der Maggiamündung. Die Architekten seien berühmt für ihre naturnahe Gestaltungsweise, für sich organisch in die Landschaft einfügende Anlagen, wozu auch die Abkehr von geometrisch angelegten Sandbunkern gehöre. Zugleich genügten ihre Plätze den höchsten Ansprüchen, jeder Schläger kam zum Einsatz. Der Grundstein für das Clubhaus sei bereits gelegt.

Erich hörte kaum noch hin. Revolutionäre Bunkerarchitektur. Befanden sie sich im Krieg? Er warf der Tochter der Baronesse einen Blick zu, der sie erröten ließ. Emden bemerkte es. Idiotisch. Was sollte das? Das Mädchen war halb so alt wie er, was wollte er tun, mit ihr auf der Toilette verschwinden?

»Was meinen Sie dazu?«

Erich blickte in die erwartungsvollen Gesichter Emdens und von der Heydts.

»Wir sind die wohlhabendsten Männer Asconas.« Von der Heydt war nicht zu bremsen. »Und wir lieben die Kunst. Wir sind Ästheten! Lassen Sie uns diesen Ort zur schönsten Perle der Schweiz machen. Und als Auftakt richten wir das erste internationale Golfturnier im Tessin aus, kommenden Mai! Die besten Profigolfer der Welt an den schönsten neun Löchern Europas.«

Warum von der Heydt sich für seine eigene Idee begeisterte, lag auf der Hand. Wo, wenn nicht in seinem Hotel, würde die internationale Golfelite logieren? Und die Besucher, die ein solches Turnier anlockte? Doch was hatte Erich damit zu tun? Er sollte zu Hause sitzen und an seinem Roman arbeiten. Wenn schon nicht die Welt, so doch wenigstens sich selbst retten.

»Phänomenal!« Emden, wenig überraschend. »Wie viel Geld brauchen Sie?«

»That's the spirit!« Von der Heydt klatschte in die Hände.

In Montreux, auf Schweizer Boden, saßen zur Stunde die Faschisten Europas zusammen und schmiedeten Pläne für die

Weltübernahme, und hier saßen Emden und von der Heydt und machten sich Gedanken über die Bunkerarchitektur von Golfplätzen.

»Entschuldigen Sie mich.«

Erich erhob sich. Der Tisch, an dem die Baronesse und ihre Tochter saßen, lag nicht auf dem Weg zur Toilette, Erich ging dennoch darauf zu. Die Baronesse saß mit dem Rücken zu ihm, ihre Halskette auf dem wulstigen Nacken wie eine Schlange beim Sonnenbad, die Tochter frontal. Sie sah ihn auf sich zukommen. Das kunstvolle Geflecht auf ihrem Kopf erzitterte. Sie trug Blumenspangen an den Seiten, dazu ein zartrosa Kleid. Erich machte sich mit den Augen über den Hals her, die freche Nase. Der Blick der jungen Dame schwebte zwischen Fluchtreflex und Angriffslust.

Hinter dem Stuhl der Baronesse blieb Erich stehen, sah der Tochter über die Mutter hinweg in die Augen und machte etwas mit seinem Gesicht, das keinen Zweifel daran ließ, was er als Nächstes zu tun gedachte. Jutta hatte recht: Er war ein Scheusal. Morgen früh würde er sich schämen.

Die Baronesse drehte sich um, erkannte den berühmten Schriftsteller. »I know who *you* are!«

Erichs Englisch war nicht der Rede wert. »Yes«, erwiderte er.

Sie hielt ihm die Hand hin, er deutete einen Kuss an.

»Meine Verehrung.«

Ein letzter Blick zur Tochter, dann verschwand Erich im Gang zu den Toiletten.

Er befand sich noch in der Kabine, als die Tür geöffnet und wieder geschlossen wurde und jemand mit unsicheren Schritten den Raum betrat. Er hörte sie atmen, ihre Erregung. Schließlich öffnete er die Tür. Die Baronesse stand vor ihm.

»Oh«, sie nestelte an ihrem Dekolletee, »am I in the wrong restroom?«

»Den habe ich nicht kommen sehen.«

»I beg your pardon?«

»Nichts. Nothing.« Beinahe musste er lachen. »Sie sind hier ganz richtig.«

Sie sah ihn an.

»You are completely right.«

»Oh, am I?«

»Yes.«

18

Er zuckte zusammen.

»Was ist das?«

Röschen hatte eine dampfende Tasse mit wässriger Flüssigkeit auf den Tisch gestellt. Merkwürdig, wie Dinge manchmal ihren eigenen Weg gingen. Jutta war gekommen und wieder gegangen, die Köchin war geblieben.

»Tee«, antwortete Rosa.

»Tee?«

»In der Tat. Ich habe mir erlaubt, Ihnen einen Tee zu kochen. Trinken Sie den, und legen Sie sich ins Bett.«

»Wie spät ist es?«

»Viertel nach drei.«

Rosa deutete mit dem Kinn zum Fenster. Dunkelheit. Bei längerem Hinsehen: Nebel über dem See, leicht fluoreszierend. Wie der Beginn eines Märchens.

»Wieso sind Sie noch hier?«

»Ich schlafe unten in der Mädchenkammer, wenn's recht ist.«

»Ah.«

»Haben Sie sich in der letzten Zeit mal im Spiegel gesehen? Wenn nicht, machen Sie sich auf etwas gefasst. Sie sind zu jung, um sich derartig gehen zu lassen.«

»Jung ist relativ, Röschen. Ich bin eigentlich viel zu müde für mein Alter.«

»Jetzt trinken Sie mal den Tee.«

Erich beschnupperte die Tasse. Er roch nichts. Sein Kopf war vollständig mit Zigarettenrauch und Armagnac verklebt.

»Es tut Ihnen nicht gut, wenn eine Frau im Haus ist. Aber wenn keine da ist, geht es Ihnen noch schlechter.«

»Was ist das für Tee?«

»Baldrianwurzel, Hopfenzapfen, Melisse, Lavendel und Passionsblume.«

»Klingt schauderhaft. Und wofür soll das gut sein?«

»Für Ihren Teint«, erwiderte Rosa spitz, »trinken Sie einfach.«

»Passionsblume …«

Erich trank. Der Geschmack entsprach vollumfänglich seinen Erwartungen. Das sollte es doch wohl gewesen sein. Doch Röschen machte keinerlei Anstalten, sich zu entfernen, stand da, die Hände vor der Schürze verschränkt.

»Drei Kameraden«, sagte Erich unvermittelt.

»Herr Remarque?«

»Der Roman.« Er steckte sich eine Zigarette an, dabei qualmte die letzte noch im Aschenbecher. »*Pat.* Er muss *Drei Kameraden* heißen. Nur dass er vermutlich niemals fertig werden wird. Immerhin weiß ich jetzt, wie er hätte heißen müssen.« Seine Hände flatterten über die sorgsam in Reihen angeordneten Kapitel. »Schauen Sie, ein Soldatenfriedhof!«

Röschen blickte streng auf die Tasse. Der Soldatenfriedhof interessierte sie nicht.

»Schon gut.«

Erich trank. Und trank. Leer. Da, bitte. Er zeigte die Tasse vor, drehte sie um.

»Schön. Und jetzt gehen Sie rauf und legen sich schlafen.« Sie deutete auf die Zigarette: »Ausdrücken.«

Erich erhob sich aus dem Schreibsessel, die Beine schwer, die Füße taub. Er blickte zum Kamin hinüber.

»Um das Feuer kümmere ich mich.« Rosa schob ihn in den Flur und zur Wendeltreppe. »Und seien Sie unbesorgt, ich wecke Sie beizeiten, damit Sie halbwegs menschlich aussehen, wenn Sie Ihren Besuch in Empfang nehmen.«

Erich griff nach dem Handlauf. »Welchen Besuch?«

Er fühlte sich nicht nach Besuch, nicht im Mindesten. Das

Aufstehen an sich war schon so anstrengend. Außerdem musste er an seinem Roman arbeiten, das war unerlässlich, *Drei Kameraden*, jetzt, da sich ihm endlich die Lichtung aufgetan hatte.

Rosa hatte diesen Blick, über den Brillenrand hinweg. »Sie wissen nicht, wen Sie morgen vom Bahnhof abholen werden?«

Sie schien die Situation zu genießen. Erst dieser Tee, dann auch noch Geheimniskrämerei.

»Nun erlösen Sie mich schon.«

»Schwierig«, erwiderte Rosa, »da ich ja streng genommen von Ihrer Affäre gar nichts weiß, kann ich Ihnen auch eigentlich nicht ...«

»Margot!« Erich rieb sich den Nacken, kalter Schweiß. Die vielen Zigaretten.

»Da ich offiziell keine Kenntnis von ...«

»Gnade, Röschen, bitte. Wann kommt sie an?«

»Zwanzig vor zwei.«

Margot von Opel, die Frau von Raketen-Fritz. Erich und sie hatten eine Affäre gehabt, was im Grunde schon zu viel gesagt war. Nach der Scheidung von Jutta. Keine große Sache. Von Liebe keine Rede, weder bei ihm noch bei ihr, aber Erich erinnerte sich, nach Nächten mit Margot stets mit einem Lächeln aufgewacht zu sein. Eine Frau, die einem Mann das Gefühl gab, ihn zu adeln, indem sie sich auf eine Affäre mit ihm einließ.

Mit Raketen-Fritz war sie bereits damals verheiratet, Fritz von Opel, Rennfahrer, Raketenpionier und sogar in Frankreich als Held verehrt, seit er 1927 innerhalb von drei Tagen mit seinem Boot, der Opel II, gleich drei internationale Preise hintereinander gewonnen hatte. Er liebte die Geschwindigkeit und verachtete die Gefahr. Anders als seine Frau: Die liebte die Geschwindigkeit *und* die Gefahr.

Ihre Affäre hatte etwas Ungestümes an sich gehabt und

war vorbei gewesen, bevor sie richtig begonnen hatte. Jetzt, nach Jahren, hatte sie ihm geschrieben.

... in letzter Zeit ... oft daran denken müssen ... werde ohnehin in der Schweiz ... wäre es da nicht schön ...

Margots Brief enthielt sämtliche Chiffren, mit denen sich das Aufflammen einer alten Affäre ankündigen ließ. Und Erich hatte »Ja« gesagt.

Wieder hatte er Stunden über seinem Soldatenfriedhof zugebracht, seine Intuition befragt, die ihn schließlich zu Lenz' Tod geführt hatte. In *Pat* starb Gottfried noch einen Zufallstod, wurde aus Versehen von einer Kugel getroffen. In *Drei Kameraden* würde das anders sein. Lenz würde erschossen werden, vorsätzlich und politisch motiviert. Wie Mendelssohn. Auf einen glücklichen Ausgang war nicht zu hoffen.

Erich hatte die Änderung zu greifen versucht, war im Geiste durch den veränderten Roman hindurch gegangen. Plötzlich war die politische Bedrohung allgegenwärtig, war da eine neue, tragische Energie. Lenz' Ermordung strahlte auf den gesamten Roman aus, auch auf das »Davor«, wirkte in beide Richtungen. Das durfte Erich nicht vergessen haben, wenn er aufwachte, unter keinen Umständen, der gesamte Roman hing davon ab.

Er tastete nach dem Korkenzieher auf dem Nachttisch und führte die Hände vor das Gesicht. »Kein Zufall«, seine Stimme klang fremd, »Mord«.

Erich bohrte sich die Spitze des Korkenziehers in die Handfläche, bis Blut austrat und ihm die Handfläche hinabrann. Er lächelte, spürte das Blut auf der Wange. Er würde sich erinnern, auch morgen noch.

Margot merkte es gleich in der ersten Nacht, im Bett, und Erich gab sich keine große Mühe, es zu verbergen. Spätestens beim Sex kam die Wahrheit ohnehin ans Licht. Sein

Kopf war nicht bei ihr, und sein Schwanz war es auch nicht. Dabei erschien sie ihm begehrenswerter denn je, er hatte vergessen, wie samtig ihre Haut war, wie weich ihr Gang und wie hell ihr Lachen.

Am dritten Tag brachen sie auf, ein Ablenkungsmanöver. Sie fuhren nach Wien und Budapest, halbe Tage im Auto, Bars mit Modergeruch, in die Jahre gekommene Hotels, Möbel mit abgewetzten Polstern, verblichener Glanz. Romantische Reflexe hier und da, ein Leuchten der Erinnerung. Viele Entschuldigungen seinerseits. Immerhin, sie spürte, dass er gerne anders gewollt hätte. Nach einer Woche dann die Kapitulation. Er brachte sie in Wien an den Bahnhof.

»Künstler«, der milde Vorwurf zum Abschied, »wollen alles und geben nichts.« Margot stieg ein, warf ihm eine Kusshand zu. »Bin selber schuld!«

Ruth hatte recht gehabt, schon damals. Es war wie ein Zaubertrick: Am Ende behielt *sie* recht. *Typisch bei Dir ist die Mogelei um das wirkliche Durch- und Erleben. Du weißt so viel von Dir und drückst Dich, wo Du kannst.*

Kein Wunder, dass aus ihnen kein Paar hatte werden können. Niemals hätte er es auf Dauer an der Seite einer Frau ausgehalten, die ihn derart treffsicher mit seinen Charakterschwächen konfrontierte. *Du drückst Dich, wo Du kannst.* In Großbuchstaben schrieb Erich die Worte auf eine Karte und lehnte sie gegen den Fuß seiner Schreibtischlampe.

Er extrahierte sämtliche Passagen, bei denen er zuvor ausgewichen, den einfachen Weg gegangen war, sich beim Schreiben um das Durch- und Erleben gedrückt hatte. Das Ergebnis war ernüchternd einerseits, tröstlich andererseits. Er wusste jetzt, was zu tun war.

Er telefonierte nach London, ausgiebig. Sein Agent Otto Klement, Jude und ebenfalls schon 33 »abgehauen«, reiste seit Monaten durch Europa und die USA, um die ausländischen Verleger zu beschwichtigen und die bestehenden Verträge nicht platzen zu lassen. Jetzt wären auch die neu verhandelten Termine nicht mehr zu halten.

Erich konnte förmlich hören, wie Klement sich am anderen Ende der Leitung die wenigen Haare raufte.

»Wie stellen Sie sich das vor?«, fragte der Agent.

»Im Grunde ganz einfach. Sie erklären den Verlegern, dass sie eine Verschiebung auf unbekannt akzeptieren müssen.«

»Verschiebung auf ...« Klement wurde der Kragen eng. »Unter Ihren Verlegern sind welche, die Sie so sehr lieben, dass sie das mit sich machen lassen werden. Aber alle sicherlich nicht.«

»Dann müssen diese Verträge eben gelöst werden.«

»Da sind zum Teil schon Gelder geflossen!«

»Die müssen wir dann eben zurückzahlen.«

»Zurück ... Wollen Sie mich kapores machen?«

Klement war Agent, mit Leib und Seele. Ein Vertrag, der nicht zustande kam, war verschmerzbar, einen bereits geschlossenen Vertrag lösen und dann auch noch Geld zurückzahlen zu müssen, das ging ihm wider die Natur.

»Sie können sich noch so sehr auf die Hinterbeine stellen«, erwiderte Erich. »Der Roman ist nicht fertig.«

»Aber er war doch schon fertig!«

»Jetzt ist er es nicht mehr.«

»Wie kann etwas, das bereits fertig war, plötzlich nicht mehr fertig sein?«

»Ich fürchte, Sie werden es akzeptieren müssen.«

Klement war überfordert. Er wechselte auf einen Nebenschauplatz.

»Da wäre außerdem noch die Frage zu klären, wer das Buch auf Deutsch herausbringen soll«, erinnerte er Erich.

Nach dem Besuch Körners waren in Deutschland die Restauflagen von *Im Westen nichts Neues* und *Der Weg zurück* durch die Gestapo beschlagnahmt worden, aus den Bibliotheken und Buchhandlungen waren sie zu diesem Zeitpunkt längst verbannt. Kein deutscher Verlag würde noch wagen, ein Buch von ihm auch nur anzukündigen. Würde *Drei Kameraden* am Ende nur in Übersetzung erscheinen, überall auf der Welt, nur nicht in Deutschland und auf Deutsch?

»In Ihrer Haut möchte ich gerade nicht stecken«, sagte Erich. »Aber Sie in meiner auch nicht.«

Endlich hatte er die Geschichte bei den Hörnern. Seit Monaten verließ er nur noch sporadisch das Haus. Dem Sommer war der Herbst gefolgt, Dauerregen, der sich wie ein Schleier über den See spannte und allem die Farben auswusch. Täglich dunkelte es früher, die Bergrücken wurden von Wolken verhüllt, die, wenn sie schließlich weiterzogen, eine Schneedecke zurückließen.

Die Entscheidung, Lenz' Tod politisch zu motivieren, hatte eine heilsame Dynamik in Gang gesetzt und vor allem eines deutlich gemacht: Das tragische Ende der Liebesgeschichte zwischen Pat und Lohkamp, ihr langsamer, unaufhaltsamer Tod, durfte nicht länger als Rückblende nachgereicht werden, sondern musste ins Zentrum der Geschichte rücken. Die zentrale Aussage des Romans machte sich daran fest. Mit Pat starb die Hoffnung auf Erlösung durch die Liebe. Und dennoch: Wer in einem System politischer Unterdrückung seine menschliche Würde behalten wollte, musste an seiner humanistischen Grundüberzeugung festhalten. Freundschaft, Hilfsbereitschaft, Mitgefühl. Erst, wer das preisgab, wer das verriet, war unrettbar verloren.

19

Sonntag, zwei Tage vor Weihnachten, allein im Exil. Erich hatte Rosa freigegeben. Seine Köchin hatte dieser Tage Besseres zu tun, als für den Schriftsteller das Kindermädchen zu geben. Und dieser Tee! Erich musste raus, nachsehen, ob sich die Welt noch an ihn erinnerte. Außerdem war nichts zu essen mehr im Haus.

Er hatte überlegt, Emil anzurufen, doch der würde ihm nur wieder die Neuerungen seiner Villa vorführen, davon berichten, wie er seit ihrem letzten Zusammentreffen ein halbes Dutzend Romane verfasst habe und Erich die unverbrüchliche Harmonie zwischen sich und Elga demonstrieren.

Erich nahm die Kantonsstraße am Ufer entlang Richtung Italien, passierte die Grenze, um sich das Gefühl zu geben, ein freier Mann zu sein. Doch der aufhellende Impuls wollte sich nicht einstellen. Am Ortsende von Cannobio stieg er aus und starrte für die Dauer einer Zigarettenlänge auf den See, der Regen ein monotones Rauschen. Anschließend machte er kehrt.

Er parkte den Lancia an der Piazza. Beim Aussteigen riss ihm ein plötzlicher Windstoß die Tür aus der Hand. Er zog den Hut tief, stellte den Mantelkragen auf. Die Boote der Fischer schaukelten nervös hin und her. Auf der anderen Seite der Piazza die erleuchteten Fenster der Nelly-Bar. Ein guter Ort, um einer Stimmung wie der, in der Erich sich befand, entweder zu trotzen oder sich ihr hinzugeben.

Nelly war keine Institution wie Fede, schließlich war sie eine Zugezogene, ihre Bar jedoch wäre ohne sie ebenso wenig die Nelly-Bar gewesen wie das Verbano ohne Fede das Verbano.

Für Nelly galt, was für viele Zugezogene galt: Es wurde mehr geredet als gewusst. Es hieß, sie sei eine professionelle Balletttänzerin gewesen, bis eine Knieverletzung jäh ihre Karriere beendet habe. Doch diese Geschichte wurde angezweifelt. Relative Einigkeit herrschte bezüglich der Annahme, dass Nelly einem wohlhabenden Elternhaus entstammte, ihre Familie jedoch durch den New Yorker Börsenkrach ihr gesamtes Vermögen verloren hatte. Vor vier Jahren war sie nach Ascona gekommen und hatte in einem kleinen Atelier gegenüber der Casa Serodine eine Anstellung als Schneiderin gefunden. Allerdings nur bis zu dem Tag, an dem Signor Bolongaro, der Verwalter der Poststation, ein Haus an der Piazza kaufte, ins Atelier kam und Nelly erklärte, dass sie das Erdgeschoss seines Hauses mieten und dort einen Tea-Room eröffnen müsse. Das Geld dafür könne er ihr leihen, zinslos, Rückzahlung so, wie es ihr kommod erscheine.

Vier Wochen darauf eröffnete Asconas erster Tea-Room, zwei Monate später war aus dem Tea-Room die Nelly-Bar geworden, der einzige Ort in Ascona, für den keine Sperrstunde galt, weil Nelly Paolo davon überzeugen konnte, wie einfach es war, sein Polizistengehalt aufzustocken, einfach, indem man gewisse Dinge übersah.

Erich spürte die Veränderung, ohne dass er den Finger hätte darauflegen können. Dabei bollerte der Ofen wie gewöhnlich vor sich hin, und Nelly grüßte mit derselben herzlichen Distanziertheit wie immer. Oder nicht? Und die Stimmen, waren sie leiser als sonst? Alles wie hinter Glas.

Kein freier Tisch. Erich hätte sich an die Bar setzen können, doch er wollte essen. Nelly verzog entschuldigend die Lippen. An einem der Tische vor den Fenstern saß ein Mann, der dem Gastraum den Rücken zugewandt hatte. Erich erkannte ihn dennoch an seinem streng zurückgekämmten

Haar und der markanten Schläfe, mehr noch aber an seiner aufrechten Haltung. Ein Mann, der verinnerlicht hatte, dass für ein Überleben im Exil Selbstdisziplin wichtiger war als alles andere. Leonhard Frank.

Erich hatte seinen Schriftstellerkollegen bereits schätzen gelernt, lange bevor sie in Ascona aufeinandergetroffen waren. Franks Souveränität in der Wahl der sprachlichen Mittel imponierte ihm, außerdem besaß er die Fähigkeit, tief in die Psyche seiner Figuren einzutauchen, manchmal tiefer, als es der Geschichte guttat.

Ihre Karrieren wiesen Parallelen auf, und Erich hatte sich gefragt, ob dieser Umstand eine Verbindung zwischen ihnen stiftete. Sie waren in etwa demselben Alter gewesen, als ihre ersten Romane erschienen, die beide zu Überraschungserfolgen wurden. Bei ihm 1927 *Im Westen nichts Neues*, bei Frank 1914 *Die Räuberbande*. Auch hier in Ascona arbeiteten Frank und er selbst an neuen Romanen.

In Franks Geschichte sollte es um zwei unterschiedliche Frauenschicksale gehen, mehr wusste Erich nicht darüber, außer dass auch im Roman seines Kollegen dem Motiv der Erlösung durch Liebe eine zentrale Rolle zufiel. So alt wie die Menschheit.

Anders als Thomas Mann war Frank nie der Versuchung des Hochmuts erlegen, wenngleich er in den vergangenen zwanzig Jahren ordentlich mit Preisen behängt worden war. Und noch etwas wusste Erich: Auch Frank fiel das Schreiben schwer. Er rang um jeden Satz, oft genug um ein Wort.

Erich betrachtete ihn einen Moment, wie er vor seinem Teller saß, den Blick hinaus in die Nacht gerichtet. Sollte er selbst in zwanzig Jahren da sein, wo Frank jetzt war, er dürfte sich nicht beklagen. Zwanzig Jahre. Eine Ewigkeit. Alleine die Vorstellung, zwanzig weitere Jahre jeden Morgen aufstehen, jeden Tag die gleichen Verrichtungen, jeden Tag das Hirn zermartern und auf Erlösung hoffen.

»Gestatten Sie, dass ich mich zu Ihnen setze?«

Frank sah auf. Erich konnte seinen Blick nicht deuten. Bedauern? Offenbar hatte er einen schlechten Zeitpunkt gewählt.

»Verzeihen Sie …« Erich wollte sich abwenden.

»Sie wissen es noch nicht, oder?«

Erich überlegte.

»Tucholsky.«

»Tot?«

Die Frage war überflüssig.

»Ich dachte, er sei in Schweden, in Sicherheit.«

»Vor sich selbst ist man nirgends sicher«, erwiderte Frank.

»Er hat sich umgebracht?«

»Allem Anschein nach. Man fand ihn gestern in seinem Haus. Setzen Sie sich doch.«

Sie tranken. Erich erinnerte sich an die Nacht der Bücherverbrennung, Elga, Emil und er vor dem Radioapparat. »Gegen Frechheit und Anmaßung«, hatte der Rufer geschmettert, bevor er Tucholskys Bücher ins Feuer warf.

»Manchmal«, sagte Frank, »erscheint einem die Ausweglosigkeit so groß, dass der Tod zu einem Versprechen wird.«

Schweigend tranken sie ihren Merlot. Bis Toller kam, wie stets die Mappe unter dem Arm, in der er seinen Strick mit sich herumtrug. Erich bestellte eine weitere Flasche. Irgendwann saßen Victoria Wolff und Lasker-Schüler mit am Tisch, dann Ludwig Linson, der in den Zwanzigern in Berlin eine Presseagentur aufgebaut hatte, mit direktem Draht nach Paris und Moskau.

Die Trauergemeinde vergrößerte sich, die Aschenbecher quollen über. Curt und Maria Glaser erschienen, ebenso der Anwalt Klaus Kristeller, der auf Drängen des berühmten Wahrsagers Hanussen nach Ascona geflohen war. Kaum war Kristeller in Ascona eingetroffen, hatte die Gestapo seine Kanzlei zertrümmert und erschoss Hanussen. Sie sprachen leise, die letztliche Unbegreifbarkeit des Selbstmords wie körperlich anwesend.

Erich wusste nicht mehr, wen er bereits gegrüßt, mit wem er schon gesprochen hatte. Ein großes An- und Abschwellen. Auf dem Weg zur Toilette stieß er zwei Stühle um. Tucholsky. Wenn sogar Tucholsky jede Hoffnung preisgab, wofür dann überhaupt noch schreiben? Konnte *ein Ziel verfolgen* noch etwas anderes sein als frommer Selbstbetrug?

Erich ging als Letzter und bezahlte die Zeche, wollte es so. Die Trauerfeier ausrichten. Dabei waren Tucholsky und er nicht einmal befreundet gewesen. Als Nelly abkassierte, hielt er ihr die geöffnete Brieftasche hin, versuchte erst gar nicht, die Scheine zu zählen. »Vergessen Sie Ihr Trinkgeld nicht«, sagte er mit schwerer Zunge. Nelly half ihm zur Tür, schob ihn zärtlich in den eisigen Regen hinaus.

Der Lancia schlingerte über den nassen Asphalt, die Scheinwerfer glitten abwechselnd ins Leere oder über plötzlich aufscheinende Felsen. Wie betrunken musste er sein, wenn er nicht einmal mehr Auto fahren konnte? Zu spät erkannte er die in den Fels gehauene Garage, riss das Lenkrad herum. Der rechte Kotflügel kratzte am Stein. Erich kletterte aus dem Wagen. Er würde sich den Schaden morgen besehen, später. Nur nicht mehr heute Nacht.

Die steilen Stufen hinunter zum Haus. Seine Füße ertasteten den Weg. Endlich die Haustür. Sein Schuh stieß gegen etwas, das zu weich war für eine Stufe. Ein Stöhnen.

20

Er machte einen großen Schritt, schloss die Haustür auf, schaltete das Flurlicht ein. Draußen lag eine Frau, kaum bei Bewusstsein und halb erfroren. Aber sie lebte. Erich befühlte ihre Stirn. Fieber.

»Hören Sie mich?«

Ihre Augen öffneten und schlossen sich wieder.

»Können Sie aufstehen?«

Sie murmelte etwas.

»Ihr Fuß?«, fragte Erich. »Welcher?«

Die Antwort blieb aus, die Frau hatte das Bewusstsein verloren. Erich schob ihre Beine ins Licht. Es musste der rechte Fuß sein, geschwollen bis hinauf zum Knöchel. Er schnürte den Schuh auf, zog ihn vom Fuß. Der Strumpf klebte fest, kaum abzuziehen.

Zwei Zehen waren praktisch abgefault, der halbe Vorfuß blauschwarz verfärbt, der Rest wie aufgepumpt, die Haut zum Zerreißen gespannt. Verwesungsgeruch drang ihm in die Nase. Es war Erich ein Rätsel, wie sie auf diesem Fuß bis zu seinem Haus gelangt war.

Er wickelte den Fuß in ein Handtuch, richtete den leblosen Oberkörper der Frau auf, griff unter ihrem Arm und den Beinen hindurch.

»Hoch mit dir, alter Mann«, sagte er zu sich selbst.

Beim zweiten Versuch gelang es ihm, mit der Frau in den Armen auf die Beine zu kommen. Zwölf Stufen bis zur Straße, das musste zu machen sein.

Die Via Collinetta wand sich aus dem Dorf kommend den Monte Verità hinauf, Doktor Meliks Praxis auf halber Höhe, eine zurückgesetzte Flachdach-Villa im Bauhausstil, vor wenigen Jahren erst erbaut. Wladimir Melik hatte riesige Hände, stammte aus dem Kaukasus und genoss in Ascona große Verehrung, seit er ein unter einem Automobil eingeklemmtes Kind befreit hatte, indem er die Stoßstange des Autos umfasst und es ohne fremde Hilfe angehoben hatte.

Auch er war Emigrant, allerdings hatte er sich nicht vor den Nazis in Sicherheit gebracht, sondern vor Nikolaus II. 1905 hatte er, noch Student, in Sankt Petersburg für menschenwürdige Arbeitsbedingungen und die Abschaffung der Zensur demonstriert und miterlebt, wie die Soldaten des Zaren wahllos in die Menge schossen. Danach war er nach Belgien ausgewandert, ging später nach Bern und schließlich nach Ascona.

Erich klingelte Sturm. Kurz vor fünf. Über ihm wurde ein Fenster geöffnet. Meliks Ehrfurcht gebietende Stimme hagelte durch das Dunkel.

»Ich hoffe, er hat einen guten Grund!«

Erich versuchte, das Fenster auszumachen, doch ihm wurde schwindelig, sobald er den Kopf in den Nacken legte. »Hat er!«

Melik nahm Erich die Frau, die der mit letzter Kraft in den Lancia gehievt hatte, mühelos aus den Armen und trug sie ins Haus. Erich folgte mit stumpfen Schritten.

Der Arzt legte die Frau auf der Behandlungsliege ab und schaltete das Deckenlicht ein. Erich kniff die Augen zusammen. Melik stellte sich vor ihn, als sei Erich der Patient, und befühlte die Lymphknoten an dessen Hals.

»Sie trinken zu viel«, stellte er fest, wandte sich seiner Patientin zu, wickelte das Handtuch ab, besah sich den Fuß und blickte Erich an, als trage er die Schuld an der Misere.

»Infektion. Folge von Nekrose«, sagte Melik. »Sie assistieren.«

»Wobei?«

Der Arzt legte seine Handkante auf eine Stelle am Fußrücken. »Minoramputation. Mittelfuß und Zehen.«

»Auf keinen Fall«, erwiderte Erich. »Ich bin betrunken.«

Melik, der bereits die erforderlichen Verbände aus seinem Medizinschrank nahm, schob einige Schachteln zur Seite und holte ein weißes Metallröhrchen mit roter Aufschrift hervor. Erich fragte sich, ob er einfach zu betrunken war, um die Schrift zu entziffern, oder ob der Aufdruck tatsächlich aus asiatischen Schriftzeichen bestand.

Melik schüttelte zwei Tabletten aus dem Röhrchen. Eine nahm er selbst, die andere gab er Erich.

»Hiropon«, erklärte er. »Ist aus Japan. *Hiro* bedeutet ›Müde sein‹, *Pon* bedeutet ›Schlag‹«. Zur Veranschaulichung schlug er mit der Faust in seine Handfläche. »Hiropon. Müde sein weg mit Schlag.«

Erich schluckte die Tablette, während Melik begann, den Fuß der Frau großflächig mit Jodtinktur einzupinseln. Anschließend band er ihren Oberschenkel ab. Als alles vorbereitet war, taxierte er Erich.

»Warten wir, bis Tablette wirkt.«

Es begann mit einem Jucken im Nacken, die Kopfhaut schien sich zusammenzuziehen. Erich spürte, wie sich sein Herzschlag beschleunigte, am Hals, fühlte den Puls. Ein Kribbeln in den Fingern, und dann, sehr plötzlich, war sein Kopf frei, der Blick klar und die Müdigkeit verflogen.

»Bereit?« Melik zog eine Spritze auf. »Wir müssen schnell machen. Das hier ist Evipan, etwas anderes hab ich nicht. Macht gute Narkose, wirkt aber nur kurz.«

»Ich habe etwas Derartiges noch nie gemacht.«

Melik sah ihn an, als sei er mit der Wirkung des Medikaments unzufrieden.

Erich verstand. »Sie auch nicht.«

»Wenn wir nicht operieren, stirbt sie. Wir können es nicht schlimmer machen, als es schon ist.«

Meliks Hände bewegten sich ohne Zögern. Es blutete weniger stark, als Erich erwartet hatte. Er reichte die Instrumente, folgte Anweisungen, dann stand er neben der Liege, die Hände zu einer Schale geformt, und blickte auf einen Klumpen aus Knochen, Sehnen, Haut und verfaultem Gewebe. Leider hatte das Hiropon auch seine Nase belebt, er atmete durch den Mund, doch es schien kaum zu helfen.

Melik zog den ersten Faden auf: »Mülleimer ist drüben an Wand.«

Erich trug die Innereien des Fußes zum Mülleimer, ließ die blutige Masse hineinfallen, vergaß, durch den Mund zu atmen, und übergab sich augenblicklich auf die abgetrennten Knochen.

Melik arbeitete unterdessen weiter, verknotete den nächsten Faden, trennte einen überstehenden Hautlappen ab.

»Waren Sie nicht im Krieg?«

»Doch. Aber nie lange. Bin zweimal verwundet worden.«

»Dann haben Sie noch ganz andere Dinge gesehen, nein?«

»Hab ich.« Erich wischte sich über den Mund und stützte sich mit einer Hand an der Wand ab.

»Und haben Sie da auch gespuckt?«

»Jedes Mal.«

21

Zum Jahreswechsel hatte es tagelang geschneit, schwere, daunengroße Flocken. Schließlich brachen die Strom- und Telegrafenleitungen zusammen. Ein Gefühl von Fallen. Am nächsten Morgen lagen zwei Zypressen abgeknickt im Schnee.

Wochenlang fühlte Erich sich krank, ohne wirklich krank zu sein, brachte gerade genug Energie auf, um das Kaminfeuer in Gang zu halten und sich durch *Drei Kameraden* zu arbeiten, Tag für Tag, Seite für Seite. »Wozu noch?«, war die gefährlichste Frage, man musste sie in Schach halten. Sobald man anfing, nach dem Warum zu fragen, verlor man sich selbst aus dem Blick.

Den Glauben an die fundamentalen Werte nicht aufzugeben, um nichts anderes ging es. Das galt für *Drei Kameraden* wie für das Leben allgemein und Erichs Leben im Besonderen. Und das so vieler anderer. Mensch bleiben. In Zeiten wie diesen war das schon politische Aussage genug. Die wahren Helden in *Drei Kameraden* waren die, die selbst dann ihr Vertrauen in den anderen nicht aufgaben, nachdem sie alles verloren hatten. Daraus würde der Roman trotz all seiner Tragik seine positive Kraft ziehen. Das sah Erich inzwischen ganz klar.

Doch die richtigen Worte dafür zu finden erforderte oft mehr Kraft und Zuversicht, als er aufzubringen imstande war. Dann musste er sich daran erinnern, dass diese Geschichte zu schreiben, der Akt des Schreibens an sich, bereits ein Bekenntnis war und sein Festhalten am Ideal der Mitmenschlichkeit Auflehnung bedeutete.

Irgendwann zog sich der Schnee zurück, die Schlacken verschwanden. Lichtflecken wanderten über die Bergrücken. Die große Kamelie blühte auf, eine Pracht. Josef pflanzte neue Zypressen, schamlos grün.

Als Erich den Hörer abnahm, hatte er Margots Stimme am Ohr. Sie rief aus Paris an. Wie es dem Roman ergangen sei, der ihn damals so in Anspruch genommen hatte. War er inzwischen abgeschlossen? Paris böte Zerstreuung, doch verlange es sie nach einer Abwechslung. Abwechslung von der Zerstreuung, dachte Erich. Das Manuskript könne eine Pause vertragen, erwiderte er, und dass das Papier schon völlig erschöpft sei vom vielen Ausradieren und Neuschreiben.

Kaum war Margot eingetroffen, zog es Erich und sie schon wieder hinaus. Etwas war nicht richtig, wenn sie im Haus war, in dem Zimmer schlief, das Jutta bewohnt hatte und, wer wollte daran zweifeln, wieder bewohnen würde. Jutta war keine Frau, die ihren Platz kampflos preisgab. Wohin diesmal? Wien, Venedig, Budapest? Warum nicht Budapest? Zweiter Versuch. Nachdem der erste so kläglich gescheitert war.

Sonnige, aus dem Vollen geschöpfte Tage zwischen Samtvorhängen und Brokatsesseln. Die Vormittage verschliefen sie, die Mittage verbrachten sie bei Frühstück mit Ei auf der Terrasse, Dampfbädern und Schneiderbesuchen, die Nachmittage in Gesellschaft der Batthyánys, exzentrischen Malern oder Gräfin Bethlen. Abends fanden sie sich zu illustren Runden zusammen, aßen in Restaurants mit Silberbesteck und Kronleuchtern, um sich anschließend dem Nachtleben auszuliefern, taumelnd und tanzend durch die Bars zu ziehen, die Plantage, den Papagei, die Arizona-Bar, das Moulin Rouge, schwarze Schlagzeuger, schwule Pfauen, Barmädchen, die ihre Augen aufklappten wie Fächer.

Margot ließ die Zügel schießen, trank, flirtete mit polnischen Grafen und italienischen Ärzten, ein Spiel, dann der Seitenblick zu Erich hin, die Rückversicherung. Ich könnte jeden haben, siehst du, am Ende aber schlüpfe ich zu dir ins Bett.

War sie außer Sichtweite, sandte sie Morsezeichen, dann hörte Erich an ihrem Lachen, in welchem Raum sie sich aufhielt und wie ausgelassen sie sich amüsierte. Es sollte ihm schmeicheln und ihn zugleich eifersüchtig machen, stattdessen ermüdete es ihn. Während der ersten Tage irritierte ihn außerdem die Ungeniertheit, mit der Margot ihn durch die Bars zog. Viele wussten, mit wem sie verheiratet war, kannten Raketen-Fritz persönlich.

Freitag, ihr dritter Tag in Budapest. Erich war schon ganz taub von der Lautstärke, mit der sie jedes mögliche Schweigen übertönten. Am Nachmittag gingen sie in die Hotelsauna, anschließend ließen sie ihre erhitzten Körper aufeinander los wie streitlustige Hunde.

Danach, der Staub tanzte in dem Lichtstreifen, der durch die zugezogenen Vorhänge fiel, sagte Margot unvermittelt: »Lange geht das sowieso nicht mehr.«

Erich verstand. Ihre Ehe. Es war ihr gleichgültig, wie viel ihr Mann von ihren Eskapaden erfuhr, vielleicht legte sie es sogar darauf an. So war es bei Jutta und Erich gewesen. *Ihre* Affäre hatte *seine* Affäre nach sich gezogen, und so war es weitergegangen, bis die einzige Möglichkeit, den Knoten wieder zu lösen, darin bestanden hatte, ihn zu zerschlagen.

Erich hatte genug, doch am Abend waren sie bei Edelheims eingeladen, halb Budapest schien sich aus alten Adelsgeschlechtern zu rekrutieren. Sie tranken und redeten, und dann huschten sie gemeinsam mit Ella, der Hausherrin, und ihren drei bauschenden Töchtern, sämtlich in Abendkleidern, über die Straße und in das Haus von Baron Hatvany, der eine Soiree gab.

Die Villa war groß, erhaben, vor dem Eingang ein Portikus aus schlanken Säulen, auf denen der Balkon im ersten Stock thronte, voll mit heiteren, Champagner trinkenden Menschen in Abendgarderobe.

Franz Hatvany dagegen wirkte gedrungen, war kleiner als Erich selbst, hatte kurze, wulstige Finger. Neben seiner hochgewachsenen Frau verstärkte sich dieser Eindruck noch. Bester Dinge versicherte er Margot und Erich, wie erfreut er über ihr Erscheinen sei, und wünschte viel Vergnügen.

»Ich werde mich prächtig amüsieren«, beschloss Margot.

Erich hatte keine Zweifel.

Im Haus dichtes Gedränge. Eine Woge polnischer Adeliger rauschte heran, umspülte Margot und trug sie davon. Sia Rutnay erschien, die jüngste Edelsheim-Tochter. Sie gedenke ebenfalls, Schriftstellerin zu werden, von klein auf sei das ihr Wunsch gewesen, und wie sehr sie habe weinen müssen, als sie *Im Westen nichts Neues* und *Der Weg zurück* gelesen habe. Immerhin wusste sie, dass Erich nicht nur den einen Roman geschrieben hatte. Warte nur, dachte er, nach *Drei Kameraden* wirst du heulen wie ein Schlosshund.

Der Gedanke erschreckte Erich weniger als die Genugtuung, die er dabei empfand. Warum ließ er immer andere unter seinem Missmut leiden? Doch seine Gedanken sponnen sich fort: Worüber sollte eine junge Frau wie Sia schreiben? 320 Seiten darüber, wie sie bei einem Ausritt vom Pferd gestürzt war und sich den Knöchel verstaucht hatte? Zärtliche Gefühle für einen Bürgerlichen? Immerhin sagte er es nicht, nahm sich stattdessen ein neues Glas von einem vorbeischwebenden Tablett.

»Ich rate ab, dringend.«

Sia zog eine Schnute. »Weshalb sagen Sie das?«

»Weil ich viele Schriftsteller kenne und keiner von ihnen glücklich ist. Bewahren Sie sich Ihr sonniges Gemüt.«

Kaum hatte er Sia in die Flucht geschlagen, standen die

Gräfin Tauber sowie ein irritierend schöner Mann von dunkler Hautfarbe vor ihm. Die Kleidung des Mannes schien aus Perlmutt gewebt, dazu Orden auf der Brust, als könne er sich nicht entscheiden, ob er Anzug oder Uniform sein wollte. Erich kannte die Gräfin, den Mann kannte er nicht.

»Erich Maria!«, rief sie, dabei trennte sie keine Armlänge voneinander. »Darf ich Sie mit dem Maharaja von Kapurthala bekannt machen!«

Sie schien ganz begeistert von ihrem Fang und schob Erich und den jungen Mann vor sich her in den Garten, wo schillernde Grüppchen auf dem Rasen blühten wie hingetupft. Unter ihnen die Donau, am anderen Ufer tausend Lichter, die sich im Wasser spiegelten.

Die Anwesenheit des Maharajas in Budapest schien keinen besonderen Anlass zu haben.

»The most beautiful women in Europe, they live in Budapest«, sagte er.

Ein Kompliment, das sich an die Gräfin richtete, die ihr Gelangweiltsein mit einem Universallächeln überspielte. Was für ein Leben, dachte Erich, so glamourös und zugleich so überflüssig. Und doch wollte etwas in Erich Teil davon sein, dazugehören, privilegiert durch Geburt.

Helene kam ihm in den Sinn, die Frau, deren verfaulte Zehen er in Doktor Meliks Mülleimer entsorgt hatte. Sie hatte überlebt, der Stumpf war verheilt. Erich war mit ihr zum Schuster gegangen, hatte einen speziellen Schuh für sie anfertigen lassen, der es ihr erlaubte, halbwegs normal zu gehen. Später hatte er sie nach Lugano gefahren, ihr einen Fahrschein nach Mailand besorgt – sie kannte dort jemanden –, ihr Geld zugesteckt und ihr alles Gute gewünscht.

Er wandte sich ab, überließ den Maharaja und die Gräfin einander, *wollte* unhöflich sein und ging hinunter zum Ufer. Der Fluss brummte, tief, kaum hörbar. Auf den ersten Blick schien sich das Wasser kaum zu bewegen, doch die Strömung war gewaltig, nicht einmal Helmut Fischer hätte dagegen anschwimmen können. Er müsste sich nur hineinfallen lassen, niemandem fiele es auf.

Erich spürte die Anwesenheit einer weiteren Person. Als er sich umdrehte, stand sie da, drei Meter zwischen ihnen, die Erich wie ein Zeitsprung vorkamen, eine Projektion aus der Vergangenheit.

22

Während Erich einfach nur älter und müder geworden war, war Ruth noch klarer als damals, noch mehr bei sich. Er fühlte Scham. Etwas, das er lange nicht gefühlt hatte. Ruth veränderte seine Selbstwahrnehmung.

Mühelos überwand sie die Distanz zwischen ihnen. Ihre Wange an seiner, eine zärtliche Ohrfeige, ihr Lächeln ein liebevoller Schlag in die Magengrube.

»Du bist es wirklich«, stellte Erich fest.

»Ich bin es wirklich.«

Für einen Moment ruhten ihre Hände ineinander, überbrückten die drei Jahre.

»Du siehst gut aus«, sagte Ruth, »selbst wenn es dir nicht gut geht.«

Ich vertue mein Leben, ein Hedonist, drei Jahre, verpufft in einem selbstmitleidigen Rauchwölkchen, trinke Champagner mit collierbehängten Gräfinnen und Maharadjas in perlmuttfarbenen Uniformen.

»*Pat* ist noch immer nicht fertig?«

»Der Roman heißt jetzt *Drei Kameraden*. Aber fertig ist er noch nicht.«

Sie lachte, schwerelos, berührte ihn am Arm. »Du bist eben du, da lässt sich nichts machen. Aber ohne das könntest du auch nicht diese schrecklich schönen Romane schreiben.«

»Aber ich kann gar nicht schreiben. Jeder andere an meiner Stelle hätte den Roman längst beendet.«

»Aber dann wäre es nicht der, den du geschrieben haben wirst. Warte nur«, sie machte eine Geste wie aus einem Stummfilm, »am Schluss wird all das darin enthalten sein. Die drei Jahre sind nicht verloren.«

»Ich schäme mich«, gestand Erich.

»Wofür?«

»Dein Vertrauen.«

»Ich werde immer an dich glauben.«

»Jetzt schäme ich mich noch mehr.«

Über Ruths Schulter hinweg sah Erich Margot die Wiese herabkommen. Ruth bemerkte seinen Blick, wandte ihren Kopf.

»Hier also versteckst du dich!« Margot hatte zu schnell zu viel Champagner getrunken. Das vertrug sie nicht. Sie musste bis auf die andere Uferseite zu hören sein. »Oh, und wer ist dieses reizende Geschöpf?«

Ein Blick genügte, um in Ruth die Rivalin zu erkennen. Erich stellte sie einander vor, sagte, Ruth sei eine »alte Freundin aus Berlin«, was einen schalen Geschmack hinterließ.

»Ruth Albu, so so«, sagte Margot. Sie hatte keine Ahnung, wer die Frau war.

Sie wollte sich an Erichs Arm schmiegen, knickte jedoch auf dem weichen Rasen um und klammerte sich stattdessen an seine Schulter. An ihrem Gewicht merkte Erich, wie viel sie bereits getrunken hatte.

»Liebling, du musst mir helfen«, sagte sie. »Ich werde belagert.«

»Von wem?«

»Einer polnischen Gesandtschaft. Die haben einen solchen Narren an mir gefressen, dass ich mich gar nicht retten kann.«

Erich vermied es, Ruth anzusehen.

»Wie es den Anschein hat, *hast* du dich bereits gerettet.«

»Du machst dir keine Vorstellung!«

Margot blickte sich um, und tatsächlich rückten in diesem Moment drei Herren im Frack an, unterhielten sich laut auf Polnisch und bedrängten Margot, als seien Ruth und Erich gar nicht anwesend.

»Da siehst du es!« Abwehrend hob Margot die Hände. »Meine Herren, ich muss doch sehr bitten.«

Ihr Widerstand war ebenso gespielt wie ihre Empörung, was die drei Herren sofort durchschauten. Umstandslos führten sie Margot ab.

Ruth blickte der Gruppe nach: »Du scheinst nicht besonders besorgt zu sein.«

»In solchen Fällen sind drei weniger als einer.«

Erich suchte nach den Zigaretten, bot Ruth eine an. Sie nahm sie.

»Lass mich nicht so dastehen«, sagte er.

Sie lächelte. »Was möchtest du wissen?«

»Wie es dir geht. Alles.«

Sie blickten auf den Fluss, während Ruth von den Stationen ihrer Flucht berichtete, Paris, Wien, London. Unter anderen Umständen, zu einer anderen Zeit, hätte man eine Hochzeitsreise dahinter vermutet. In Berlin hatte es noch so ausgesehen, als stünde ihr eine vielversprechende Karriere bevor. Sie hatte in Revuen gespielt, in der Scala sogar, Lieder von Holländer gesungen, mit der Dietrich getanzt, später die ersten Filmrollen, nichts Großes, noch nicht. Vielleicht, wer weiß, hätte sie zu einem Star reifen können.

Erich erinnerte sich daran, wie sie im Majestic vor dem Fenster gestanden und er sie in seinen Morgenmantel gewickelt hatte, und für einen Moment wünschte er, sie wäre wieder so verliebt in ihn wie damals. Doch sie hatte ihn hinter sich gelassen, war weitergegangen, in ein neues Leben. Was immer er darin sein würde, es würde sich aus der Vergangenheit speisen, nicht aus der Gegenwart und schon gar nicht aus der Zukunft.

Ein Mann stand bei ihnen, schlank, groß, distinguiert. Die Art, wie er seinen Anzug trug, sollte Weltläufigkeit demonstrieren. Er umfasste Ruths Taille, sie sprachen auf Englisch miteinander.

»Ich möchte dir Jason vorstellen.«

Erich zog die Brauen hoch.

»Meinen Mann«, sagte Ruth.

Erich erstarrte.

»Du weißt, dass ich wieder geheiratet habe. Ich habe es dir geschrieben.«

Die Männer reichten einander die Hände.

»Keine Sorge«, sagte Ruth, »erstens versteht er kein Deutsch, und zweitens habe ich ihm alles von uns erzählt. Er findet deine Romane im Übrigen großartig.«

Soll er nicht, schoss es Erich durch den Kopf. Es kam ihm vor, als sinke er in den Rasen ein, als stehe er mit den Füßen bereits im Wasser. Er erinnerte sich an keinen Brief. Und Jason? Diesen Namen hatte er nie gehört.

»Wann?«

»Vergangenes Jahr, Oktober.«

»Gratuliere.«

Während Erich sich in die nächste Zigarette flüchtete, sprachen Ruth und Jason miteinander, vertraut und warm.

»I will be with you in a minute«, hörte Erich sie sagen.

Jason verstand, nickte Erich zu und entfernte sich.

Erich hätte gerne darübergestanden, sich für Ruth gefreut.

»Formvollendet«, sagte er.

Ruth hakte sich bei ihm ein. Langsam gingen sie die Wiese hinauf, im Zickzack, so würde es nicht so schnell vorbei sein.

»Was führt dich nach Budapest?«, fragte sie.

»Das würde ich auch gerne wissen. Ich sollte in Ascona sein und den Roman zu Ende bringen. Wenn ich mir noch drei Jahre Zeit damit lasse, ein Jahr nur, dann ist der Gaul endgültig zu Tode geritten.«

Auf der Terrasse angelangt, drehten sie sich noch einmal zur Donau um, den schwimmenden Lichtern.

»Dass du da bist«, sagte Ruth, »dass du lebst, wird mich immer glücklich machen.«

Das Ende. So klang es, so fühlte es sich an.

»Lass uns verschwinden«, erwiderte Erich.

Er meinte es wörtlich.

»Die nächste Flucht?«, fragte sie.

»Von mir aus.«

Nach einer Pause sagte sie: »Wir gehen nach Amerika.«

»Von mir aus auch das.«

»Nicht wir beide. Jason und ich. In drei Wochen geht unser Schiff. Ich habe einmal meinen Mann für dich verlassen, Boni. Ein zweites Mal wäre wirklich zu viel, selbst in deinem Fall.«

Erich wollte ihr etwas sagen, doch bevor er wusste, was es war, bevor er oder Ruth es jemals erfahren würden, tauchte Margot vor ihm auf, mit Raubtierblick, die Haare wie nach einem Ritt durch einen Orkan.

»Du musst mich retten«, verlangte sie. »Dieser Strolch hat versucht, mich zu vergewaltigen!« Sie hob ihren Arm und zeigte einen etwa dreißig Zentimeter langen Riss in ihrem Kleid vor. »Sieh dir das an! Dieser Mann hat vollkommen den Verstand verloren.«

Auch die Umstehenden begannen, sich für den Riss in Margots Kleid zu interessieren.

»Wer?«, wollte Erich wissen, doch die Frage beantwortete sich von selbst, denn besagter Strolch hatte sich einen Weg durch die Menge gebahnt, baute sich vor Margot auf und redete beschwörend auf sie ein. Er war noch betrunkener als Margot. Erich verstand kein Wort, doch es war offensichtlich, dass der Mann in Margot die Frau seines Lebens gefunden zu haben glaubte, und sei es nur für diese Nacht. Verschwinden, dachte Erich.

Der Mann ergriff Margot an den Oberarmen, sie schrie auf. Erich musste handeln. Er drängte sich zwischen die beiden, schob den Mann auf Armeslänge von sich.

»Sie gehen jetzt. Avanti!«

Zorn stieg seinem Gegenüber ins Gesicht. Erich überlegte, ob es einer der drei Männer von vorhin war. Dann würden ihm womöglich gleich zwei Männer zu Hilfe eilen. Das war es, was Erich getan hätte, wenn es sein Kamerad gewesen wäre. Eine Kaskade polnischer Schimpfwörter prasselte auf ihn nieder, dann stieß der Mann ihm beide Hände in die Brust.

Erich schlug ihm mit der Faust ins Gesicht. Ein dumpfer Schmerz in seiner Hand, wie von Ferne, dann setzte er nach, der Mann taumelte rückwärts in die Menge, Blut spritzte, spitze Schreie, Seidenkleider, ruiniert für immer. Erich begriff, dass er genau das gewollt hatte, den ganzen Abend schon.

»Boni, hör auf!«, rief Ruth.

Erich schlug dem Mann noch einmal ins Gesicht, links, rechts, der Mann ging zu Boden, krümmte sich zusammen, kreuzte die Arme über dem Kopf. Erich, über ihn gebeugt, schlug weiter auf ihn ein, so lange, bis drei Männer ihn schließlich zu fassen bekamen und wegzerrten, während er mit den Beinen austrat.

Sie schleiften ihn um die Villa herum zum Tor, Margot folgte ihnen.

»Was um alles in der Welt ist in dich gefahren?«, rief sie.

Die Männer entließen ihn auf die Straße, blieben im Durchgang stehen, die drei Köpfe des Zerberus. Erich wehrte sich nicht länger. Was immer es gewesen war, es war vorbei.

»Was erwartest du?«, rief er zurück. »Eine Frau, die von mir verlangt, sie vor einer Vergewaltigung zu retten, muss mit allem rechnen!«

»Herrgott!« Margot wandte sich ab und verschwand im Dunkel.

Am Kopf der Stufen, zwischen den Säulen, meinte Erich, Ruths Silhouette auszumachen. Ihr Gesicht war nicht zu erkennen, doch das war auch nicht nötig. Es war alles gesagt, und jetzt war es außerdem getan. Sie würde nach Amerika gehen, mit Jason, der nächste Abschied für immer. Und er würde nach Ascona zurückkehren, ohne Margot.

Und doch war da eine Vertrautheit, ein Trost. *Dass du da bist, dass du lebst, wird mich immer glücklich machen.* Zum Abschied hob er eine blutende Hand.

23

Überall in Europa marschierten die Faschisten auf, von keinem Schlagbaum aufzuhalten, von keinem Argument und keinem Gewehr. Italien, Deutschland, Rumänien, Kroatien. Selbst die Schweiz zeigte sich anfällig, wenngleich es schien, als hätte die »Nationale Front« ihren eigenen Abstieg eingeleitet, seit sie sich zur Weltanschauung der NSDAP bekannt hatte. Vor der Menschenverachtung der deutschen Nazis schreckten selbst die nationalistischsten Schweizer zurück.

Besonders sorgenvoll blickte die Exilgemeinde auf die Entwicklung in Spanien. Ludwig Linson, der noch immer – keiner konnte sich erklären, auf welchen Wegen – aus sämtlichen Himmelsrichtungen Nachrichten empfing, wollte erfahren haben, dass die Offiziere um General Mola, die seit Monaten praktisch öffentlich einen Militärputsch planten, neuerdings Unterstützung aus Italien und Deutschland erhielten. Die spanische Regierung schien machtlos.

Um die unmittelbare Gefahr abzuwenden, hatte man Offiziere, die sich zu den Faschisten bekannten, auf entlegene Stützpunkte verbannt, vorzugsweise auf spanische Inseln oder nach Marokko. Das Problem dabei war, dass sie sich dort jedem Zugriff entzogen. Welches Ziel ein möglicher Militärputsch verfolgen würde, das hatte Mola in den vergangenen Jahren oft genug wiederholt: »Ohne Skrupel alle diejenigen eliminieren, die nicht so denken wie wir.«

In Ascona hatte von der Heydt unterdessen sein Vorhaben in die Tat umgesetzt und das Dorf mit einem Golfplatz beschenkt. Auf der schattigen, bewaldeten Landzunge, die sich in der Verlängerung des Dorfes in den See erstreckte, waren auf einer Fläche von fünfzig Hektar die schönsten neun Löcher Europas entstanden.

Für das Eröffnungsturnier hatte der »Golf Club Patriziale Ascona« ein absurdes Preisgeld ausgelobt und so die internationale Golfelite in das Dorf und in von der Heydts Hotel gelockt. Für die Dauer einer Woche verwandelte sich Ascona in einen modernen Wallfahrtsort, und während die Fischer noch im Morgenlicht am Hafen ihre Netze zum Trocknen aufspannten, rollte eine Prozession chromglänzender Cabriolets den Monte Verità hinab, knatterte lautstark über die Promenade und aus dem Dorf, um sich wie zum Appell vor dem neu erbauten Clubhaus aufzureihen.

Fünf Tage, so hieß es, benötigten die Teilnehmer, um sich auf den Platz »einzuspielen«. Als würde der über Nacht seine Gestalt ändern, plötzliche Hindernisse hervorbringen.

Gegen Abend, nach Beendigung ihrer Trainingseinheiten, fanden sich einige der Spieler im Verbano ein. Sie zu erkennen war einfach. Sie trugen allesamt zweifarbige Schuhe, Kniebundhosen und Westen mit einer Vielzahl aufgenähter Taschen. Und ihre Unterhaltungen waren grundsätzlich lauter als die der anderen.

Am Wochenende das Turnier. Banner an der Bootsanlegestelle, Fähnchen auf der Piazza, Wimpel über der Via Borgo. Neben dem Clubhaus hingen, an baumhohen Masten, die zwölf Nationalflaggen der Teilnehmer. Zwei Tage, an denen die Spieler die Grüns inspizierten, sich von ihren Caddys die Schläger reichen ließen, um anschließend mit einer Ernsthaftigkeit kleine Bälle über den frisch geschorenen Rasen einer künstlich angelegten Landschaft zu dreschen, als hinge die Zukunft der Menschheit davon ab.

Die Siegerehrung fand auf der Piazza am Hafen statt, inklusive blumengerahmter Bühne, Blaskapelle, Champagnerfontäne und einer Trophäe, in der man hätte Tomaten ziehen können. Montag nach dem Frühstück zog die Prozession ein letztes Mal den Hügel hinunter, die Via Borgo hinauf und aus dem Dorf hinaus. Dann war der Spuk vorbei.

Erst am Nachmittag bemerkte man, dass einer der Spieler geblieben war. Wie in der Vorwoche kam er nach dem Schlagtraining, zweifarbige Schuhe, Kniebundhosen, setzte sich ins Verbano, lächelte Fede zu und bestellte »Un caffè, Signorina. Per favore«.

Er blieb Stunden, studierte kleine Kärtchen, die er aus einer seiner zahlreichen Westentaschen zog, tippte sich beim Bezahlen lässig mit zwei Fingern an die Stirn und ging. Am Folgetag dasselbe Spiel, die Hosen, die Kärtchen, das Lächeln.

Unter den Männern im Dorf machte sich Argwohn breit. Der Mann war Amerikaner, so viel wusste man, James Wilson mit Namen, gut aussehend, an der Grenze zur Selbstverliebtheit. Und er roch so mondän. Manche Frauen beschnupperten ihn heimlich im Vorbeigehen. Beim Turnier hatte er Platz vier belegt, den undankbarsten Platz von allen. Ein Spion? In diesem Aufzug?

Wilson versuchte, Kontakte zu knüpfen, die Menschen dazu zu bringen, ihn zu mögen, wie die Amerikaner das so machten, ungelenk, laut, in der sicheren Annahme, alle Welt sei des Englischen mächtig.

Es war die Nonna, die es aussprach: »Der führt etwas im Schilde.«

Ihr russischer Akzent machte einen Widerspruch unmöglich. Außerdem war sie die weise Alte in der Exilgemeinschaft und durchschaute jeden Mann nach wenigen Minuten. Wenn sie befand, Wilson führe etwas im Schilde, dann musste man auf der Hut sein.

Auf seinen Kärtchen, das war gesichert, standen in schwungvoller Handschrift geschriebene Vokabeln, Vorderseite englisch, Rückseite italienisch. Hatte er vor, sich dauerhaft in Ascona niederzulassen?

Victoria Wolff, der Erich den Namen »der bürgerliche Traum von Ascona« gegeben hatte und die selbstredend über beste Englischkenntnisse verfügte, beschloss, den Golfspieler zu fragen: »Mister Wilson, do you intend to stay in Ascona permanently?«

Wilson lächelte. »On the contrary, Misses Wolff. I plan on leaving.«

Ein Abend im Juni, mild, die Luft wie Balsam. Schon jetzt prophezeiten die Winzer ein gutes Weinjahr. Dem Geruch von Tabak und gebratenem Fisch war der Duft spät blühender Rhododendren beigemischt.

Einer der Tage, an denen man lange im Verbano sitzen blieb. Es gab keinen Grund zu gehen. Zwischen den Tischen kaum ein Durchkommen. Einzig Fede, das Tablett über Kopf, bewegte sich mühelos durch die Reihen.

Sie hatten ihre Tische zusammengeschoben, Else, Victoria Wolff, Emil Ludwig, Erich, die Durieux, Leonhard Frank, Ludwig Linson, die Werefkin sowie einige andere.

Wie üblich hatte Linson die Neuigkeit des Tages parat: Schmeling hatte den als unbezwingbar geltenden Joe Louis besiegt, K.o. in der zwölften Runde, im Madison Square Garden in New York. Eine Sensation. Zwölf Runden, völlige Erschöpfung, und dann entschied ein Sekundenbruchteil über dein Schicksal.

Linson beugte sich vor. »Und jetzt raten Sie mal, was das Erste war, das Schmeling gemacht hat, nachdem er Louis auf die Bretter geschickt hat.«

»Ihm wieder auf die Beine geholfen?«, fragte Erich.

Linson sah ihn an: »So war es!«

Goebbels, in seiner Funktion als Reichsminister für Volksaufklärung und Propaganda, hatte sich die Gelegenheit nicht entgehen und umgehend verkünden lassen, Schmelings Sieg sei als Beweis der Überlegenheit der arischen Rasse anzusehen. Nicht einmal mehr über einen sportlichen Triumph konnte man ungetrübte Freude empfinden. Noch dazu Schmeling, der nun wirklich nicht zu denen gehörte, die sich von den Nazis einseifen ließen, und der sich beharrlich weigerte, sich von seiner tschechischen Frau oder seinem jüdischen Manager zu trennen.

Linson beschäftigte bereits die nächste Nachricht: »Ich fürchte, Deutschland ist ohnehin nicht mehr zu retten.«

Wenn Linson das sagte, war es nicht einfach dahergesagt.

»Himmler ist zum Polizeichef ernannt worden.«

Alle wussten, was das bedeutete. Himmler war jung, machtbesessen und skrupellos. Sogar die eigenen Leute hatten vor ihm Angst. Und er war Reichsführer SS. Mit ihm als Chef würde die Polizei künftig als verlängerter Arm der SS fungieren.

Hier saßen sie, am Lago Maggiore, während ihr Land in einem Strudel aus Willkür und Gewalt versank. Ohnmacht war ein quälender Zustand.

In ihr Schweigen hinein schritt James Wilson die Via Borgo herauf. Zunächst erkannte man ihn nur an den zweifarbigen Schuhen und den Kniebundhosen, denn das Blumenbouquet, das er in den Armen hielt, verdeckte nahezu sein gesamtes Gesicht.

Die Werefkin reagierte als Erste. Ihren Blick starr auf Wilson gerichtet, verfolgte sie jeden seiner Schritte, als könne sie, falls nötig, ihn kraft ihres Blickes in die Knie zwingen. Doch es war nicht die Nonna, die ihn auf die Knie zwang, Wilson sank aus freiem Willen. Mitten auf der Via Borgo blieb er stehen, vor dem Verbano achtzig, hundert Zuschauer.

»Amerikaner«, schnalzte Else, »immer eins zu viel.«

Zwei, drei Atemzüge lang fragte man sich, was nun folgen würde. Wieder verstand die Nonna als Erste.

»Gottgewollte Traurigkeit«, seufzte sie.

Im nächsten Moment rief Wilson: »Fede!«

Das Tablett der Angerufenen sank herab und rettete sich auf eine Tischkante, bevor es aus ihrer Hand gleiten konnte. Sie trat vor die Tischreihen, balancierte auf der Grenze zwischen Bühne und Publikum.

Wilson setzte ein Knie auf den Boden. »Il mio amore!«

»O Gott, wie romantisch!«, flüsterte Victoria.

»Ci ho provato. Ma senza te non posso lasciare questo posto. Per favore: Sposa …«

»Si!«, rief Fede und warf sich ihm in die Arme. Der Blumenstrauß landete auf dem Pflaster. »Si, si, si!«

Einige applaudierten zaghaft, andere erhoben sich, die meisten jedoch verharrten in Schockstarre. Jahrelang hatte man sich gefragt, welchen ihrer zahlreichen Verehrer Fede einmal zum Mann nehmen würde, und dann kam ein amerikanischer Golfspieler und entriss sie dem Dorf.

Ein Stuhl wurde umgestoßen. Als Erich den Kopf wandte, sah er die Nonna im Laufschritt die Via hinabeilen.

24

Das gesamte Dorf war zusammen, die Via Borgo vollständig von Menschen gesäumt. Im Schneckentempo tuckerte Wilson die Straße hinauf. Freunde, Verwandte, Fedes ehemalige Lehrerin, jeder, der eine Erinnerung mit ihr verband, und das bedeutete in Ascona: jeder. Die Geschäfte blieben vorübergehend geschlossen, einschließlich der Post sowie der Bank, einzig die Glocke im Campanile von Pietro e Paolo befand sich im Dauerbetrieb.

Von der Heydt hatte es sich nicht nehmen lassen, das Hochzeitsessen auszurichten, das gesamte Dorf einzuladen, die Promenade eine einzige Tafel. Manche vermuteten, er habe ein schlechtes Gewissen, schließlich war er es gewesen, der den Golfplatz hatte anlegen lassen und der so die ganze Entwicklung überhaupt erst in Gang gesetzt hatte.

Vor dem Verbano hielt Wilson ein letztes Mal, Fede, im Wagen stehend, warf Küsse, es gab Umarmungen, Tränen sogar. Minutenlang hing die Werefkin an der jungen Braut, Else musste die Arme ihrer Freundin lösen, bevor das Cabriolet seinen Weg fortsetzen konnte.

In den Augen vieler war Fede stets das lebhafte Kind geblieben, früh vaterlos, untrennbar mit diesem Ort verbunden, dem Verbano. Kein Kind hatte jemals länger unter Wasser die Luft anhalten können, die längste Zeit am Stück, in der Fede nicht gesprochen hatte. Einmal war sie hinabgetaucht und hatte einen zappelnden Zander in ihren schmalen Händen gehalten, als sie wieder die Oberfläche durchstieß. »Das war nicht schwer«, sagte sie. »Er ist zu mir gekommen.« Als könne sie das Kunststück nach Belieben wiederholen.

Und dann kam dieser James Wilson, ein Name wie ein Werbeplakat, und brachte das Gefüge des Dorfes ins Wanken. Alle freuten sich für Fede, aber gehen lassen mochte sie keiner.

Die Werefkin traf es am härtesten. Sie hatte alles in Fede hineingeliebt, das in ihrem eigenen Leben nicht stattgefunden hatte, sämtliche Versäumnisse, die Jahre, die sie damit verbracht hatte, einen unrettbaren Mann zu retten, die Familie, die sie nie gewesen waren, die Kinder, die sie nicht bekommen hatte.

Sie hielt sich aufrecht, wie aus Trotz, bis das Cabriolet außer Sicht war, blieb stehen, als die Menge sich nach und nach zerstreute, während die Glocke weiter läutete und ihr Klang in Wellen auf den See hinaustrieb. Erst als die Glocke verstummte, gaben Werefkins Beine nach. Erich und Else richteten sie auf, gingen mit ihr hinunter an die Promenade und brachten sie in ihre Wohnung. Zwei kleine Zimmer, vollgestellt mit Bildern. Vorsichtig legten sie die nach Atem ringende Künstlerin auf ihr Bett.

Doktor Melik erschien, ohne dass ihn jemand gerufen hätte, öffnete seine Arzttasche, band der Nonna den Arm ab und zog eine Spritze auf.

»Was ist das?«, wollte Else wissen.

Melik stach die Nadel in die Vene und drückte den Kolben. »Das verschafft Pause von Trauer«, sagte er.

Er presste ein Stück Stoff auf die Einstichstelle und löste die Manschette. Werefkins Augenlider flatterten einen Moment, dann schlossen sie sich. Ihr Schluchzen ging in ein gleichmäßiges Atmen über.

Else schob demonstrativ den Ärmel hoch: »Davon hätte ich auch gerne was.«

Am nächsten Morgen rief Franco per Funkspruch seine Truppen in Marokko zum Militärputsch auf. »Viva la muerte!« Es lebe der Tod! Was für ein Schlachtruf.

Innerhalb eines einzigen Tages brachte das Militär ganz Spanisch-Marokko unter seine Kontrolle. Die Regierung in Madrid versuchte, Fakten zu schaffen, indem sie erklärte, dass es sich bei dem Umsturzversuch lediglich um Bewegungen auf bestimmten Gebieten des Protektorats handele, sich aber auf dem Festland niemand diesem absurden Abenteuer angeschlossen habe. Franco, Mola und die Ihren jedoch, die die Auslöschung der Linken als patriotische Pflicht ansahen, hatten das Festland bereits im Visier.

Erich hatte sich in eine Szene verbissen, die Bar-Szene, zentral, da musste so viel hinein! Immer, wenn er glaubte, sie bei den Hörnern zu haben, schüttelte sie ihn ab. Der große, umfassende Zweifel, der sich immer dann einstellte, wenn man das Ziel bereits vor Augen hatte. Er gehörte dazu, war Teil des Prozesses. Und doch war es immer wieder ein Schock: Wer sollte das lesen? Warum?

Freitag vergangener Woche, nach zwei Flaschen Wein und ungezählten Gläsern Kirschschnaps, hatte er das gesamte Manuskript in den Kamin geschleudert, hatte vor der Feuerstelle gestanden, das lange Zündholz zwischen den Fingern, Tränen der Wut und Verzweiflung in den Augen. In Spanien schossen sie, in Deutschland machte man sich neuerdings einen Spaß daraus, Menschen durch Bücherregale zu ziehen und sie anschließend halb totzuschlagen, Frauen auch. Wozu noch Worte in den Sturm flüstern?

Schließlich hatte er sich vor die Feuerstelle gekniet und die Blätter wieder eingesammelt. Die lächerliche Theatralik der Szene war ihm dabei durchaus bewusst gewesen, was die Sache nicht besser gemacht hatte.

Pat, die Heldin seines Romans, ging ihm nicht mehr aus dem Kopf. Nicht zufällig befiel sie dieselbe Krankheit wie Jutta, Schwindsucht, ein schleichendes Gift. Mit dem Unterschied, dass sie in Pats Fall tödlich verlief.

Und dann verstand Erich: Die Verlustangst trieb ihn um. Seine Verlustangst. Jutta zu verlieren würde mit ihm dasselbe machen wie der Verlust von Pat mit Robert in *Drei Kameraden*. Es war ausgeschlossen, dass Jutta und er jemals wieder ein Paar werden würden, und doch würde ihr Verlust ihn fällen wie einen Baum.

25

Sie kam, als hätte sie ihn erhört, gemeinsam mit ihrer Schwester Edith, die anders schön war als Jutta, robuster, weniger bedürftig. Auch Billy, den noch aus ihrer Ehe mit Erich stammenden Hund, brachte Jutta mit. Dabei hatte Erich gar nicht gewollt, dass sie kam. Er wollte sie nur nicht verlieren.

Plötzlich war Leben im Haus. Billy, der unbeschwert über den Rasen am See tollte, die neuen Gerüche aufnahm. Die Ehe zwischen Jutta und Erich war niemals unbeschwert gewesen, für Stunden höchstens, manchmal über ein Wochenende. Angenehm, wie der Weichzeichner der Erinnerung sich über die eigene Vergangenheit legte. Es machte den Gedanken an ein Morgen erträglich.

Sie versuchten es als Freunde, ein Menschenleben war einfach zu lang für die Liebe. Es musste besser funktionieren als beim letzten Mal, sonst würden sie einander zerfleischen. Immerhin trank er weniger, wenn Jutta da war. Dem Roman allerdings half das nicht. Wieder zog er sich mit dem Manuskript ins Schlafzimmer zurück.

Abends saßen sie gemeinsam auf der Terrasse, Jutta und Edith berichteten aus Berlin. Die Stadt hatte sich dankbar vom Olympia-Fieber anstecken lassen, man simulierte Normalität.

Für die Dauer der Olympiade hatte Goebbels jede antisemitische Propaganda eingestellt. Unter dem Deckel allerdings brodelte es. Sobald die Spiele vorbei sein würden und die Nazis ihr Bild im Ausland aufpoliert hätten, würden sie über jeden herfallen, der sich ihnen nicht bedingungslos unterwarf. Das bedeutete: Jutta würde bis auf Weiteres in Ascona bleiben.

Erich horchte in sich hinein. Es wäre richtig. Und gut. Sie würden streiten, aber sie würden auch zu schätzen wissen, was sie aneinander hatten. Unter den gegebenen Umständen die beste aller Möglichkeiten.

Ein weiterer Flüchtling erschien vor seiner Tür. Ignaz Hain, ein Referendar in Erichs Alter und von einer Korrektheit, die allen anderen im Haus das Gefühl gab, sich lotterhaft zu benehmen. Selbst Jutta streifte nur noch züchtig bekleidet über das Anwesen und trug seit Neuestem einen Badeanzug zur Kappe.

Erich richtete Hain die Kammer im Untergeschoss her, konnte aber außer Zuhören nicht viel für ihn tun. Hain redete, als könne er dadurch sein Schicksal umbiegen. Nach zwei Tagen wollte er weiter. Erich steckte ihm Geld zu, besorgte ihm eine Fahrkarte nach Mailand, brachte ihn an den Zug. Und fühlte sich dennoch schuldig.

Ununterbrochen dachte er jetzt an den Roman, doch die Arbeit daran schien unmöglich zu sein. Es waren zu viele Menschen im Haus. Abends mit Jutta und Edith ins Verbano, stundenlang mit dem Hund am See, ständig war er abgelenkt. Hinzu kamen die täglich eintreffenden Telegramme seines Agenten.

Jahrelang hatte Erich die Verlage hingehalten, mit Halbwahrheiten jongliert. Einigen Verlegern hatte Erich persönlich geschrieben. Der Roman sei praktisch fertig, nur letzte Korrekturen seien noch anzubringen, eine Frage von Tagen eher als von Wochen. Letzten Endes eine Selbstbeschwörung, mit der er sich Zeit zu verschaffen und sich zugleich unter Druck zu setzen gehofft hatte. Geholfen hatte auch das nicht.

Sie waren zum Abendessen erschienen, auf Juttas Einladung hin. Sie hatte sich verpflichtet gefühlt, nachdem Edith, Erich und sie neulich einen langen Abend auf der Terrasse der Ludwigs verbracht hatten, inklusive einer falsettierenden Baronin und deren redseligem Gatten. Folglich hatte Jutta eine Einladung ausgesprochen, in ihrer beider Namen, und die Baronin, die nichts von Erich gelesen, aber schon viel von ihm gehört hatte, sagte begeistert zu.

Jetzt saßen sie an Erichs großem Tisch, die Baronin mit ihrem Gatten, Elga und Emil, Jutta und Edith. Röschen war aufgeblüht und hatte seit den Morgenstunden in der Küche gewerkelt. Das gesamte Haus roch nach Rinderbraten und Apfelstrudel. Erich fühlte sich wie belagert. Und Emil konnte nicht aufhören zu reden. Ganz gleich, wer außer ihm noch am Tisch saß, es durfte nie ein Zweifel daran aufkommen, wer der Klügste war.

Es war offensichtlich, dass er den Damen imponieren wollte, Edith vor allem. Je weiter der Abend voranschritt und je mehr Alkohol er trank, umso lauter wurde er. Sein neuer Roman, wie sich die Verleger in Amerika um die Rechte gerissen hatten, seine Rede neulich auf dem PEN-Kongress in Buenos Aires. Erich betäubte sich, indem er noch mehr trank als Emil. Wie willig sich Jutta und Edith um den Finger wickeln ließen, glänzende Augen, entblößte Zahnreihen, beglücktes Gelächter schon bei den vorhersehbarsten Pointen! Elga warf Erich einen Blick zu: *So ist er nun mal. Nehmen Sie es ihm nicht übel. Sie haben sich bei uns zu Hause auch schon danebenbenommen.*

Erich beobachtete Emil durch den Rauch seiner Zigarette. So wollte er nicht enden. Diese Selbstgefälligkeit. Oder war er es schon? Er musste gegen sich selbst zu Felde ziehen. Und weniger Schnaps trinken. Wein ja, aber Schluss mit dem Whiskey und Schluss mit dem Schnaps, der legte das Gehirn lahm.

Emil steckte schon wieder in einer neuen Anekdote, Linson hatte sie neulich zum Besten gegeben, nur mit weniger Blechbläsern unterlegt. Wie Hitler, als er gebeten worden war, mit Jesse Owens, der Lichtgestalt der Olympischen Spiele, für ein Foto zu posieren, einen Tobsuchtsanfall bekommen hatte. Emils Messer tanzte durch die Luft wie ein Dirigierstab, während er sprach.

Erich drückte seine Zigarette aus und erhob sich. »Entschuldigt mich.« Er stolperte aus dem Zimmer. »Amüsieren Sie sich«, sagte er im Hinausgehen. »Amüsieren Sie sich ruhig!«

Im Bett notierte er den letzten Gedanken des Tages: *Überwuchert von Geltungsbedürfnis wie ein abgestorbener Baum von Efeu.*

26

Das nächste Telegramm von Klement. Wie oft wollte der ihn noch bedrängen? Dabei verließ Erich schon seit Wochen kaum noch das Schlafzimmer, arbeitete ununterbrochen, arbeitete, rauchte und trank. Zum Glück ging alles gleichzeitig. Das wichtigste Organ eines Schriftstellers war sein Sitzfleisch.

Gestern – oder vorgestern? – hatte er Jutta beim Abendessen gefragt, wo Edith sei.

Jutta sah ernstlich besorgt aus. »Die hast du letzte Woche an den Bahnhof gebracht!«

»Natürlich«, erwiderte Erich, ohne eine Erinnerung daran hervorbringen zu können, »richtig.«

Er überlegte, Jutta zu fragen, wohin Edith gefahren war, doch dann fiel ihm ein, dass Juttas Schwester mit einem Bruder Görings verheiratet war, einem Halbbruder, um genau zu sein, Heinrich. Der hatte sich zwar von Beginn an auf die andere Seite geschlagen, aber das Verwandtschaftsverhältnis schützte ihn und seine Frau dennoch. Sicher war Edith zurück nach Berlin gefahren.

Und jetzt das nächste Telegramm. So brächte er den Roman niemals zu Ende. Neulich erst hatte er Teile davon an ausgewählte Verleger verschickt, zur Beschwichtigung und als Beweis, dass der Roman tatsächlich existierte und nicht nur eine Erfindung seines Agenten war.

Huntington, sein englischer Verleger, hatte sofort zurückgeschrieben: *… Jede Seite eine wahre Freude … Ihnen herzlich gratulieren … meisterhaft.*

Erich überlegte, Klements Telegramm ungelesen in den Papierkorb zu befördern, aber ein Telegramm war keine

Ansichtskarte. Er entfaltete das Blatt mit dem vertrauten Briefkopf:

SCHWEIZ. TELEGRAPHENVERWALTUNG –
ADMINISTRATION DES TÉLÉGRAPHES SUISSES –
AMMINISTRAZIONE DEI TELEGRAFI SVIZZERI

Klement schrieb:

IHR VAN GOGH BEKOMMT GESELLSCHAFT
FILMVERKAUF VON »THREE COMRADES« AN
MGM FITZGERALD DREHBUCH DETAILS FOLGEN

Die Metro. Dabei war der Roman noch nicht einmal abgeschlossen. Erneut las Erich die Zeilen. *Ihr van Gogh bekommt Gesellschaft.* Was, wenn er sich einen Cézanne leisten könnte? Er musste Feilchenfeldt schreiben, Walter, seinem Freund.

»Erich?«

Jutta legte die Spitzen ihrer Finger aufeinander. Er wandte sich ab.

»Erich!«

Das Telegramm in der Hand kehrte er ins Schlafzimmer zurück, schloss die Tür hinter sich.

Geliebtes Feilchen,
was bleibt einem Romantiker noch in dieser Welt,
als sich mit Schönheit zu umgeben …

Als die Klinke zu ihrem Schlafzimmer gedrückt wurde, schreckte Jutta auf. In der letzten Zeit schien nichts von dem, was sie Erich sagte, noch zu ihm durchzudringen. Manchmal hätte sie aus der Haut fahren mögen. Dabei konnte sie ihm nicht einmal einen Vorwurf machen, denn er verletzte sie nicht absichtlich. Lieber wäre ihr gewesen, er hätte sie verletzen *wollen*. Dann hätte wenigstens eine Form von Kommunikation stattgefunden. Stattdessen hatte er sie vollständig aus seinem Leben ausgeschlossen.

Jetzt, plötzlich, stand er vor ihrem Bett, um Viertel nach drei Uhr in der Nacht, und schaltete die Nachttischlampe ein.

Juttas Stirnfalten glätteten sich, als sie Erichs steinernes Gesicht sah. Zwischen seinen zittrigen Fingern klemmte ein Blatt.

Sie setzte sich auf: »Der Roman ist fertig.«

Statt zu antworten, setzte er sich auf die Bettkante, nahm das Blatt vor, die letzte Seite. Sein Atem roch nach Alkohol, sein Hemd war welk vor Schweiß und Rauch. Als er sich räusperte, löste sich etwas sehr tief in seiner Brust.

»Sie starb in der letzten Stunde der Nacht, bevor es Morgen wurde. Sie starb schwer und qualvoll, und niemand konnte ihr helfen. Sie hielt meine Hand fest, aber sie wusste nicht mehr, dass ich bei ihr war ...«

Er ließ das Blatt auf die Knie sinken, sah Jutta an. Dieselbe Krankheit.

»Weiter«, forderte sie ihn auf.

»Irgendwann sagte jemand: ›Sie ist tot.‹ ›Nein‹, erwiderte ich, ›sie ist noch nicht tot. Sie hält meine Hand noch fest.‹«

Erich kämpfte sich durch den Text, bis zum Ende: »Ich konnte nichts tun, als leer dasitzen und sie ansehen. Dann kam der Morgen, und sie war es nicht mehr.«

Jutta setzte sich neben ihn auf die Bettkante, die Füße auf dem Boden. Schließlich sagte sie: »Du hast eine Flamme entzündet. Dieser Roman wird sehr vielen Menschen ein Trost sein. Sie werden verstehen, dass sie nicht allein sind.«

Erich sah sie an. Wie konnte es sein, dass man erst hinterher begriff, worum es einem die ganze Zeit gegangen war?

»Das war das Schönste, das du je über einen Roman von mir gesagt hast.«

Sie schwiegen. Er war mit seinen Helden, mit Robert, Gottfried und Otto nicht nur durch den Roman, sondern auch durch Pats Tod hindurchgegangen. Und heute Nacht hatte er eine Platte aus Worten auf ihr Grab gelegt. Erich fiel zur Seite. Jutta nahm seinen Kopf in ihren Schoß.

27

Das Wasser war noch warm. Erichs Schwimmbewegungen reichten eben aus, ihn nicht untergehen zu lassen. Seit Monaten litt er unter Rückenschmerzen, hatte verkrampfte Finger, schmerzende Gelenke. Jetzt öffnete sich sein Körper. Er schloss die Augen und ließ sich in der Schwerelosigkeit dahintreiben. Das Licht färbte die Innenseiten seiner Lider orange. Einen Moment lang dachte er an nichts, hörte seinen Pulsschlag, wenn das Wasser ihm die Ohren füllte, spürte die Sonne auf der Haut. Schließlich begann er zu schwimmen, richtungslos, kraftvolle Züge, genoss das Erwachen der Muskeln.

Drei Kameraden würde zeitgleich in einem Dutzend Länder erscheinen. Nur nicht in Deutschland. Das abgetippte Manuskript lag gut verschnürt auf dem Tisch im Kaminzimmer, dazu die Briefe an Klement und seine Verleger. Fünf Jahre, zusammengeschnurrt zu einem Stapel Papier. Er hätte sich befreit fühlen müssen, doch als er sich wieder aus dem Wasser und auf den Steg zog, war der schwerelose Moment bereits vergangen.

Er fühlte sich merkwürdig kraftlos. Für Minuten lähmte ihn ein stechender Schmerz im Nacken. Erich ahnte, dass sich das, was immer da im Anmarsch war, nicht lange ignorieren ließe. Er versuchte es dennoch, trocknete sich ab, zog sich an, nahm den Stapel Briefe und das Manuskript und fuhr damit zum Postamt.

Bereits auf dem Weg dorthin – so würde er es später erinnern – zog sich der Himmel zu, und bis er zurück in der Casa Monte Tabor war, hing eine bleierne Wolkendecke tief über dem quecksilbern schimmernden See, und Erich kam vor

Schmerzen kaum mehr aus dem Wagen. Die Stufen hinab zum Haus wie ausgefranst. Als er den Schlüssel drehte, spürte er die Knochen in seinem Arm gegeneinanderreiben. Er stieß die Tür zum Bad auf, übergab sich und rettete sich ins Bett.

Dunkelheit, als er erwachte. Wo war Jutta? War auch sie abgereist? Oder bestrafte sie ihn, indem sie sich versteckte? Sähe ihr ähnlich. Wo sie auch sein mochte, es würde nicht lange dauern, ehe sie wieder zum Vorschein käme. Auch wenn das Leben hier nicht das war, das sie für sich vorgesehen hatte. Insgeheim verachtete sie sich für ihre Abhängigkeit von ihrem Ex-Mann, paradoxerweise nahm sie *ihm* sogar übel, dass er sie finanziell aushielt.

Sicher, die Tuberkulose hatte sie geschwächt und sogar an den Rand des Todes gebracht, doch die war lange überwunden. Andererseits war Bedürftigkeit ein Zustand, in dem man es sich ganz bequem einrichten konnte, insbesondere wenn man einerseits als Dame von Welt gelten wollte, andererseits aber etwas faul war.

Es klopfte, die Tür öffnete sich, doch es war Röschen, die hereinkam, in Schürze und mit einer Frisur von großer Ernsthaftigkeit. Demonstrativ riss sie die Fenster auf, befühlte Erichs Stirn.

»Es ist mir ein Rätsel, wie Sie es in Ihrem Zustand noch fertigbringen, zu trinken und zu rauchen.«

»Eiserner Wille, Röschen.«

Er lachte, sie nicht.

Später erschien Doktor Melik, stellte seine Arzttasche ab, zog das Stethoskop hervor. Er untersuchte Erich, anschließend erklärte er ihm, was der im Grunde schon wusste: dass er seit Wochen krank sei, eine Grippe vermutlich, und wenn man die überging, nun, dann durfte man sich nicht wundern, wenn sie als Lungenentzündung zurückschlug. Und genau das war geschehen. Erich sei ernsthaft erkrankt.

Melik verstaute seine Gerätschaften, blickte sich um. »Sie werden wieder gesund werden. Aber Sie müssen auch wollen.«

Erich sah ihn leer an.

»*Wollen* Sie leben?«, fragte Melik.

Was für eine Frage? So eine Frage stellte man sich doch nicht, oder? Wer, um alles in der Welt, stellte sich ernsthaft eine solche Frage?

»Müssen Sie lange nachdenken für eine Antwort«, stellte Melik fest.

Will ich leben? Er wusste es nicht.

»Wenn Sie leben wollen, dann leben Sie.« Melik nahm seine Tasche. »Wenn Sie sterben wollen, dann sterben Sie. Aber rufen Sie mich nicht noch einmal. Ich habe zu viele Patienten, die leben wollen.«

Melik sollte einmal nicht recht behalten. Nach drei Wochen streng von Röschen überwachter Bettruhe wurde Erich wieder gesund. Auch ohne es zu wollen. Oder aber er wollte es, ohne es zu wissen.

Er hätte nichts dagegen gehabt, krank zu bleiben, sich dauerhaft von der Welt abwenden zu müssen. Doch diesen Gefallen tat ihm sein Körper nicht. Das Fieber sank, die Schmerzen in den Gelenken ließen nach, der Atem strömte in seine Lunge.

Was sollte er mit seiner Gesundheit anfangen? Einen neuen Roman in Angriff nehmen, der dann wieder nicht in Deutschland erscheinen würde? Nicht zu trinken war ebenfalls keine Lösung. Eine ganze Woche lang blieb er abstinent, was zu nichts anderem führte, als dass seine Laune gänzlich unerträglich wurde und sogar Röschen dankbar zur Kenntnis nahm, wie er einen Latour aus dem Keller holte und sich damit auf die Terrasse setzte, im Dezember. Sie brachte ihm eine Decke, ließ ihn.

Der Nebel spannte sich über den See und schloss exakt mit der unteren Terrasse ab. Als müsste Erich darauf traumwandeln können. Die Lichter von Emdens Schloss glommen darunter wie etwas Lebendiges. Jedes Geräusch wurde geschluckt, sogar das Lecken des Wassers am Steg.

Erich versuchte, die Leere nach dem beendeten Roman durch Ordnung zu füllen. »Struktur, mein Lieber, Sie brauchen Struktur«, hatte Emil gesagt, der ja immer alles besser wusste. Wo war eigentlich Jutta? Ging vor ihm in Deckung.

Er schrieb Briefe, an Brigitte Neuner, an seine Schwester, seinen Vater, Briefe, die seit Monaten oder Jahren darauf warteten, geschrieben zu werden. Dazu die drängende Korrespondenz. Fitzgerald schien mit dem Drehbuch für *Three Comrades* überfordert, offenbar trank er noch mehr als Erich, hatte noch stärkere Depressionen als der und ein noch schwierigeres Verhältnis zu seiner Frau. Zudem wurde ständig umbesetzt. Erst hatten Spencer Tracy und Luise Rainer die Hauptrollen spielen sollen, dann war von Robert Taylor die Rede gewesen, jetzt hieß es James Stewart und Joan Crawford.

Erich beglich sämtliche Rechnungen, kaufte Feilchenfeldt am Telefon einen Frauenkopf von Renoir ab, der ihn, als er ihn zwei Wochen später in Händen hielt, so glücklich machte wie lange nichts mehr. Die junge Frau auf dem Bild war nichts als Jugend und freudige Erwartung des Kommenden. Das gesamte Kaminzimmer begann zu leuchten, als er das Bild an die Wand gegenüber dem großen Fenster hängte.

Er nahm sich sein Archiv vor, der schwerste Angang: kistenweise Briefe, Dokumente, frühere Fassungen seiner Romane, Notizen, Gedanken, Ideen. Erich vernichtete Jahre, auch die Briefe von Jutta aus der Zeit ihrer Ehe. Liebesschwüre, Eifersucht, Vorwürfe, glühend alles, krank machend. Er las jeden von ihnen ein letztes Mal, bevor er ihn zerriss.

Am Ende standen vier Kisten voller Papierschnipsel vor dem Kamin. Erich tauchte mit den Armen in die erste Kiste, schaufelte zwei Hände voll in den Kamin, zündete sie an. Nach zehn Minuten war die erste Kiste, waren Jahre voller Herzblut, Leid und Hoffnung zum Schornstein hinaus.

Kaum hatte Erich sich die Kiste mit Juttas Briefen vorgenommen, erschien sie im Kaminzimmer. Ihr Gespür war einmalig. Sie trug eine von diesen seitlich geknöpften Knickerbocker-Hosen, wie sie in Paris seit einigen Jahren in Mode waren.

Marianne Breslauer, die inzwischen mit Walter verheiratet war und Feilchenfeldt hieß, hatte solche Hosen getragen, als Walter und sie vor zwei Jahren in Ascona auf Besuch gewesen waren. Damals hatte Jutta ihren Blick nur schwer von diesen Hosen abwenden können und sich, kaum dass Marianne und Walter abgereist waren, ein halbes Dutzend davon aus Paris kommen lassen.

»Was tust du?«

Erich schaufelte die nächsten zerrissenen Briefe ins Feuer. »Ordnung schaffen.«

Jutta erkannte ihre Handschrift und trat näher. Erich fragte sich, ob er womöglich genau das beabsichtigt hatte: dass sie sah, wie er ihre Briefe verbrannte.

»Du schaffst Ordnung, indem du meine Briefe verbrennst?« Sie schob ihr Halstuch hin und her.

»Briefe, alte Manuskripte, Notizen, Rechnungen, Erinnerungen, an die ich mich nicht mehr erinnern kann.«

»Ich rede nicht von *Briefen*, ich spreche von *meinen* Briefen. Du verbrennst *meine* Briefe!«

»Nur die aus unserer Ehe.«

»Du vernichtest die Erinnerung an unsere Ehe?«

Wenn es so einfach wäre. »Nur die Briefe.«

Inzwischen riss Jutta an ihrem Seidentuch eher als dass sie zog.

»Du wirst dich noch strangulieren«, bemerkte Erich.

»Warum?«, fuhr Jutta ihn an. »Warum verbrennst du meine Briefe? War unsere Ehe so schrecklich für dich?«

»Wie war sie denn für dich?«

»Das sind *meine* Briefe!«

»Ja, und ich habe jeden einzelnen von ihnen gelesen, bevor ich ihn zerrissen habe.« Er nahm zwei Hände voll Papier und warf sie ins Feuer. »Sie sind berechnend, eitel, kindisch und verletzend. Voller Andeutungen, die mich eifersüchtig machen sollten, um dann in schwärmerischen Liebesschwüren zu enden.« Er sah zu ihr auf: »›Wenn du so abweisend zu mir bist, dann bleibt mir ja gar nichts anderes übrig, als mich dem nächstbesten Schmierfink in die Arme zu werfen.‹«

Wer mit Schmierfink gemeint war, wussten sie beide. Franz Schulz, Journalist. Juttas Affäre, nachdem sie die mit Axel Eggebrecht beendet hatte – soweit Erich wusste. Er wusste sicher nicht alles, und das war vermutlich auch besser so. Dieses ewige Wissenmüssen war der Menschheit schon immer mehr Fluch als Segen gewesen.

Jutta hatte Erich versichert, die »alberne Geschichte« mit Franz beendet zu haben. Hatte sie aber nicht. Als Erich das erfuhr, wartete er im Auto, bis Jutta zu ihm ging, klingelte Sturm und, als der verdutzte Franz die Tür öffnete, vermöbelte er ihn derart, dass er wochenlang seinen Arm in einer Schlinge tragen musste.

Die Eifersucht von damals kochte wieder in ihm hoch, die Hälfte davon Selbsthass, schließlich hatte er das Spiel mitgespielt, hatte Affären gehabt, sie gesucht, mit Frauen, an denen ihm nichts gelegen hatte, nur um Jutta zu demütigen. Er wollte gewinnen, der Sieger sein. Als hätte es bei diesem Kampf etwas anderes als Verlierer geben können.

»Mach dich nicht zum Opfer«, sagte Jutta. »Du warst kein Stück besser als ich.«

»Wenn du meine Briefe verbrennen willst – da ist noch Platz im Kamin.« Er hob den noch zur Hälfte gefüllten Karton vom Boden auf.

»Tu das nicht!« Juttas Stimme wankte.

Es war wie früher: Sie drohten einander. Das hier war ein Ehestreit. Lächerlich. Mit einer ausholenden Bewegung warf Erich die Kiste ins Feuer, wartete, bis die bläulichen Flammen lange genug am Karton geleckt hatten, um ihn in Brand zu setzen, ging zum Tisch, nahm sich eine Zigarette, zündete sie an und betrachtete das Feuer. Jutta, die stumm verfolgte, wie ihre Briefe verbrannten, löste endlich die Finger aus ihrem Halstuch.

»Ich hasse dich, Erich. Wirklich und wahrhaftig. Ich hasse dich.«

28

Erich stellte den Lancia auf der Piazza ab und lauschte dem Prasseln des Regens auf dem Verdeck. Er war lange nicht im Verbano gewesen. Der heutige Abend aber verlangte nach Gesellschaft. Er stieg aus, stellte sich unter die Kolonnade des Rathauses, blickte auf den See, rauchte. Seit Wochen kein Tag ohne Regen. Den Blumen schien es zu gefallen, die Narzissen und Primeln hinter dem Haus blühten um die Wette. Ruderte man im Abendlicht auf den See hinaus, sah die Casa aus wie von Monet gemalt.

Die Daumen in den Gürtel gehakt schritt Bruno Tedeschi, Asconas neuer Polizist, über die Promenade. Dank ihm hatte Paolo jetzt einen Vorgesetzten. Die Menschen waren seltsam, sobald sie mehr als einer waren, musste eine Hierarchie her. Vielleicht war Schriftsteller sein doch ein großes Glück.

Tedeschi vollführte auf dem Absatz eine Neunzig-Grad-Drehung und verschwand zwischen den Häusern.

Die Dorfgemeinschaft war von dem neuen Polizisten wenig angetan. Man musste ihn nur sehen, wie er mit seinen Schritten die Promenade vermaß, um zu erkennen, dass Tedeschi Nachlässigkeiten als Charakterschwäche ansah. Folglich hatte eine seiner ersten Amtshandlungen darin bestanden, die unbedingte Einhaltung der Sperrstunde zu überwachen, was bedeutete, dass Nelly ihre Bar neuerdings um ein Uhr nachts zu schließen hatte. Jeder noch so liebenswürdige Bestechungsversuch war an dem Ordnungshüter abgeprallt. Dabei war das Dorf ohnehin nicht mehr dasselbe, seit Fede fortgezogen war. Viele sprachen noch immer von ihrer Heirat, als habe Fede sie verlassen, fühlten sich betrogen.

Auch die Exilgemeinschaft hatte gelitten. Wie ein Haus,

das nach und nach Risse bekam, weil unbemerkt der Grund erodierte. Tilla Durieux und ihr Mann waren weitergezogen, nach Sarajewo, hieß es, hatten eine trauernde Victoria Wolff zurückgelassen. Leonhard Frank, nach seiner Ausbürgerung staatenlos geworden, war über London nach Paris geflohen, vom Ehepaar Braun wusste man nicht sicher, ob sie noch im Ort waren oder ob auch sie die Schweiz verlassen hatten und nach Holland oder Schweden emigriert waren.

Die Eidgenössische Fremdenpolizei hatte von der Exilgemeinschaft in Ascona Wind bekommen. Rothmund, ihr Chef, warnte seit Jahren vor der »Überflutung mit Juden« und sah es als seine erste Bürgerpflicht an, die Schweiz »rein zu machen und zu erhalten«. Im Alltag hieß das: Aufenthaltsgenehmigungen wurden nur in Ausnahmefällen verlängert, und wer keine besaß, hatte das Land auf der Stelle zu verlassen.

»Buonasera, Signor Remarque!«, rief Mariella, die seit dem Verlust von Fede deren Platz einzunehmen versuchte. Auch sie war ein Dorfgewächs, eifrig und bemüht, doch wo Fede lebhaft gewesen war, war Mariella laut, wo Fede vertraulich gewesen war, war Mariella plump. Und niemand tanzte so leichtfüßig durch die Reihen zwischen den Tischen, wie Fede es getan hatte.

Emil war da. Gemeinsam mit Linson saß er am hinteren Fenstertisch, über ihnen eine bläuliche Wolke. Er winkte Erich an ihren Tisch. Der dachte an den Brief seines Verlegers aus New York, der ihn heute erreicht hatte. Und an die beigefügte Zeitungsseite, die jetzt ausgebreitet auf dem Tisch im Kaminzimmer lag, wo Jutta sie sehen oder übersehen konnte, ganz nach Belieben.

Three Comrades war in der New York Times besprochen worden. Der Artikel füllte die gesamte Aufmacherseite der Book Review. Genaugenommen füllte er etwa die Hälfte.

Die andere wurde von Erichs Foto in Anspruch genommen, das im Zentrum platziert war und vom Text eingerahmt wurde.

Das Foto zeigte einen ernsten Remarque, den Blick entschlossen in die Kamera gerichtet, um die Augen ein tragischer Zug. Billy, der neben ihm saß und um dessen Hals Erich eine Hand gelegt hatte, blickte ebenfalls in die Kamera. Man hätte den Mann auf der Fotografie eher für Ende vierzig als für Ende dreißig gehalten, ein Mann, dessen Bestimmung die Einsamkeit des Schriftstellers war und der diese Bestimmung angenommen hatte. Erich war durchaus zufrieden mit der Wahl.

Wichtiger aber der Text. Mühsam hatte sich Erich durch die Zeilen gearbeitet, sein Englisch war wirklich nicht der Rede wert, doch er hatte dem Impuls widerstanden, Jutta zu rufen, nicht, bevor er nicht wusste, ob es eine wohlwollende Kritik oder ein Verriss war. Umso größer die Erleichterung, als deutlich wurde, in welche Richtung das Kritikerpendel schwang. Von »overwhelming simplicity and directness« war zu lesen und der »greatness of the human spirit«. Bis er sich den letzten Absatz vornahm, war Erich ein nervöses Bündel. Das Resümee des Kritikers:

> The world has a great writer in Erich Maria Remarque. He is a craftsman of unquestionably first rank, a man who can bend language to his will. – *Das Wort »bend« musste er nachschlagen, bevor sich ihm die Bedeutung der Formulierung erschloss.* – Whether he writes of men or of inanimate nature, his touch is sensitive, firm, and sure.

Erich konnte also, so die Meinung des Kritikers, die Sprache nach seinem Willen formen. Im Grunde war es beschämend, wie sich sein Körper nach der Lektüre aufrichtete. Noch immer war er vom Lob anderer abhängig, gierte nach Aufmerksamkeit und Bewunderung. Er folgte Emils Einladung und nahm am Tisch Platz, freute sich über den Anschluss an die Welt. Solche Momente erfüllten einen ja auch immer mit Zuversicht.

»Gibt's etwas zu feiern?«, fragte Emil. Menschenkenner durch und durch.

Erich überlegte, wie eine Antwort lauten könnte, die erfolgreich Bescheidenheit zum Ausdruck brächte. Emil war schwer zu täuschen.

Linson sagte: »Aber natürlich! Glückwunsch, mein Bester. Die Kritik in der Times sollten Sie sich rahmen lassen.«

Emil und Erich sahen ihn an. Auf den ersten Blick wirkte Linson wie ein Einfaltspinsel, doch dieser Mann hatte eindeutig magische Fähigkeiten.

Irgendwann zogen sie weiter, in die Nelly-Bar, eine Gruppe von sechs oder acht Emigranten, lauthals. Erichs letzte konkrete Erinnerung war die an Bruno Tedeschi, breitbeinig in der Tür stehend, die Daumen wie üblich in seinen Gürtel gehakt, und wie die Nelly-Bar verstummte, als er auf Italienisch zu schimpfen anfing. Wie konnte jemand eine so melodische Sprache derart hölzern klingen lassen?

Tedeschi drohte mit Maßnahmen, die er ergreifen werde, attivitá, bis Erich vor ihn trat und befand: »Schluss jetzt, das reicht!«

Das brachte Tedeschi erst recht in Rage, die beiden bewarfen einander mit Worten, Nelly versuchte zu beschwichtigen, erklärte Erich, dass sie jetzt schließen müsse, da ihr andernfalls ein Bußgeld drohe, achtzig Schweizerfranken, Erich möge Verständnis haben.

»Hab ich!«, erwiderte Erich, ging zu seinem Platz, zog seine Brieftasche aus dem Jackett, entnahm ihr einen Hundert-Franken-Schein, durchquerte die Nelly-Bar ein zweites Mal und stopfte Tedeschi die Banknote in die Brusttasche.

Er wandte sich an Nelly: »Sagen Sie ihm, ab jetzt kann er mitfeiern oder nach Hause gehen, aber die Sperrstunde ist für heute ausgesetzt.«

Zwei Tage später folgte eine weitere Kritik aus den USA. Vernichtend. Schlimmer noch: *Three Comrades* wurde für mittelmäßig befunden. Ein Verriss bedeutete Emotionen, jemand, der einen Verriss schrieb, war nicht unberührt geblieben. »Mediocre« jedoch bedeutete »langweilig«.

»Ich bin erledigt«, murmelte Erich, und gleich darauf: »Sei nicht so verdammt theatralisch!«

An diesem Abend trank er allein, auf der Terrasse über dem See. Er ließ die Flügeltür geöffnet, hörte Grammofon. Brigitte Neuner hatte ihm Schallplatten geschickt, die Dietrich, Holländer, Lieder aus Berlin, aus einem früheren Leben.

Erich schloss die Augen, dachte an seine Schwestern, an Mendelssohn und wie sie ihn an ihm vorbeigetragen hatten, an Ruth, die wieder geheiratet hatte, London, und an Tucholsky, der sich das Leben genommen hatte. Das schlechte Gewissen nagte an ihm, der übliche moralische Reflex. Wo war er in diesen Zeiten? Ascona schwamm im Duft von Glyzinien und Mimosen, während sie anderswo um ihr Leben rannten und sich die deutschen Exilanten in Spanien den Interbrigaden anschlossen und sich opferten im Kampf gegen die Nationalisten. Und der Rest der Welt sah tatenlos zu. So wie er.

Für wen lebte er, außer für sich selbst? Kinder hatte er nie gewollt, hatte den bürgerlichen Konventionen zu entgehen versucht, dem Küchengarten der Gefühle. Paare, über denen die Müdigkeit der Gewohnheit lag, widerten ihn an. Doch jetzt dachte er manchmal, dass Kinder ihn hätten retten können. Wer Kinder hatte, der ließ sich nicht einfach so gehen.

Als er die Augen öffnete: alles schwarz. Als wäre die Welt untergegangen. Ein Nervenversagen? Die Dietrich sang noch, das Grammofon spielte. Erichs Augen gewöhnten sich an die Dunkelheit, er erkannte die Uferlinie. Aber was war mit den Lichtern, wieso war alles dunkel?

»Boni?« Juttas Stimme, aus dem Haus. »Boni, bist du da?«

Es ging ihr nicht gut seit einiger Zeit, sie klagte über andauernde Kopfschmerzen. Doch einen Arzt wollte sie nicht aufsuchen. Erich hatte dem bislang keine große Beachtung geschenkt. Krank zu werden war Juttas Reaktion auf seelische Verletzungen.

»Auf der Terrasse!«, rief er.

Sie erschien im Nachthemd, trug eine brennende Kerze vor sich her. Erich holte einen zweiten Stuhl, sie setzte sich, stellte die Kerze auf den Tisch, wo sie Erichs Glas und die halb leere Weinflasche erleuchtete.

»Möchtest du?«, fragte er.

Da war eine plötzliche Vertrautheit, eine Nähe wie zwischen Geschwistern. Die Dunkelheit vermutlich, in der wollte man nicht alleine bleiben.

»Ich trinke einen Schluck bei dir mit, wenn ich darf.«

Sie klang matt. Vielleicht sollte er wenigstens Besorgnis simulieren. Manchmal konnte schon das hilfreich sein.

»Bitte.« Erich starrte in die sie umgebende Schwärze. »Was ist das?«

»Ich nehme an, das ist die Luftschutzübung. Rosa hat heute so etwas erwähnt. Dass es eine Luftschutzübung geben und der elektrische Strom abgestellt werden würde.«

»Die glauben, Ascona könnte angegriffen werden?«

»Sie scheinen es auf jeden Fall nicht auszuschließen.«

Erich zündete sich eine Zigarette an. Jutta streckte ihre Hand nach ihm aus. Er nahm sie.

Sie hatten es verdrängt, so gut es eben ging, aber sie wussten alle: Ihr Paradies war geborgt.

29

Schwer zu sagen, was den Ausschlag gab, Jutta womöglich. Ihre Leidensmiene, die Schmerzenslaute, die nachts aus ihrem Zimmer drangen, der immerwährende Vorwurf. Doktor Melik hatte sie mehrfach untersucht. Nach seinem letzten Hausbesuch hatte Erich den Arzt zum Tor begleitet. Sie reichten einander die Hände.

»Was ich sagen kann, ist«, fasste Melik seine Diagnose zusammen, »dass es ihr nicht gut geht. Seelisch.«

Erich quittierte es mit einem Nicken. Wem ging es schon gut in diesen Tagen?

Vielleicht hatte es auch weniger mit Jutta zu tun als mit ihm selbst. Dass jeder Montag wie der Sonntag war, er seit Monaten im Brackwasser des Lebens schwamm. Er musste dem Paradies entfliehen, doch die Hölle war ihm verwehrt.

Keine drei Stunden schlief er, bevor Juttas Schmerzenslaute ihn weckten. Er zog seine Reisetasche aus dem Schrank. Keine Koffer, er wollte beweglich bleiben, spontan entscheiden. Noch vor dem Morgengrauen war er abfahrbereit.

Jutta stellte ihn im Flur, als er sich aus dem Haus stehlen wollte: »Was hast du vor?«

Zur Abwechslung hatte sie Farbe im Gesicht, sah richtiggehend gesund aus.

»Geht es dir besser?«, erwiderte Erich.

»Wo willst du hin?«

Weg von dir. Auch, wenn es ungerecht ist. »Weiß ich noch nicht.«

»Du verreist, mitten in der Nacht, ohne zu wissen, wohin?«

Ohne mich?

»Ich melde mich.«

Es war kurz nach vier, als Erich den Wagen zurücksetzte. Der Mond auf dem See wie geschmolzenes Licht. Sein erster Gedanke: Venedig. Er wendete den Wagen, ließ ihn auf die Straße rollen.

Como, Lecco, Bergamo, Brescia. Das Fahren an sich war eine Wohltat, in den Morgen hinein. Hinter Brescia wurde Erich von einem Gewitter überrascht. Eine höhere Macht versuchte ihn zur Umkehr zu zwingen, manche Blitze waren so nah, dass die Druckwelle am Verdeck zerrte. Erich musste sich zur Wehr setzen, spürte eine Lebendigkeit in sich wie lange nicht.

Dann, plötzlich, wie nach überstandener Prüfung: Venedig. Er stellte den Lancia in einer bewachten Garage ab, stieg in eine Gondel und ließ langsam die Stadt auf sich zutreiben, ein Lächeln im Gesicht, dass ihm die Zigarette aus den Lippen fiel. Dieser Schönheit war man wehrlos ausgeliefert.

Am Nachmittag unternahm er einen Spaziergang auf dem Lido, beobachtete Kinder, die aus Sand ganze Städte erbauten, Schlösser, Brücken mit Unterführungen, eine Nachbildung des Excelsior samt Kuppel. Einige mussten schon seit den Morgenstunden an ihren Kunstwerken gearbeitet haben, stolze Baumeister, braun gebrannt, das Leben vor sich, die schmalen Körper voller Energie. Und, falls das in Europa so weiterging, morgen womöglich schon Kanonenfutter.

Vier Buben, einer von ihnen mit Nickelbrille, hatten gemeinsam einen Schlachtkreuzer aus Sand erbaut, die Reling bestand aus mit Kordel verbundenen Stöckchen. Als Erich innehielt, um ihre Arbeit zu betrachten, standen alle vier auf, hoben den rechten Arm und riefen »Heil Hitler!« mit italienischem Akzent.

Erich steuerte das Excelsior an, eine venezianisch-byzantinische Fata Morgana. Im Sand davor der eigentliche Laufsteg, eine zweihundert Meter lange Reihe zum Meer hin geöffneter Zelte. Die Strand-Suiten.

Er spürte ihre Präsenz, noch bevor sie in sein Blickfeld rückte. Jeder spürte sie. Nicht dass das Excelsior keine Prominenz gewohnt gewesen wäre. Es galt als das luxuriöseste Hotel Venedigs, zudem war es fußläufig zum jüngst fertiggestellten Palazzo del Cinema gelegen. Am Sonntag erst waren die fünften Filmfestspiele zu Ende gegangen. Den Coppa Volpi als beste Darsteller hatten Emil Jannings und Bette Davis erhalten. Und selbstverständlich hatte die gesamte internationale Filmprominenz im Excelsior logiert. So groß konnten die politischen Verwerfungen nicht sein, dass sie die Filmschaffenden davon abgehalten hätten, sich selbst zu feiern.

Inzwischen hatte sich die größte Aufregung gelegt, die meisten Stars waren abgereist, umso größer die Aufmerksamkeit für das eine Zelt. Als sei das gesamte Ensemble – das Hotel, der Strand, das Meer – einzig dazu da, sie möglichst effektvoll in Szene zu setzen.

Das Kopfteil ihrer Liege war aufgerichtet, ein Bein lag ausgestreckt, das andere hielt sie leicht angewinkelt. Der perlmuttschimmernde Badeanzug wie aufgemalt. Ihre Liege befand sich zur Hälfte im Zelt, zur Hälfte unter dem Vordach. Niemand konnte daran vorbeigehen, ohne ihre Beine zu bemerken. Auf Stühlen im Sand: ein Mann zu ihrer Rechten, einer zur Linken. Den zur Rechten erkannte Erich, bei dem zur Linken ahnte er, um wen es sich handelte. In ehrfürchtigem Abstand vor dem Zelt hatte sich eine Menschentraube gebildet. Es gab niemanden, der seinen Gang nicht wenigstens verlangsamt hätte.

»Gnädige Frau«, Erich wurde sich der Schuhe bewusst, die an seiner Hand baumelten, »darf ich mich vorstellen …«

»Das wird nicht nötig sein«, schnitt Marlene ihm das

Wort ab, »wo Sie mir bereits dreimal das Herz gebrochen haben.«

Ihr Blick hatte etwas Herausforderndes. Wie würde er reagieren?

»Ich kann Ihnen versichern«, sagte Erich, »man sieht es Ihnen nicht an.«

Sie lachte gerade so laut, dass niemand es überhören konnte. Mit einer beiläufigen Handbewegung zauberte Marlene einen Bellboy herbei. »I think we need another chair for Mister Remarque.«

Der Mann zur Linken stellte sich als Rudi Sieber heraus, Dietrichs Ehemann. Eine Verbindung, über die viel spekuliert wurde. Bekannt war, dass Marlene und ihr Mann sich von der bürgerlichen Konvention einer monogam zu führenden Ehe verabschiedet hatten. Außerdem war bekannt, dass Sieber mit Tamara, dem Kindermädchen, seit Jahren eine Affäre unterhielt.

Der andere Mann war Josef von Sternberg, der Regisseur, der Marlene erkannt, geformt und berühmt gemacht hatte. Ihre erste Zusammenarbeit, *Der blaue Engel*, wirkte selbst heute, sieben Jahre später, unverbraucht und anders, hatte die Möglichkeiten des Films neu ausgelotet. Seither hatte Marlene unter Sternbergs Regie in einem halben Dutzend Filmen gespielt, an den Erfolg des *Blauen Engels* jedoch hatten weder sie noch Sternberg anknüpfen können. Stattdessen hatten sie sich so lange aneinander abgearbeitet, bis es zum Ermüdungsbruch gekommen war. Und doch saß Sternberg jetzt an ihrer Seite in der Strandsuite auf dem Lido.

Der Bellboy stand unter dem Vordach und schien auf Anweisungen zu warten. Erich nahm ihm den gepolsterten Stuhl aus den Händen und stellte ihn mit dem Rücken zum Strand ans Fußende der Liege.

Die Männer hatten sich einander vorgestellt, jetzt war es an ihm. Er blickte Marlene an: »Wir sind uns erst einmal begegnet.« Sicher erinnerte sie sich nicht. Er schon. »Wie kann ich Ihnen da dreimal das Herz gebrochen haben?«

»Meinen Sie den Abend im – wo war das noch – Esplanade? Du meine Güte, das ist eine Ewigkeit her.«

»Im Eden, meine ich mich zu erinnern.«

Er wusste es noch sehr genau. Und etwas sagte ihm, dass sie es auch wusste.

»Na, damals jedenfalls haben Sie mir nicht das Herz gebrochen. Da hatte ich nämlich *Im Westen nichts Neues* längst gelesen.«

Sein Roman hatte es ihr gebrochen?

»Drei Mal?«

Sie sah ihm offen ins Gesicht: drei Mal.

Rudi erhob sich. »Bitte entschuldigen Sie mich, Herr Remarque. Ich sollte nach unserer Tochter sehen.« Da war etwas in Siebers Blick, das Erich irritierte. »See you later, Josef.«

Marlene klopfte mit der Handfläche auf den frei gewordenen Stuhl. »Kommen Sie.«

Erich rückte auf. »Was führt Sie nach Venedig?«, fragte er.

Sie nahm sich Zeit für die Antwort. »Vielleicht die Sehnsucht nach etwas, von dem ich noch nicht weiß, was es ist.« Sie legte ihre Hände um das angewinkelte Knie. »Vielleicht laufe ich aber auch nur vor den Nazis davon.«

»Was haben *die* denn mit Ihnen zu schaffen?«

»Sie wollen, dass ich nach Deutschland zurückkehre, Goebbels ganz besonders. Ich soll mich meiner Wurzeln besinnen, für die Ufa drehen und ein braves deutsches Mädchen sein. Heil Hitler und so weiter.«

»*Das* ist die Rolle, in der man Sie zu sehen wünscht?«

»Tugendhaft und aufopferungsbereit. Wie Goebbels darauf kommt, dass ausgerechnet das meine Rolle sei, müssen Sie ihn selbst fragen. Oh, geben Sie mir auch eine?«

Erich hatte sein Zigarettenetui hervorgezogen, bot ihr eine an, gab ihr Feuer. Sogar die Art, wie der Rauch aus dem Zelt strömte, schien inszeniert.

»Wie steht es mit Ihnen?«, fragte sie.

»Die Nazis habe ich erfolgreich abgeschüttelt, wie es scheint. Der Versuch, mich nach Deutschland zu locken, war auch eher halbherzig. Wie will man jemandem glaubhaft machen, dass man seine Rückkehr wünscht, nachdem man öffentlich seine Bücher verbrannt hat?«

»Warum Venedig? Ich dachte, Sie seien in die Schweiz emigriert. Ascona?«

Das wusste sie?

»Ich bin nur auf der Flucht vor mir selbst«, erwiderte Erich, »banal im Grunde.«

Sie legte ihren Kopf auf dem angewinkelten Knie ab, wandte sich von Sternberg ab und ihm zu.

»Dann verschnaufen Sie doch einen Moment.« Ein weiteres Mal zauberte sie den Bellboy herbei. »Champagne, please.« Zu Erich sagte sie: »Die Zuflucht für die Heimatlosen.« Sie lächelte. »Ist doch sicher sehr anstrengend auf Dauer – so eine Flucht vor sich selbst.«

III

30

Sie spazierten am Ufer entlang. In ihren Fußabdrücken glomm kurz ein diffuses Licht, ehe sie wieder eins mit dem Strand wurden. Erich hatte das Gefühl, den Abend in einer Zwangsjacke verbracht zu haben, jetzt kam er wieder zu Atem. Sie blieben stehen. Draußen, auf dem Meer, zogen die Lichter eines Schiffes vorüber.

Das Abendessen im Excelsior war aufreibend gewesen. Marlene und ihr Mann Rudi nebst Tochter Maria, das Kindermädchen Tamara, das so wirkte, als sei etwas in ihr zerbrochen, sowie Sternberg. Der Tisch umringt von Fotografen. Mit jedem erneuten Klicken einer Kamera war Marlene mehr erblüht. Hinzu kam die Spannung zwischen Mutter und Tochter, die Erich befangen machte, während sie die anderen scheinbar unberührt ließ.

Das Mädchen war zwölf, doch Marlene stülpte sich über sie wie über eine Dreijährige. Pathologisch, doch was wusste er schon von Kindern? Maria jedenfalls sträubte sich gegen die ihr von der Mutter zugedachte Rolle. Als Marlene sich an sie drückte, Wange an Wange, um für die Fotografen zu posieren, zischte Maria: »Lass mich auf der Stelle los, oder ich schlage das Geschirr in Stücke.«

Später knallte sie ihr Besteck auf den Teller und wünschte, auf ihr Zimmer gebracht zu werden. Tamara faltete eilig ihre Serviette, führte sie aus dem Restaurant und kehrte nicht zurück.

»Ich vermisse Berlin«, sagte Marlene.

Erich dachte an den Abend im Eden. Wann war das gewesen, 30, 31? Damals war Berlin noch von Musik erfüllt gewesen, aus jeder Hofeinfahrt drang ein Saxofon auf die Straße.

Sie hatten die Befestigungsmauer erreicht und machten kehrt. Die Lichter des Hotels schienen sehr weit entfernt. Womöglich, dachte Erich, gibt es niemanden, der sie besser versteht als ich. Die Leere inmitten des Ruhms, die Angst, alles, was man jemals sein wird, bereits hinter sich zu haben.

»Wie lebt es sich in Amerika?«, fragte er. Immer mehr Emigranten suchten den Weg in die USA. Das gab einem zu denken.

»Um ehrlich zu sein: Ich weiß nicht, wie es sich dort lebt. Das Essen ist schauderhaft, so viel kann ich sagen. Aber ich lebe in einem goldenen Käfig, ganz gleich, wo ich mich aufhalte. In Hollywood bin ich die ganze Zeit auf der Suche nach etwas, wie soll ich sagen, nach etwas Wahrhaftigem. Nach etwas, das sich als echt erweist. Und meine Sprache fehlt mir, das Empfinden.« Sie hüpfte auf einem Bein im Zickzack, betrachtete anschließend ihre verschwindenden Fußabdrücke.

»Ich habe zwei linke Füße!« Sie ließ sich eine Zigarette geben. »Vielleicht bedaure ich mich auch nur selbst darum, keinen Ort mehr zu haben.«

Erich betrachtete sie, spürte, wie ihm das Ruder entglitt. Er steuerte in eine Havarie hinein.

»So, wie es aussieht, habe ich in den USA ohnehin keine Zukunft«, sagte sie nachdenklich. »Ist es vermessen von mir, mein Schicksal zu beklagen? Wo es anderen so viel schlechter geht?«

»Sie wollen weg aus Amerika?«

»Wunschdenken. Wer darf heute noch bestimmen, wo er leben möchte? Ganz gleich, wo ich hingehe, ankommen werde ich doch nirgends mehr. Die Behörden in den USA machen mir das Leben schwer. Ich habe für die Spanische Republik gezeichnet, das schmeckt Hollywood gar nicht.

Man will sich den deutschen Markt nicht verderben, hält den Nazis die Stange. Außerdem waren meine letzten Filme … auf jeden Fall keine Kassenerfolge.« Sie schüttelte den Gedanken ab. »In Deutschland werden meine Filme sicher demnächst aus den Kinos verbannt. Die werden mich sterben lassen, sobald sie begreifen, dass mich keine zehn Pferde zurückbringen.«

Erich dachte an *Drei Kameraden*. Der Roman sollte zwar nächstes Jahr doch noch auf Deutsch erscheinen, allerdings nicht in Deutschland, sondern bei Querido, einem Exilverlag mit Sitz in Amsterdam, noch dazu in einer winzigen Auflage.

Die Konturen des Hotels zeichneten sich ab.

»Danke«, sagte Marlene.

»Wofür?«

»Dass Sie geblieben sind. Ich weiß, wie anstrengend ein Abend mit meiner Familie sein kann.«

»Für die Aussicht auf einen Strandspaziergang an Ihrer Seite würden die meisten Menschen jedes Essen auf sich nehmen.«

Sie lachte. Auch sie schien aufzuatmen. »Für die Aussicht auf einen Strandspaziergang an meiner Seite hätten die meisten Menschen abgestritten, dass meine Familie anstrengend ist.«

Eine Pause entstand.

»An Ihrer Seite fühle ich mich … aufgehoben«, sagte Marlene plötzlich. »Seltsam, finden Sie nicht?«

Erich schwieg, spürte die Havarie auf sich zukommen. Sie hielt ihn am Arm zurück.

»Was …?«

Ihr Kuss traf ihn unvorbereitet. Absicht vermutlich. Vorsichtig zunächst, dann entschlossen. Erich hatte das Gefühl, von unten nach oben zu fallen.

»Wollen Sie mir heute Nacht nicht Gesellschaft leisten?«

Es konnte eine Bitte sein, ein Flehen oder eine Order.

»War das eine Frage, oder …«

»Bleiben Sie, bitte. Ich mag Sie nicht gehen lassen.«

Sie stiegen die Stufen zum Hotel hinauf. Auf dem Absatz schlüpften sie in ihre Schuhe.

»Ich muss Ihnen ein Geständnis machen«, sagte Erich.

Marlene sah ihn an. Da war etwas jenseits der Perfektion und des Ebenmaßes, das ihn stärker anzog als alles andere.

»Ich muss Ihnen leider sagen: Ich bin impotent.«

Manchmal war er sich selbst ein Rätsel. Was sollte das? Wollte er ihr zeigen, dass es ihm nicht um das ging, worum es allen Männern ging: die Inbesitznahme?

Für einen Augenblick fror das Bild ein, sie beide, am Kopf der Treppe, in ihre Schuhe schlüpfend. Dann lachte Marlene auf.

Sie hielt sich an ihm fest: »Aber das ist ja ganz wunderbar! Dann können wir die ganze Nacht zärtlich beieinanderliegen und uns die schönsten Dinge erzählen.«

»Wenn Sie wollen, kann ich Ihnen auch eine bezaubernde kleine Lesbienne sein.«

Ihre Suite war der Gestalt gewordene Kindertraum aus *Tausendundeiner Nacht*. Brokatquasten, rote Samtvorhänge, goldene Bordüren. Auf dem Nachttisch lag ein Buch, *Neue Gedichte* von Rilke, in Halbleinen.

Marlene bemerkte Erichs Verwunderung. Ihren Schmuck hatte sie bereits abgelegt. »Ohne dieses Buch gehe ich nirgendwohin. Dabei brauche ich es streng genommen gar nicht mehr.«

Sie deutete auf ihr Herz. Learning by heart, so nannten die Amerikaner es, wenn man etwas auswendig lernte. Bei aller Schönheit der deutschen Sprache: Manchmal war das Englische dem Deutschen voraus.

»Sie können die auswendig – alle?«

Marlene reichte ihm ein Glas Champagner. Zuflucht für die Heimatlosen. »Try me.« Sie stießen an. »Aber ich bekomme einen Kuss für jedes Gedicht, das ich fehlerfrei aufsagen kann.«

»Und ich einen für jedes, das Sie nicht aufsagen können.«

»Abgemacht.«

Er schlug das Buch auf, blätterte darin. Sie zog ihre Schuhe aus. Danach überragte sie ihn noch immer. Man konnte nicht alles haben, Sternberg war noch kleiner als er, auch das schien sie nicht gestört zu haben.

»*Gesang der Frauen an den Dichter*«, sagte Erich.

»*Gesang der Frauen an den Dichter*«, wiederholte Marlene, »wie passend. ›Sieh, wie sich alles auftut: so sind wir/denn wir sind nichts als solche Seligkeit./Was Blut und Dunkel war in einem Tier/das wuchs in uns zur Seele an und schreit ...‹« Sie drehte sich, führte die Arme über Kopf. Als sei dem Gedicht eine Melodie eingeschrieben. Bei den letzten Versen bewegte sie sich auf Erich zu. »... ›Mit uns geht das Unendliche *vorbei.*/Du aber sei, du Mund, daß wir es hören,/du aber, du Uns-Sagender: du sei.‹«

Erich küsste sie.

Marlene sagte: »Bekomme ich noch einen?«

»Mal sehen.« Erich blätterte weiter. Fünfunddreißig Gedichte, die konnte sie unmöglich alle auswendig kennen.

»*Die Kathedrale.*«

Marlene drehte ihm den Rücken zu. »Ob Sie so gut wären, mir mit dem Reißverschluss behilflich zu sein?«

Erich zog ihn herunter. Sie sprach, während das Kleid von ihren Schultern glitt.

»›In jenen kleinen Städten, wo herum/die alten Häuser wie ein Jahrmarkt hocken,/der *sie* bemerkt hat plötzlich und, erschrocken,/die Buden zumacht und, ganz zu und stumm‹.« Bei den letzten Zeilen wandte sie sich Erich zu, stieg aus ihrem am Boden liegenden Kleid: »›Das Leben zögerte im Stundenschlagen,/und in den Türmen, welche voll Entsagen/ auf einmal nicht mehr stiegen, war der Tod.‹«

Erich schlug das Herz bis zum Hals. Er küsste sie. Mein Gott. Für andere Gedanken war kein Platz mehr.

»Einen noch«, bat sie.

»Also schön. Aber nur ein kurzes.« Er blätterte ans Ende. »*Der Engel*«

Als er vom Buch aufblickte, war sie nackt.

»›Mit einem Neigen seiner Stirne weist/er weit von sich was einschränkt und verpflichtet;/denn durch sein Herz geht riesig aufgerichtet/das ewig Kommende das kreist ...‹«

Marlene tat genau das: umkreiste Erich, während sie sprach, wies von sich, was sie einschränkte. »›... bei Nacht zu dir, dich Ringender zu prüfen ...‹« Sie brach ab, in der letzten Strophe, blieb stehen. »Oje, den Rest habe ich vergessen. Dann muss ich jetzt wohl Sie küssen.«

Sie drückte ihren warmen Körper an seinen und küsste ihn mit einer Leidenschaft, die von woanders kommend durch sie hindurchzugehen schien. Sie spürte seine Erregung, ließ eine Hand in seinen Schritt gleiten.

»Was ist mit Ihrer Impotenz geschehen? Sie werden mich doch nicht belogen haben?«

»Ich bin untröstlich.«

»So, sind Sie das.« Sie öffnete seine Hose, ging vor ihm auf die Knie. »Dann wollen wir doch mal sehen, ob wir Sie nicht wieder impotent bekommen.«

»Wenn ich danach Ihre Lesbienne sein darf.«

In der Nacht trat er auf den Balkon, einen Rest Champagner im Glas, müde und hellwach zugleich. Vom Ufer her ein träges Glucksen. Aufbruch, so fühlte es sich an. Als liege endlich wieder etwas vor ihm. Vielleicht sollte er doch einen neuen Roman in Angriff nehmen, die Trilogie endgültig hinter sich lassen.

Marlene schnarchte leise, als er sich zurück ins Bett legte. Mein Gott, er vermisste sie bereits jetzt, in ihrer ersten Nacht.

Im Halbschlaf legte sie einen Arm auf seine Brust: »Ich muss dir etwas gestehen.«

Er legte seine Hand auf ihre.

Sie öffnete die Augen. »Übermorgen fahren wir nach Paris weiter.«

31

Die »Reisegruppe Dietrich«, wie Marlene sie nannte, checkte im Lancaster ein, zehn Minuten Fußweg zum Arc de Triomphe. Erhöhte Aufmerksamkeit beim gesamten Personal. Erich war Marlene tatsächlich nach Paris gefolgt. Sein Leben fiel auseinander. Jutta saß weiterhin in der Casa Monte Tabor und klagte über Drüsenschmerzen, was immer sich Erich darunter vorzustellen hatte.

»Ich liebe Baccarat-Lüster«, sagte Marlene beim Betreten ihrer Suite. Als hätte man die Kronleuchter nur ihretwegen aufgehängt. Sie war eine Dompteuse, machte sich jeden Raum untertan. Erich beschloss, sie »das Puma« zu nennen.

Marlene bezog die siebzig Quadratmeter-Suite, Rudi ein Zimmer, Tamara und Maria ein Zimmer, Sternberg ein Zimmer und Erich ein Zimmer. In der Lobby stapelten sich ihre Koffer.

Marlene ließ ihn warten. Das war ihre erste Lektion. Er hätte ausgehen können – die Museen, die Geschäfte, die Bars –, doch er kam nicht von ihr los.

Er versuchte es, zog sich an, Brieftasche, Zigarettenetui, kämmte die Haare nach hinten. Sie waren dünner geworden im Exil, das Blond verblichen. Vor dem Badezimmerspiegel, im seitlich einfallenden Licht, zeichneten sich knittrige Landschaften unter seinen Augen ab. Es machte ihn nicht weniger attraktiv, verlieh ihm einen tragischen Zug. Er wurde den Helden seiner Romane ähnlicher.

Er stieg die Treppe hinab, schritt durch die Lobby, hinaus auf die Straße. Auf dem Weg vor zur Champs-Élysées stellten sich bereits Beklemmungen ein, die Stimmen, der Strom der Menschen, der Autos, der angestrahlte Arc de Triomphe. Kaum hatte er die Champs-Élysées erreicht, machte er kehrt.

Wollte er an Marlenes Leben teilhaben, musste er sich der Dynamik der Reisegruppe unterwerfen, egal ob Frühstück, Mittagessen, Ausflüge oder Abendessen. Und sobald sie aus ihrer Suite in den Flur trat, war sie ganz von der Rolle ausgefüllt, die ihr in Fleisch und Blut übergegangen war: Marlene, der Weltstar.

Wo immer Marlene und er auftauchten, lauerten bereits Journalisten auf sie. So oft wie in zwei Wochen in Paris war Erich in seinem ganzen Leben nicht fotografiert worden. Morgens dann, noch vor dem Frühstück, ließ sich Marlene sämtliche Tageszeitungen bringen, kontrollierte, welche von ihnen Fotos brachten und was über Erich und sie spekuliert wurde. Was ihm von ihr blieb, war die Hand auf dem Knie beim Abendessen.

Kam sie später zu ihm ins Zimmer, warf sie sich ihm in die Arme, glühend vor Leidenschaft. Als hätte sie diesen Augenblick seit Wochen herbeigesehnt. Dabei war sie es doch, die ihn warten ließ.

»Wann«, flüsterte sie, »erscheint *Drei Kameraden* auf Deutsch? Werde ich die Pat spielen? Ich will in dich hinein, in dein starkes Herz und deinen großen Geist.«

In den seltenen Momenten, da sie ihre Rüstung ablegte, war Erich sicher, wie viel er ihr bedeutete, und dass er mehr war als nur ein weiteres Opfer ihrer Sammelleidenschaft.

»Wie geht es deiner Impotenz heute?«

»Sollen wir nachsehen?«

Lachen beim Griff in die Hose. »Ich glaube tatsächlich, ich habe dich kuriert.«

Sie verließ ihn immer zu früh. Wartete, bis sein Verlangen, sie bei sich zu wissen, am größten und der Schmerz des Verlassenwerdens am lähmendsten war. Dann stand sie auf und ging. Und ließ ihn mit dem Gefühl zurück, dass sie seine Abhängigkeit von ihr insgeheim genoss.

Sobald die Lähmung nachließ, schrieb er ihr Briefe, für die er sich verachtete und die er ihr vorenthielt, seitenlange Briefe, obwohl sie im selben Hotel wohnten, traumartige Reflexionen, halb in den Äther gerufen, theatralisch wie nie, ein »Du liebst mich, du musst mich lieben, liebe mich!« in unzähligen Variationen. Er kannte Eifersucht, Begehren, Sehnsucht, hatte erlebt, wie sich diese Gefühle in Überdruss und Abscheu verwandeln konnten, alles zigmal da gewesen. Das hier aber war neu für ihn.

Er hatte das Zimmer unter ihrer Suite, hörte sie umhergehen, die Gespräche mit Rudi, Streits mit Sternberg. Gelegentlich spielte sie den Flügel. Ihre Mutter hatte sie vergebens zur Konzertgeigerin ausbilden lassen, doch auf den Tasten fanden sich ihre Finger ebenfalls zurecht.

Zog sie sich nachts von ihm zurück und hörte er sie nicht kurz darauf in ihre Suite zurückkehren, schlich er im Bademantel durch die Flure, legte sein Ohr an Sternbergs Zimmertür. War dort nichts zu vernehmen, irrte er durch das Hotel auf der Suche nach ihr. Zweimal glaubte er, Marlenes Stimme aus einem Zimmer im ersten Stock zu vernehmen, ihre und die einer weiteren Frau. Hatte sie heimlich eine Geliebte im Hotel einquartiert? Der Grad seiner Kränkung war absurd. Da steckte noch so viel Kind in ihm.

Einmal, zurück im Zimmer, hörte er die Stimmen angetrunkener Nachtschwärmer unter dem Fenster. Es waren Deutsche, die erfahren hatten, dass die Dietrich im Lancaster logierte.

»Marlene!«

Erich trat ans Fenster. Vor dem Hotel standen drei junge Männer, teuer gekleidet, Söhne reicher Eltern.

»Zeig dich, mein blauer Engel!«, rief einer.

»Blau bin ick alleene«, sagte ein anderer. »Kiek ma!« Er

stolperte, als er den Kopf in den Nacken legte. »Da oben jeht det Licht an!«

Erich hörte Marlenes Schritte über sich. Die Balkontür wurde geöffnet.

»Marlene!«

»Du, die isset wirklich.«

Von oben herab Marlene, in gespielter Empörung: »Meine Herren, bei Ihnen piept's wohl! Wissen Sie, wie spät es ist? Ab nach Hause zu Mutti, aber dalli! Sonst ziehe ich Ihnen die Hammelbeine lang!«

Die Balkontüren schlossen sich wieder. Erich sah Marlene vor sich, ihr Lächeln in diesem Moment. Selbst die drei betrunkenen Flitzpiepen bekamen mehr von ihr zu sehen als er. Von dieser Begebenheit würden sie noch ihren Kindern berichten, wie die Dietrich am Balkon erschienen war und gedroht hatte, ihnen die Hammelbeine lang zu ziehen. Erich setzte sich an den winzigen Schreibtisch und spitzte die Bleistifte.

... Was nützt es, sich mit zärtlichen Erinnerungen zu betrügen, ich liebe dich, Süßes, du fehlst mir schrecklich, ich mühe mich, nicht daran zu denken, an die Dunkelheit, an diesen Augenblick, wenn ich zu dir kam und das Licht war aus, und aus dem Dunkel flogst du in meinen Arm und das Zimmer zerfiel und die Nacht zerfiel und die Welt zerfiel und deine Lippen waren das Weichste in der Welt und deine Kniee kamen und deine Schultern und deine zärtliche Stimme – komm wieder, komm wieder – Bebende ach, endlos Geliebte.

Er wusste, wäre er erst wieder nüchtern, würde er den Brief nicht unter ihrer Tür durchschieben. Also tat er es gleich.

Kaum zurück in seinem Zimmer bereute er bereits seine Tat, und dann, plötzlich, erschien Marlene an seinem Bett.

»Niemand schreibt so wie du«, sagte sie. »Niemand empfindet so tief. Und dass du ausgerechnet mir deine Worte schenkst, wird mich für immer größer machen, als ich in Wirklichkeit bin.« Ihr Negligé rutschte von ihren Schultern. »Erich Maria Remarque: Ich liebe dich.«

Er war sicher, zu müde zu sein für sexuelle Aktivitäten, welcher Art auch immer, zu betrunken, zu verbittert. Doch sie hatte ihn gründlich kuriert.

Die Entspannung danach, sein Körper wie flüssig. Ein langsames Abebben im Kopf, der Verstand kehrte zurück. Erich erinnerte sich, wie sie an seinem Bett erschienen war.

»Hast du einen Schlüssel zu meinem Zimmer?«

Sie glitt auf ihn, bewegte langsam ihr Becken. Erichs Impotenz war keinen Pfifferling wert.

Das Puma schnurrte zufrieden. Erich hatte zu gehorchen, und er tat es. Sie richtete sich auf, stützte sich auf seiner Brust ab, schob ihr Becken vor.

»Natürlich habe ich einen Schlüssel zu deinem Zimmer«, sagte sie. »Ich habe einen Schlüssel zu all unseren Zimmern.«

Er ließ körbeweise weißen Flieder auf ihr Zimmer bringen, kistenweise Dom Perignon. Dennoch war sie in der folgenden Nacht verschwunden, nicht aufzufinden, nicht in ihrer Suite, nicht bei Sternberg, nicht im Zimmer im ersten Stock, in dem er sie mit der anderen Frau gehört zu haben glaubte. Erich hatte ein Auge auf das Zimmer gehabt, hatte unter den Hotelgästen nach einer Frau Ausschau gehalten, die es hätte sein können. Inzwischen war er überzeugt, dass in dem Zimmer niemand wohnte, dass Marlene es lediglich für geheime Treffen angemietet hatte. Aber Treffen mit wem? Er drehte sich im Kreis.

Im Morgenmantel irrte er durch das Hotel, als habe er seine Zimmernummer vergessen. Eine Tür öffnete sich. Rudi Sieber. Er sah ihn an, wie ein Arzt seinen Patienten ansieht. Erich hielt eine Flasche in der Hand.

»Kommen Sie«, sagte Sieber.

Siebers Suite war klein, aber edel eingerichtet. Offenbar war er allein. Tamara schlief nebenan.

»Champagner.« Sieber deutete auf die Flasche.

»Hab mir auch eine Kiste kommen lassen. Zuflucht für die Heimatlosen.« Er streckte Rudi die Flasche hin. »Wollen Sie?«

»Setzen Sie sich doch erst einmal.«

Erich nahm auf dem Sofa Platz, Rudi auf einem der Sessel. Er präsentierte zwei Champagnerkelche. Erich schenkte ein, der Schaum quoll über den Rand. Rudi sagte nichts, ging ins Bad, kam mit einem Handtuch zurück, wischte den Tisch trocken.

»Zigarette?«

Erich zeigte seinen Morgenmantel vor, blickte auf seine weißen Waden, die Hausschuhe. »Hab keine dabei.«

»Ich meinte, ob Sie eine möchten.«

»Bitte.«

Sie tranken Champagner, rauchten, schwiegen. Erich starrte die Wand an, fühlte sich unmännlich. Sieber hatte wieder diesen Blick, der Erich bereits in Venedig irritiert hatte. Mitgefühl? Mitleid gar? Rudi Sieber fühlte mit ihm, Erich, dem Mann, der sein Herz an seine, Siebers Frau, gehängt hatte? Die Demütigung war kaum zu steigern.

»Wie haben Sie diese Frau überlebt?«, fragte Erich. »Wie überleben Sie sie?«

Selbst um drei Uhr morgens saß Sieber aufrecht in seinem Sessel. Er war Marlenes Vertrauter, Sekretär, Mädchen für alles. Buchhalter, dachte Erich wütend.

»Nun, da ist etwas in ihr verborgen, das einen sehr für sie einnehmen kann – von ihren äußeren Vorzügen einmal abgesehen. Sie haben ja bereits eine Ahnung davon bekommen. Es ist ein ...« Sieber blickte von seinem Glas auf. »Ein Wollen aber nicht Können.«

»Und das macht, dass man ihr alles verzeiht?«

»Vieles. Natürlich muss man lernen, es nicht persönlich zu nehmen. Solange Sie glauben, es gehe um Sie, sind Sie verloren. Es geht immer um Marlene. Das müssen Sie verstehen, sonst werden Sie leiden.«

»Das tue ich längst.«

Sieber nickte. »Sie mag Sie, sehr sogar. Fühlt sich Ihnen verbunden. Sie hat mir gesagt, niemand verstehe ihre Ängste besser als Sie. Womit sie vermutlich recht hat. Wir alle haben Angst vor dem Nichts. Aber wie sich diese Angst für Sie oder meine Frau anfühlen muss, kann ich nicht ermessen. Und, um ganz ehrlich zu sein, ich bin ganz froh darum.« Sieber schenkte Erich Champagner nach, er selbst hatte noch. »Meine Frau kann sehr treu sein, auf ihre Art. Aber sie wird niemals einer anderen Person Exklusivität zugestehen. Manchmal wünscht sie sich, sie könnte es. Im besten Falle wird das, was Sie jetzt haben, vergehen, und Sie werden Freunde bleiben.«

Etwas in Erich stemmte sich mit Macht gegen die Einsicht. »Und wenn es doch den Einen gäbe?«

»Das wäre dann wohl ich«, sagte Rudi. »Besser, man verlässt sich nicht darauf.«

32

Er hatte zu fliehen versucht, zurück nach Ascona, zurück in die Arbeit. Doch was würde ihm bleiben, wenn er sich von ihr abstieß? Sieber hatte recht: Es war die Angst vor dem Nichts.

Manchmal erkannte Erich das. *Du bist die Klammer, ohne die mein Leben zerfällt*, hatte er in einem seiner Briefe geschrieben, einem von denen, die er für sich behielt. Oder dachte, sie für sich zu behalten. Er verwahrte sie unabgeschlossen in einer Mappe in der Nachttischschublade.

Tage später erwartete ihn ein Umschlag mit Karte auf dem Nachttisch: *Du bist die Tragik meines Lebens. Und das Licht. M.*

Am Nachmittag, sie spazierten mit Maria die Champs Élysées entlang, hakte Marlene sich bei ihm ein.

»Die Klammer meines Lebens ...«, summte sie, als sei es eine Liedzeile. Da fiel es ihm wieder ein: *Ich habe Schlüssel zu all unseren Zimmern*.

Die Angst vor dem Nichts also war das eine. Das andere war, bliebe er bei ihr, würde er zerrieben werden, bis nichts mehr von ihm übrig war.

Die Erlösung, die sich zugleich wie eine Vernichtung anfühlte, kam, als sie den Arc de Triomphe erreichten. Marlene eröffnete ihm, dass sie nach Amerika zurückkehren werde. Die deutschen Behörden setzten ihr zu, knüpften Bedingungen an die Verlängerung ihres Passes. Sie würde die amerikanische Staatsbürgerschaft beantragen, zudem wartete der nächste Film, Lubitsch wollte mit ihr drehen, sie neu erfinden, wie er versprach. Rudi, Tamara und Maria würden vorerst in Paris bleiben.

Drei Tage später ging Marlene an Bord der Normandie,

des schnellsten Passagierschiffs der Welt, das sie in nur vier Tagen nach New York brachte. Als könnte sie gar nicht schnell genug von ihm wegkommen. Erich dagegen stieg in seinen Lancia und fuhr zurück in die Schweiz.

Die Begrüßung war frostig. Jutta wirkte angegriffen, was sie nicht davon abhielt, Erich zu sagen, wie »verwahrlost« er aussehe. Was für ein Wort.

Am meisten freute er sich über das Wiedersehen mit Billy, und der freute sich am meisten über ihn, hüpfte im Kreis und bellte, als habe er einen Hasen aufgescheucht. Erich kniete sich auf den Boden, ließ Billy an sich hochspringen.

»Eine echte Männerfreundschaft«, stellte Jutta fest, hielt sich die Ohren zu und zog sich ins Obergeschoss zurück.

Die Luft im Haus war klamm, besonders im Untergeschoss. Vom See zog Feuchtigkeit herauf. Kein Wunder, dass Jutta über Gliederschmerzen klagte. Der Kamin war während seiner Abwesenheit nicht geheizt worden. Jutta war offenes Feuer nicht geheuer. Sicher war der Flügel verstimmt.

Der Garten jedoch war selbst im trüben Herbstlicht eine Pracht. Röschens Mann pflegte ihn hingebungsvoll. Ein Hort des Widerstands, selbst im November blühte irgendetwas.

In Spanien versuchten die republikanischen Truppen in einem irrsinnigen Gemetzel den bereits verlorenen Krieg noch zu gewinnen. Erich warf Stöckchen für Billy und wünschte sich, der Hund würde das Apportieren verweigern. Aber ein Hund war ein Hund.

Die dröhnende Stille einsamer Abende. Er hatte gewusst, dass ihm das zusetzen würde, sollte nicht überrascht sein. Sah er sich selbst an dem Tisch im Schlafzimmer sitzen, erblickte er einen dicken, traurigen Clown. Wie Emil Jannings am Schluss des *Blauen Engel*.

»Dass du mir deine Worte schenkst, wird mich für immer größer machen, als ich bin«, hatte Marlene in Paris gesagt. Also schrieb er, schenkte ihr seine Worte, jede Nacht ein neuer Brief. Um den Wahnsinn in Schach zu halten. Sobald sich vormittags der Nebel verzog, leinte er den Hund an und ging mit ihm am Ufer entlang nach Ascona, zur Post, schickte den Brief auf die Reise: *Beverly Hills, Hotel Beverly Wilshire*. Jutta las die Adresse, schwieg, wandte sich ab.

Briefe schreiben, mit dem Hund gehen, den Kamin einheizen. Struktur. Jetzt konnte er es plötzlich. Der Arbeit allerdings half das kein bisschen. In Paris war ihm die Idee für einen neuen Roman gekommen, aber er hatte sie nicht greifen können. Er war eben nicht Emil. Jetzt, da er zurück in Ascona war, sollte er den Ludwigs einen Besuch abstatten, zu Emden auf die Insel rudern, morgen vielleicht.

»Hast du gehört, was ich gesagt habe?«

Jutta legte ihr Messer auf dem Tellerrand ab. Sie frühstückten nur noch selten gemeinsam. Der Nebel war so dicht, dass man die andere Uferseite nicht sehen konnte. Streng genommen frühstückte nur Erich, Jutta aß schon seit geraumer Zeit kaum noch etwas.

»Ich weiß, dass ich dir eine Last bin.«

Erichs Widerwillen sprang an wie ein Motor. In die Rolle der Märtyrerin fügte sich Jutta allzu bereitwillig.

»Dass es dir lieber wäre, ich wäre nicht hier«, fuhr sie fort. »Aber ich habe nun einmal keinen anderen Ort, ich kann nirgendwo hin.«

Sie machte eine Pause, erwartete Widerspruch.

»Selbstverständlich kannst du hierbleiben, so lange du willst«, sagte Erich. »Das ist überhaupt keine Frage.«

»Ich fürchte, das ist es doch.«

Sie sahen einander an, was nur noch selten vorkam. Selbst,

wenn sie miteinander sprachen, schaute einer meist am anderen vorbei.

»Die Botschaft erneuert meinen Pass nicht. Ich habe alles versucht, aber sie weigern sich. Entweder ich gehe freiwillig nach Deutschland zurück, oder …«

Sie wussten beide, was dieses »Oder« bedeutete: Jutta wäre ein gefundenes Fressen für die Fremdenpolizei. Vor der konnte nicht einmal Erich sie beschützen.

Beinahe war er dankbar. Er konnte Jutta nicht mehr lieben, ihr nicht mehr nah sein. Aber er konnte loyal sein.

Er rückte seinen Stuhl an ihren heran, setzte sich, nahm ihre Hand zwischen seine. Die Sehnen auf ihren Handrücken wie freiliegende Wurzeln. Er musste mit Doktor Melik sprechen. Sie war völlig abgemagert.

»Das werde ich nicht zulassen.«

»Aber was sollen wir denn tun?«

»Ich lasse mir etwas einfallen.«

Sie lehnte ihren Kopf an seine Schulter. »Entschuldige, dass ich dir solche Umstände bereite. Manchmal wünschte ich, ich wäre gar nicht mehr da.«

Am nächsten Morgen versuchte er, das Haus möglichst lautlos zu verlassen. Doch Jutta hatte immer schon einen leichten Schlaf gehabt, und seit einiger Zeit genügte ein Flügelschlag, um sie aufzuschrecken.

»Wohin fährst du?«

»Nach Genf. Aber heute Abend bin ich zurück.«

»Nach Genf?«

»Heute Abend bin ich zurück, versprochen.«

Er hielt sein Versprechen. Als er spät am Abend das Kaminzimmer betrat, saß ihm seit langer Zeit mal wieder der Schalk im Nacken, wie früher.

Er legte Jutta ein Dokument in den Schoß: *República de Panamá*.

Jutta sah ihn an.

»Bienvenido«, sagte Erich. Und da sie immer noch nicht verstand: »Schlag auf.«

Die Passbilder von ihm und ihr, nebeneinander, gestempelt. Auf den Fotos sahen sie sehr jung aus. Eine der Heftklammern durchbohrte beide Aufnahmen zugleich.

»Ab heute sind wir panamaische Staatsbürger.«

33

An Heiligabend nichts als das Knacken im Kamin und davor Billy, der im Traum Hasen jagte, plötzlich aufjaulte und mit dem Vorderbein in der Luft stocherte. Erich strich ihm mit dem Fuß über den Bauch. Marlene war auf der anderen Seite der Welt, Jutta nach Davos gefahren, um sich über Weihnachten mit »lieben« Menschen zu umgeben, die Erich kaum betrunken ertrug.

Der Abstand zwischen Marlene und ihm hätte kaum größer sein können, und doch entfernte sie sich täglich weiter von ihm. Ein Ziehen in der Brust. Dutzende Briefe hatte er seit seiner Rückkehr aus Paris geschrieben, als Antwort war alle vierzehn Tage ein Telegramm ins Haus geflattert, er sei »the last romantic«, und ob er auch fleißig Vokabeln lerne, denn wer weiß ... War das die Strafe für seine zahllosen Affären, fragte sich Erich, bei denen *er* sich entzogen und bestenfalls hin und wieder ein Telegramm geschickt hatte?

Die Vokabelkärtchen hatte Marlene irgendwo in Paris entdeckt. Sie steckten in einem vornehm riechenden Zedernholzkästchen, das jetzt auf seinem Nachttisch stand. Die Karten waren seine Bettlektüre. *Apfelkuchen – apple cake, Bettlaken – bedsheet.* Als Marlene nach Amerika aufgebrochen war, hatte sich das Kästchen noch wie das Versprechen auf eine gemeinsame Zukunft angefühlt, inzwischen verhöhnte es ihn. *Metzgerei – butcher's shop.*

Gestern hatten plötzlich zwei Uniformierte auf der Terrasse gestanden. Ist schon wieder Krieg, war Erichs erster Gedanke gewesen. Seltsam, wie in solchen Momenten das Verschüttete nach oben drang. Die Männer stellten sich als Einsatzkommando der Fremdenpolizei heraus. Erich sah sie nur an. Billy kam aus dem Haus, lief an ihnen vorbei und zum Steg hinunter.

Sie hätten Kenntnis davon erhalten, dass eine gewisse Jutta Zambona hier wohnhaft sei. Erich starrte sie weiter an. Am besten wäre, man schaffte sämtliche Uniformen ab. Menschen, die glaubten, Macht über einen zu haben, weil man sie in eine Uniform steckte, hatten noch nie etwas zum Guten geändert.

Frau Zambona werde gesucht, ihre Aufenthaltserlaubnis sei erloschen.

»Frau Zambona ist panamaische Staatsbürgerin«, entgegnete Erich.

Das sei bekannt. Sie kennten die Tricks, mit denen sich Exilanten einen Aufenthalt in der Schweiz erschlichen.

»Sie ist meine Frau.«

Seine *geschiedene* Frau, soweit bekannt. Das sei in diesem Fall von entscheidender Bedeutung.

»Sie ist nicht hier. Und nein, ich weiß nicht, wo sie sich aufhält.«

Der eine spähte an Erichs Schulter vorbei ins Kaminzimmer. Sie kämen wieder. Und dass Herr Remarque nicht auf die Idee kommen solle, die Schweizer Behörden täuschen zu wollen. Sie kennten die Tricks, mit denen …

Erich pfiff durch die Finger. Billy trippelte die Stufen herauf und lief ins Haus.

»Würde mir nie in den Sinn kommen.«

Statt sich über Juttas Situation Gedanken zu machen, setzte er sich an den großen Tisch und schrieb einen weiteren Brief an Marlene. Alles war bei ihr. Unmöglich, etwas anderes zu denken oder zu fühlen. Er wusste, dass sein Versuch, sie zu halten, kindisch war. Als könnte irgendwer das Puma zähmen.

Süße Gottgeschenkte – im Bett, die langen Tage, wenn man alles längst durchgelesen hat, kommen eine Menge Erinnerungen und sehen einen an. Ich glaube, wir sind einander geschenkt und gerade zur rechten Zeit. Wir hatten uns bitter nötig beide. Wir hatten viel zu viel Vergangenheit und überhaupt keine Zukunft.
Gott ist zu seinen Lieblingskindern ebenso gütig wie grausam – uns hat er vor Jahren einander schon einmal zugeworfen. Daß wir das mißverstanden haben, hat er in reizender Weise übersehen und entschuldigt. Jetzt hat er, als wäre nichts geschehen, noch einmal dasselbe gemacht. Beinahe wäre es wieder mißglückt mit uns unseriösen Kröten. Aber dann hat er am letzten Tag doch wohl selber entschieden eingegriffen und nachgeholfen.
Er sei gelobt.

Billy schreckte auf, als das Telefon läutete. Eine Schweizer Telefonistin wünschte frohe Weihnachten, dann wurden Kabel gesteckt und plötzlich, vom anderen Ende der Welt:

»Boni, mein Lieber!«

»Marlene.«

»Stell dir nur vor: Dass ich hier bin und du in Ascona – und wir trotzdem miteinander reden können!«

»Ja.«

Erich hörte ihre Stimme wie im Traum, wie sehr sie ihn vermisse, kein Tag vergehe, an dem sie sich nicht wünsche, er wäre bei ihr. Aber bitte nicht so viele Briefe, bitte. Das habe sie nicht verdient. Sie habe schon ein ganz schlechtes Gewissen. Ob er ihr verzeihen könne, dass sie ihm nur so selten telegrafiere und noch seltener Briefe schreibe. Er *müsse* ihr verzeihen, sie habe so viel um die Ohren, der neue Film, ach, mein lieber Boni!

»Komm«, sagte sie, »wir schließen beide die Augen und träumen uns einander in die Arme.«

Als es wieder still geworden war in der Leitung, ging Erich zum Grammofon hinüber, betrachtete die junge Frau von

Renoir, die alles noch vor sich hatte, und legte eine Schallplatte auf. Marlenes Stimme, die er eben noch am Ohr gehabt hatte, füllte den Raum. Er tanzte, trotz der Ischiasschmerzen, die ihn seit Monaten plagten, Marlene in den Armen haltend, lachte über sich selbst und wurde zum Kind. So, wie Marlene es gernhatte.

Später in der Nacht trat er auf den Balkon, in Morgenmantel und Pantoffeln, eine frisch geöffnete Flasche 29er Marcobrunn in der einen, ein Glas in der anderen Hand. Sein bester Wein, derselbe Jahrgang wie *Im Westen nichts Neues*.

Billy spürte den Luftzug und rührte sich nicht vom Kamin weg. Die Temperatur war unter null gefallen, die Pfütze auf der unteren Terrasse überfror. Erich tastete sich die Stufen zum See hinab, wollte unvernünftig sein, theatralisch. Auf dem Steg goss er sich das Glas voll, trank die Hälfte in einem Zug, schenkte sich nach, hob in einer Opfergeste die Arme und leerte die Flasche in den See.

Sie kamen wieder, wie angekündigt. Diesmal verlangten sie Zutritt zur Villa. Um keine folgenschwere Dummheit zu begehen, spielte Erich den Flügel, solange sie das Haus durchstöberten, Türen öffneten und in den Schränken wühlten.

Er konnte sich nicht länger drücken. Wollte er Jutta vor der Abschiebung bewahren, musste er zurück in die Realität. Die Lösung lag vor ihm, als er den Tastaturdeckel herunterklappte. Natürlich! Die Frage war doch: Was für ein Mensch wollte er sein? Wollte er zu denen gehören, die sich von den Nazis das Menschsein austreiben ließen? Oder würde er für seine Überzeugungen einstehen? Die Herren aus Deutschland machten es einem wirklich zu einfach.

Er rief Jutta in Davos an, erklärte ihr alles.

»Und jetzt?«, fragte sie mit brüchiger Stimme.

»Ich komme. Heute Abend bin ich in Davos. Sieh, ob du

mir ein Zimmer reservieren kannst, irgendeins, nicht wichtig.«

»Und dann?«

Erich dachte an die Uniformierten, wie sie auf der Terrasse gestanden und ihm bei dieser Gelegenheit, ohne es zu ahnen, die Lösung aufgezeigt hatten.

»Mach dir keine Sorgen«, sagte er, »und iss etwas.«

34

In Davos trank Erich drei Tage durch, verbrüderte sich mit russischen Offizieren, erwachte im Schnee. Bars, Restaurants, Cocktails, Partys, Geplapper. Einmal, im Suff, las er einer Baronin aus der Hand, fantasierte alles Mögliche zusammen. Darauf Entsetzen und Bekenntnisse. Stimmte alles. Am nächsten Morgen verließen die Baronin und ihr Mann Davos in unterschiedlichen Richtungen.

Am vierten Tag hatte er erfolgreich verdrängt, wie der Pfarrer hieß, der sie getraut hatte, und wer bei ihrer Hochzeit – der zweiten! – noch zugegen gewesen war. Das erste Mal aus Liebe, das zweite Mal aus Freundschaft. Jetzt genoss Jutta uneingeschränktes Aufenthaltsrecht in der Schweiz, wobei sich die Frage stellte, was in diesen Zeiten noch uneingeschränkt genannt werden konnte. Außerdem war sie finanziell abgesichert.

So ausgemacht zwischen ihnen war, dass ihre erneute Heirat für ihre persönliche Beziehung ohne Belang war, so sicher war Erich schon vorher gewesen, dass sie bei Jutta die Hoffnung auf eine gemeinsame Zukunft nähren würde. Sie sprach es nicht aus, aber die Art, wie sie ihn ansah, war ihm vertraut, die Weise, in der sie seine Finger berührte, wenn er ihr den Salzstreuer reichte. Er nahm sich vor, verständnisvoll zu sein, sie nicht zu verletzen. Und es nicht persönlich zu nehmen. Er war nur ein Platzhalter.

Erich nüchterte noch einige Tage aus, versuchte sich an Waldspaziergängen zwischen verschneiten Tannen, die Beine bis zu den Knien im Schnee.

Mit durchnässten Schuhen und in fatalistischer Stimmung ging er ins Casino, nahm einen Fünf-Dollar-Jeton und setzte ihn auf schwarz. Schwarz kam. Er ließ den Gewinn liegen. Sechsmal hintereinander. Schwarz. Alle Augen am Tisch waren auf Erich gerichtet. Er nickte dem Croupier zu, liegen lassen. Siebte Runde. Schwarz. 650 Dollar, ein kleines Vermögen. Er steckte das Geld ein. Am nächsten Morgen kaufte er sich davon eine Armbanduhr. Danach reiste er ab.

Etwas war geschehen, und es hatte ganz Ascona erfasst. Die Via Borgo war wie ausgestorben, das Pflaster von Schneematsch bedeckt. In der Nacht würde der Matsch gefrieren, und wenn man nicht achtgab, rutschte man vom Verbano geradewegs bis zur Anlegestelle hinunter.

Sie saßen im hinteren Teil des Cafés: Otto Braun mit versteinerter Miene, Else, die ihre Leopardenfellmütze ausnahmsweise im Schoß hielt, Johanna Blumenfeld und einige mehr. Auch von der Heydt saß mit am Tisch. Eine Trauergesellschaft.

Else blickte auf: »Ach, mein lieber Erich. Künftig malt *sie* uns den Himmel blau. Das wird was geben.«

Die Nonna war gestorben. Erich nahm sich einen Stuhl.

Sie sei bei ihr gewesen, berichtete Else, als sie gegangen sei. Wie alle großen Künstler hatte sich auch die Werefkin der Illusion hingegeben, dass sie nicht sterben werde, solange sie den Pinsel nicht aus der Hand legte. Den Pinsel, den Stift, den Taktstock. Dann zwang sie eine plötzliche Attacke, sich hinzulegen. Sie gab Else den Pinsel. Dann sagte sie noch, dass sie ganz froh sei, nicht mehr erleben zu müssen, was ihnen allen noch bevorstand.

Von der Heydt sagte: »Sie ist nicht an irdische Zeiten gebunden.«

Vermutlich wollte er zum Ausdruck bringen, dass die Werefkin in ihrer Kunst weiterleben würde. Oder er wollte einfach etwas Schlaues sagen. Oder seine Dankbarkeit bezeugen. Die Nonna war es gewesen, die ihn damals auf den Monte Veritá geführt und ihm diesen wundervollen Flecken Erde aufgeschlossen hatte.

Erich und die Werefkin hatten nie wirklich einen Draht zueinander gefunden, aber dann hatten sie einander doch noch erkannt und verstanden. Den Abend würde er nicht vergessen: *Sie sind jung und können es daher noch nicht wissen, aber das Glück des Schaffens ist ein Schutz für die Seele.*

Ihre schrille Art, sich zu kleiden, kam ihm in den Sinn, die bunten Tücher, die Glasperlenketten, die klirrenden Armreifen. Eine einzige Auflehnung gegen den russischen Hochadel, dem sie entstammte. Jetzt war sie gestorben, kinderlos, und von Fede, ihrer Beutetochter, verlassen.

Vielleicht hätten Jutta und er doch Kinder bekommen und nicht so selbstsüchtig sein und nicht so viel Angst vor dem bürgerlichen Gespenst haben sollen. Selbstverständlich konnte Erich nach wie vor eine Familie gründen. Doch er glaubte nicht daran. Arbeiten, das sollte er! Das Schaffen im Exil war ja auch immer ein Akt der Selbstbehauptung.

Der Trauerzug war die längste Prozession, die das Dorf jemals erlebt hatte. Die Nonna war mit Ascona ebenso verwachsen gewesen wie mit der Exilgemeinde. Über Stunden zog die Menge durch die Gassen, als wollte man der Künstlerin Gelegenheit geben, wirklich von allem Abschied zu nehmen.

Zwei Nichten waren angereist, von denen bis dahin niemand Kenntnis gehabt hatte, Konzertsängerinnen. Überall waren Blumen gestreut, dabei war es Februar. Wann immer der Trauerzug in eine neue Gasse einbog, hielt der Pope inne – ebenfalls ein Verwandter aus Florenz –, drehte sich zum Sarg und der Gemeinde um und sprach ein Gebet, worauf die Nichten zu singen begannen. Ihre Stimmen hallten von den Hauswänden wider, und das gesamte Dorf brach aufs Neue in Tränen aus.

Emil Ludwig residierte in seiner Villa inzwischen wie ein Fürst. Selbst Elga wurde es langsam peinlich. Sie hatte Erich gestanden, dass sie sich manchmal nach dem windschiefen Häuschen zurücksehnte, in dem Emil und sie früher gelebt hatten.

Ihre Begrüßung fiel ausgesprochen herzlich aus, Erich meinte, den Wunsch nach Zusammenhalt zu spüren. Emil erwartete ihn im großen Salon mit Blick auf den schneebedeckten Monte Gambarogno. Schon wieder hatte er einen Jahresring zugelegt.

Die anderen waren bereits eingetroffen und standen im Kreis, Ludwig Linson, Otto Braun, dessen Frau vergangenes Jahr gleichsam lautlos verstorben war, Victoria Wolff. Elga hatte auch Else eingeladen, wenngleich Emil bei der Dichterin eine »fortschreitende geistige Umnachtung« ausgemacht haben wollte. Doch Lasker-Schüler hatte abgewunken: »Der« – Hitlers Name wollte ihr nicht über die Lippen gehen – »hat mir nichts zu sagen, was ich nicht längst wüsste.«

Es wurden Kaffee und Tee serviert, Gebäck gereicht. Um kurz vor eins sagte Emil: »Liebste, ich fürchte, es ist so weit.«

Linson hatte erfahren, dass Hitlers Rede über unterschiedliche Sender in der ganzen Welt übertragen wurde, und dass in Deutschland und Österreich für die Dauer seiner Ansprache alle anderen Sender zu schweigen hätten. Linson wusste außerdem, dass es die längste Rede werden sollte, die Hitler jemals gehalten hatte.

Sie verteilten sich auf die Sessel, Elga schaltete das Radio ein und tatsächlich: Außer Deutschland war kein anderer Sender zu hören, kein Störgeräusch sollte von den Worten des Führers ablenken.

Was folgte, war technisch gesehen ein kleines Wunder. Jedes Geräusch im Saal war deutlich zu vernehmen. Ein Sprecher kündigte den Führer an, im nächsten Moment hörte man, wie die Anwesenden sich von den Sitzen erhoben, Füße scharrten, unterdrücktes Räuspern, alles glasklar.

»Meine Abgeordneten«, begann Hitler. »Männer des deutschen Reichstags.«

Es folgten einführende Bemerkungen, dann, nach etwa drei Minuten, die erste dramatische Steigerung:

»Der Tag, an dem ich als Führer der Nationalsozialistischen Deutschen Arbeiterpartei mit der Kanzlerschaft betraut wurde, war ein Wendepunkt unserer Geschichte, damals, jetzt und für alle Zeiten.«

»Da wird kaum einer widersprechen«, sagte Otto Braun.

Linson hatte angekündigt, dass die Rede mehrere Stunden dauern würde. Wenn Hitler jetzt schon derart schweres rhetorisches Geschütz auffuhr, was würde sie noch alles erwarten?

»Worauf will der hinaus?«, fragte sich Victoria Wolff.

Hitler redete, als wolle er ein Regiment für die Schlacht einpeitschen. Eine neue Zeitrechnung sei angebrochen, in Zukunft werde man von einer Zeit vor und einer Zeit nach der Machtergreifung sprechen. Immer wieder dieses Wort: Machtergreifung. Er schien ganz verliebt darin. Erich und Emil wechselten einen Blick. Ludwigs Hoffnung, Hitler werde nicht lange an der Macht bleiben, war lange zerstoben.

Im Radio teilte Hitler unterdessen aus, und zwar nach allen Seiten: die arbeitsscheuen Bolschewisten, die unfähigen Demokraten, die fatalistischen Juden. Anschließend nahm er sich die Weimarer Republik vor.

»Fünfzehn Jahre lang waren wir das willenlose Objekt der Vergewaltigung. Unter dem Mantel demokratischer Ideen wurde jedes Recht des deutschen Volkes systematisch und sadistisch niedergeschlagen.«

Inzwischen fragten sich alle im Raum, was Wolff sich gefragt hatte: Worauf wollte Hitler hinaus?

Zwei Stunden später schraubte Hitler das Volumen seiner Stimme noch einmal beträchtlich nach oben.

»Ich versichere vor dem deutschen Volke als sein Führer, so sehr wir den Frieden lieben, ebenso sehr aber stehen wir für unsere Ehre und für unsere Rechte. So sehr wir für den Frieden eintreten, so sehr werde ich dafür sorgen, dass wir in den so unruhigen Zeitläufen gerüstet sind. So sehr ich der Welt die Versicherung der Friedensliebe Deutschlands abgeben kann, umso weniger darf ein Zweifel daran bestehen, dass diese Friedensliebe mit schwächlichem Verzicht oder Feigheit nichts zu tun hat. Sollten systematische Hetze und Brunnenvergiftung die deutsche Grenze bedrohen, so werden Stahl und Eisen die Heimat in Schutz nehmen, und dann wird die Welt ersehen, wie sehr dieses Reich und dieses Volk von einem Willen fantasiert sind.«

»Wer viermal hintereinander seine Friedensliebe betont«, sagte Erich, »der hat seine Kanonen längst in Stellung gebracht.«

»Aber worauf zielt er?«, fragte Wolff.

»Österreich«, sagte Elga.

Zum Erstaunen aller widersprach niemand. Jetzt, da Elga es ausgesprochen hatte, war es offensichtlich.

»Bald können wir nirgends mehr hin«, meinte Linson.

»Immerhin noch nach Frankreich«, sagte Wolff.

»Über kurz oder lang wird sich unser geliebter Führer auch Frankreich vornehmen. Dann ist der Sack zu.«

35

Erich war mit Jutta zu Doktor Melik in die Praxis gefahren. Ihr Zustand hatte sich nicht gebessert. Nie richtig krank, aber auch nie gesund. Er wartete vor dem Untersuchungszimmer. Aus dem Garten war der schwirrende Gesang von Laubsängern zu hören.

Als sich die Tür öffnete, Melik ihn hereinbat und Erich Juttas Gesicht sah, wusste er, dass der Arzt etwas gefunden hatte.

Er setzte sich. Es war derselbe Raum, in dem er Melik bei der Fußamputation assistiert hatte. Der anästhetische Geruch schlug ihm augenblicklich auf den Magen.

Krebs. Die Gebärmutter. Jutta schien sehr gefasst.

»Ich wusste die ganze Zeit, dass da etwas ist.«

Erich nahm ihre Hand.

Zwei Wochen zuvor war Hitler in Österreich einmarschiert. Und der Kanonen hatte es nicht einmal bedurft. Beim Einmarsch hatte sich niemand gerührt, nicht ein Mann hatte sich der Wehrmacht entgegengestellt. Stattdessen Jubelrufe, Hitlergrüße, Hakenkreuzfahnen. Einen Tag später war aus dem Einmarsch ein »Anschluss« geworden, und die Nazis hatten den Rathausplatz in Wien in Adolf-Hitler-Platz umbenannt.

Erich schluckte Veronal, taumelte halb bewusstlos durchs Haus, gefolgt von einem irritierten Billy, schrieb Marlene fiebrige Briefe, legte sämtliche Hoffnung in eine Frau, die alles ertrug, nur keine Besitzansprüche.

In Amerika hatte sie sich in letzter Zeit wieder häufiger mit Douglas Fairbanks jr. fotografieren lassen, diesem milchbärtigen Schauspieler, der sich so gut in der Rolle des charmanten Ganoven gefiel. Eine Witzfigur, wie Erich befand, deren Erfolg sich zu drei Vierteln aus dem Namen seines Vaters speiste.

Nächste Woche würde sie wieder nach Paris reisen, zu Rudi, Maria und Tamara, die Suite im Lancaster beziehen. Ohne Fairbanks. Ihr neuer Film war abgedreht.

Jutta drückte energisch seine Hand.

»Was?«, fragte Erich.

Melik sah ihn ernst an: »Muss operiert werden.«

In Erichs Kopf ging alles kreuz und quer. Bettina hatte sich Ende vergangenen Jahres die Gebärmutter herausschneiden lassen, Bettina Hoenig, eine alte Freundin von Jutta. In Paris. Er hatte sie in der Klinik besucht.

Er sah Jutta an: »Wir sollten das in Paris machen lassen. Die sind da sehr kompetent.«

Auf diese Idee konnte auch nur er verfallen: Mit seiner Ex- und wieder Ehefrau nach Paris zu fahren, um sich, während die eine in der Klinik lag, mit Gewalt an die zu hängen, die von ihm fortstrebte. Er fühlte es, schrieb Marlene vor der Abreise. *Warum denke ich immer, daß du mich nicht mehr brauchst?*

Das Gesicht von Fairbanks tauchte vor ihm auf. Er stellte sich vor, wie Marlene und der Schauspieler im Bett lagen, und wie sie Fairbanks seine Briefe vorlas, wie sie sich amüsierten über Erichs Verzweiflung. Bei dem Gedanken daran, dass sie sich endgültig von ihm abwenden könnte, kam er sich vor wie ein Berg, aus dem aller Marmor herausgebrochen war.

Goldenes Gewölk am Abend, Delphin am Horizont, du mit den Taubenfüßen, leuchtendes Gespinst, das nie verzeihen kann, weil es einmal da war und gefühlt, Schweigsame, Blüte, die in der Nacht blüht, Atmende, Diana aus den Wäldern – wenn du mich nicht mehr magst, so sag es – ich bin keiner, der jammert – bestimmt nicht –, schon weil du mir bleibst, trotz allem – denn was mein Blut über dich geworfen hat, strömt und kommt wieder, wie alles Lebendige – und es war schon so viel Sturm und Glück, dass es nur erweckt wurde …

Sie reisten mit dem Zug. Jutta in Gedanken bei der bevorstehenden Operation, Erich in Gedanken bei Marlene. Sie hatte ihm gekabelt, Nahrung genug für eine Woche, hatte ihn »Schnupsilein« genannt und sich in seine Arme gewünscht.

Der Schmerz war unverändert. Am meisten vermisste Erich Marlene, wenn sie nur durch eine Wand getrennt waren. Die vielen vergeudeten Jahre seit ihrem ersten Treffen in Berlin, sie in dem grauen Kostüm mit den geraden Schultern – wo er doch solche Details sonst sofort vergaß –, all die Jahre, die sie gemeinsam hätten durchwandert haben können, in den Pyramiden von Kairo, nachts in der Puszta, umringt von Wildpferden, deren Nüstern weicher waren als alles andere auf der Welt – außer Marlenes Lippen. Ja, er verlor den Verstand. Doch es war ihm egal.

»No big deal«, sagte der Spezialist im Amerikanischen Hospital. Das war beruhigend, klang nach Routine.

Erich wartete auf dem Zimmer, mit Blumen. Als Jutta hereingeschoben wurde, stöhnte sie auf und übergab sich. Die Nachwirkung des Narkosemittels. Sie lächelte matt. Erich wollte nur weg, hin zu Marlene. Er verachtete sich nicht einmal mehr dafür. Man sagte ihm, die Operation sei gut verlaufen, keine Komplikationen. *She will be fine soon*. Na also.

Stundenlang lief er die Champs-Élysées entlang, verlor sich im Strom der Passanten. Die Romanidee war zurückgekehrt, schien Gestalt anzunehmen, blieb jedoch verschleiert. Es müsste sein, als ob er ganz von vorne begänne, ungestüm sich hineinwerfe, ohne einen Ruf verteidigen zu wollen. Andererseits müsste es ein Roman sein, der ihn endlich von dem Fluch befreite, dass sein Ruhm als Schriftsteller einzig auf diesem einen Buch gründete.

Erich steuerte das Pam Pam an, fand einen Tisch.

Als er sich setzen wollte: »Boni!«

Das Feilchen. Walter Feilchenfeldt. Mitten in Paris an einem verregneten Frühlingstag. Marianne auch, mit nichts als Freude im Gesicht. Sie umarmten einander. Den Exilanten blieb als Heimat immerhin die Freundschaft.

Vorletztes Jahr hatten die beiden geheiratet und einen Sohn bekommen, Walter junior. Erich hatte sich geehrt gefühlt, dass sie ausgerechnet ihn zu Walters Patenonkel bestimmt hatten, wo er doch zu Kindern so gar keinen Zugang fand, außer wenn er ihnen den Flohwalzer beibringen sollte.

Sie berichteten von Amsterdam, wohin Feilchen schon '33 den Hauptsitz der Kunstsammlung verlegt hatte, von Walter junior, von Marianne. Es ging ihnen gut, den Umständen entsprechend, in Amsterdam fühlte man sich noch einigermaßen sicher.

Marianne hatte nach der Geburt von Walter junior das Fotografieren aufgegeben. Erich war empört. Die einzigen wirklich guten Fotos, die jemals von ihm gemacht worden waren, die einzigen, die zeigten, wie er wirklich war, stammten von ihr. Sie sah Dinge, die kein anderer sah – bis die Fotografien entwickelt waren. Dann sahen es plötzlich alle.

»Das dürfen Sie Ihrer Frau nicht erlauben!«, protestierte Erich.

Sie lachten ausgelassen. Wann hatte es das zuletzt gegeben?

Was sie nach Paris führte? Die Nazis. In Deutschland betrieb man den Ausverkauf der eigenen Kunst. Die Museen wurden leer geräumt, Bilder beschlagnahmt, die Werke jüdischer Künstler ins Ausland verhökert. Und er, Feilchen, selbst ein Flüchtling, kaufte sie auf und verkaufte sie weiter. Ihr Hotelzimmer war ein Lager. Erich müsse unbedingt kommen und sich das ansehen. Anschließend könnten sie durch die Stadt bummeln. Ja, sagte Erich, ja! Freundschaft, welch ein unfassbares Glück!

Spätabends, im Hotel, wartete ein Brief auf seinem Bett: *Wo bleibst du?*

Er ging zu ihr. Das Puma erwartete ihn im Negligé, das Grammofon spielte Brahms. Erich fiel augenblicklich in die Rolle des Kindes, bockig, verlangte zu wissen, was mit Fairbanks sei.

»Ach Fairbanks«, bekam er zur Antwort, »der ist weit weg.«

Er schimpfte auf Marlene, ihren Tross, dass alles nur noch klebe und nichts mehr fliege.

»Ich ertrage das Alleinsein nun mal nicht!«, schimpfte das Puma zurück. »Und wer hat mir denn verschwiegen, dass er seine Ex-Frau wieder geheiratet hat?«

Und er ertrage das Hingehalten werden nicht mehr, erwiderte Erich. Und was das überhaupt für eine idiotische Vorhaltung sei, wo sie doch ganz genau wisse, weshalb er Jutta ein zweites Mal geheiratet habe, und dass diese Ehe nichts bedeute.

»Ich bin ein Idiot, dass ich im selben Hotel mit dir wohne!«, rief er.

»Zieh in ein anderes!«

»Damit wir uns gar nicht mehr sehen?«

Der erste Akt endete mit Türenschlagen. Sie hasste das, also zog er umso fester.

Zurück im Zimmer, schlug Erich sein Tagebuch auf, zweiter Akt:

In allem Glück ist schon der Abschied. Ich muss allein sein. Es wird mir nicht gefallen. Ich bin zu belanglos geworden. Nach Porto Ronco. In die Stille, in die ausweglosen, einsamen Abende, in denen ich mich verfluchen werde, weil ich fortgegangen bin.

Es klopfte. Marlene, bebend vor Leidenschaft. Du süßer Brummbär. Küss mich. Nein, wenn schon, dann … Und schon lagen sie auf dem Bett, sie über ihm, die köstlichste Kapitulation. Er bäumte sich auf, sie drückte ihn in die Kissen zurück, fror ihr Becken ein. Sie bestimmte, wann er kam. Und diesmal, daran bestand kein Zweifel, würde sie sich Zeit lassen.

Dritter Akt. Er wachte auf, sie war fort.

Er suchte sich kein anderes Hotel. Ebenso wenig, wie er Jutta besuchte. Er brachte es nicht über sich. Fünf Tage lang blieb er der Klinik fern, schämte sich, es war nicht zu entschuldigen. Entsprechend gewaltig war der Groll, der ihm entgegenschlug, als er sich endlich zwang, Jutta zu besuchen.

Wie konnte er sich derart von dieser Frau den Kopf verdrehen lassen, dass er darüber vergaß, Jutta im Krankenhaus zu besuchen?

»Ich habe es nicht ›vergessen‹.«

»Sondern?«

»Ich habe daran gedacht, es zu tun.«

»Aber?«

Erich schwieg. Er war nicht gekommen, mehr gab es nicht zu sagen. In der Tat lag die Wahrheit, nicht im Wort.

»Ich hasse diese Schlange«, sagte Jutta.

»Weil du eifersüchtig bist.«

»Nein, weil sie dich erniedrigt. Sie spielt mit dir!«

Erich sagte: »Wie geht es dir?«

Tränen schossen ihr in die Augen. »Die Wunde ist aufgebrochen, vor Tagen schon. Der Arzt, der übers Wochenende

Dienst hatte, hielt es für allgemeines Unwohlsein. Inzwischen hat sich die Wunde zur Hälfte wieder geschlossen – sofern die Ärzte hier zwei Augen im Kopf haben. Aber ich habe immerzu Schmerzen und soll mich unter keinen Umständen aufregen. Kannst du mir sagen, wie ich das anstellen soll?«

»Davon wusste ich nichts.«

»Natürlich nicht. Wie solltest du auch? Schließlich hast du es ja nicht für nötig befunden, deine Frau zu besuchen, und vögelst stattdessen lieber mit Madame herum. Wenn es überhaupt stimmt. Stimmt es? Darfst du sie wenigstens ordentlich vögeln – wenn du schon sonst nach ihrer Pfeife tanzen musst?«

»Ja«, log Erich.

Jutta schluckte trocken.

»Reg dich nicht auf«, sagte Erich, »sonst schließt sich deine Wunde nicht.«

Sie funkelte ihn an. »Wann ist das passiert? Wann ist aus dem Mann, den ich einmal geliebt habe, dieser rohe Klotz geworden, der jetzt vor mir sitzt?«

»Ich nehme an, während aus dir die verbitterte Philisterin wurde.«

Er rettete sich in Treffen mit Feilchen und Marianne, deren muffiges Hotelzimmer tatsächlich mit Dutzenden ungerahmter Bilder vollgestellt war, nur zwei schmale Schneisen führten von der Tür zum Bett und von dort ins Bad. Unter den Bildern waren van Goghs und Cézannes aus deutschen Sammlungen, leuchtend selbst im trübsten Licht.

Erich hätte gerne gekauft, doch etwas hielt ihn zurück, ein moralischer Impuls. Bilder brauchten ein Zuhause, und er hatte keins mehr anzubieten.

36

Erich hatte ausgecheckt, die Koffer waren im Wagen verstaut. Nach zwei Wochen hatte sich die Wunde endlich geschlossen, und Jutta war entlassen worden.

»Ich warte unten«, sagte er.

Er mochte nicht länger mit ansehen, wie Jutta sich im Spiegel betrachtete, verliebt in ihr Leid, wie schwer sie trug an der Last ihrer fragilen Schönheit.

»Willst dich wohl schnell noch ein letztes Mal deiner Göttin zu Füßen werfen«, bemerkte sie.

Er fuhr herum. Was immer er gleich sagen würde, er würde es bereuen.

»Was kümmert es dich! Seit Jahren logierst du in meiner Villa und genießt jeden erdenklichen Luxus. Auf meine Kosten wohlgemerkt. Ich habe dich ein zweites Mal geheiratet, nur um dich zu schützen. Und jetzt, nach der überstandenen Operation, bin ich hier und bringe dich in die Schweiz zurück. Ich erwarte keine Dankbarkeit, aber … Siehst du wirklich *gar* nicht, was ich alles für dich auf mich nehme?«

»Was du *auf dich nimmst?*«

Noch immer stand sie vor dem Spiegel, zupfte an ihrem Halstuch herum. Ihre Blicke trafen sich.

»Bist *du* jetzt also das Opfer, ja? Nimmst du das alles nur aus Pflichtgefühl auf dich?«

»Aus Freundschaft.«

Sie drehte sich zu ihm um: »Freunde halten einander nicht vor, was sie für den anderen schon alles *auf sich genommen* haben.«

»Freunde stellen auch keine Besitzansprüche.«

»Bilde dir bloß nicht zu viel auf dich ein. Ich stelle schon lange keine Besitzansprüche mehr, nicht, was dich betrifft.«

Natürlich nicht.

»Alles, was ich tue«, fuhr sie fort, »tue ich in deinem Interesse. Um dich zu schützen. Du machst dich zum Gespött von ganz Paris und merkst es nicht einmal.«

Doch, das merke ich sehr wohl. »Wenn du meinst.«

Der nächste Satz traf ihn erneut unvorbereitet: »Dann fahr doch mit ihr nach Antibes!«

»Also doch Eifersucht«, murmelte Erich.

»Ich komme sehr gut allein zurecht!«

»Ist gut. Ich stelle deine Koffer ins Foyer.«

Und so schloss sich Erich der Reisegruppe Dietrich an. Nicht als fünftes Rad am Wagen, aber als fünftes Mitglied im Tross. Am Vortag noch hatte er sich in die rettungslose Einsamkeit hineingesehnt, heute Antibes. Marlene in ihrem riesenhaften Packard vorweg, er im Lancia hinterher. Der Sommer rückte näher, und den verbrachte eine Marlene Dietrich nicht in der Stadt.

Sie checkten im Eden Roc ein, einer mondänen Festung und das Gegenteil von rettungsloser Einsamkeit. Marlene zog sich sofort auf ihre Suite zurück, Erich ging mit den anderen an den Strand.

Während Tamara in ihrer Cabane Maria beschäftigte – Marlene erlaubte nicht, dass ihre Tochter sich ungeschützt dem Sonnenlicht aussetzte –, machten es sich Rudi und Erich auf Liegen in der Sonne bequem. Erich spürte, wie er langsam verbrannte, das erste Mal im Jahr Sommersonne auf der Haut, die Beine blass wie Hühnerschenkel.

»Ich überlege, einen eigenen Film zu produzieren«, sagte Sieber.

Seit der Nacht im Lancaster, als Rudi ihn in seine Suite eingeladen und sie so offen miteinander gesprochen hatten, verband sie eine gewisse Vertrautheit. Um sie herum Gemurmel, Kinder mit Eiswaffeln, Rufe, sanfte Brandung.

»Seit wann das?«, fragte Erich.

»Schon lange.« Rudi legte sich ein Handtuch über das Gesicht. »Von außen betrachtet ist mein Leben aufregend und glamourös. Aber diese Abhängigkeit von ihr …«

Sprach jetzt nicht einmal mehr Sieber ihren Namen aus?

»Man wird von Jahr zu Jahr kleiner«, sagte er. »Und merkt es nicht. Das ist ein schleichender Prozess.«

Erich sah zu ihm hinüber. In Berlin hatte Sieber als Aufnahmeleiter gearbeitet. Doch das war noch zu Stummfilmzeiten gewesen. Dann war Marlene zum Weltstar aufgestiegen, und er hatte seine Ambitionen hintangestellt.

»Ich erkenne ein gutes Drehbuch, wenn ich es vor mir habe«, sagte Sieber. »Ich erkenne auch die schlechten. Seit Jahren prüfe ich die Bücher, die Marlene angeboten werden. Vieles davon ist Mist. Es wäre zu machen.«

»Und Marlene?«, fragte Erich. »Würde sie die Hauptrolle spielen?«

Rudi zog sich das Handtuch vom Gesicht und zündete sich eine Zigarette an. Sie war zur Hälfte geraucht, bevor er antwortete.

»Das wäre keine gute Idee. Solange man im Kielwasser schwimmt, hält man niemals selber das Ruder in der Hand.«

Man also. Die Sonne stand tief inzwischen. Erich hatte sich hoffnungslos verbrannt. Er blickte aufs Meer hinaus. »Sollen wir?«

Das Salz brannte auf der Haut, was Erich eine sonderbare Genugtuung bereitete. Seite an Seite schwammen sie hinaus, beinahe ein Wettstreit, das Meer ein gleichmäßiges Atmen, die Kinderstimmen am Strand wie hingetupft.

»Was sagt denn Tamara zu Ihren Plänen?«

Sieber tauchte unter und wieder auf. »Die drängt mich. Auch sie wäre gerne unabhängiger. An ihr liegt es nicht.«

Erich machte Toter Mann, drehte sich auf den Rücken, die Zehen aus dem Wasser, und blickte in den Himmel. Der Abendstern war bereits zu sehen.

»Also?«

»Was kann ich sagen«, erwiderte Sieber. »Ich bin wie ein Tier, das zu lange in Gefangenschaft gelebt hat.«

»Angst vor der Freiheit?«

»Es ist eher ... Ich habe zu jagen verlernt. Sehen Sie mal!«

Erich drehte den Kopf. Es waren drei. Französische Kriegsschiffe. Furchteinflößend groß und elefantengrau. Sie steuerten auf das offene Meer hinaus.

»Wir sollten zurückschwimmen«, meinte Rudi.

Am nächsten Morgen saßen sie vor dem Café Félix und tranken Kaffee und Orangensaft, der gesamte Tross. Marlene hatte Maria dringend Port Vauban zeigen wollen, den Jachthafen von Antibes, den Ludwig XIV. zu einer Festung hatte ausbauen lassen. Noch dringender aber wollte sie gesehen werden.

Die Welt schien sich für heute ganz harmonisch ineinanderzufügen. Rudi hatte seine Ambitionen vom Vorabend erfolgreich verdrängt, Tamara und Maria spielten ein Spiel, bei dem man die Hände ineinander verhakte und mit dem Daumen den der anderen zu fangen versuchte, Marlenes Kopfschmerzen hatten sich verflüchtigt. Positiv auf ihre Stimmung hatte sich zudem ausgewirkt, dass ein junger Kellner ihr beim Frühstück mit vertraulichem Lächeln die Zeitungen des Tages serviert hatte. Keine darunter, die nicht über die Anwesenheit des Stars in Antibes berichtet hätte. Auf zwei Titelseiten Fotos von ihr, Marlene beim Abendessen, Erich zur Rechten, Rudi zur Linken. Auf beiden sah sie umwerfend aus, während Erich sein Gesicht mit der Hand abschirmte.

Er dachte über das erste Glas Champagner nach, als eine

erhabene Segeljacht in den Hafen steuerte. Ihr Mast überragte die anderen bei Weitem, ihr Rumpf aber hatte etwas Geducktes, ein lauernder Gepard.

»Die Blue Marlin!« Marlene erkannte das Boot auf den ersten Blick. Und weil alle sie nur ansahen: »Die neue Rennjacht von Jo Carstairs!«

Diesen Namen wiederum kannten alle. Carstairs war eine weltberühmte Amazone, die unter Männern wie Frauen ebenso viele Bewunderer wie Verächter hatte. Beides aus demselben Grund: Carstairs war reich, unabhängig und scherte sich nicht um Konventionen. Die Tätowierungen auf ihren Armen waren Gesprächsgegenstand zahlreicher Dinnerpartys, ebenso der Umstand, dass sie fast ausschließlich Männerkleidung trug. Nach eigener Aussage liebte Carstairs vor allem drei Dinge: *machines, adventure and speed*. Außerdem, auch das war bekannt, liebte sie Frauen.

In den Zwanzigern hatte sie als Motorboot-Rennfahrerin eine ganze Vitrine voller Trophäen errungen. Sir Malcolm Campbell, der seit Jahren den Geschwindigkeitsrekord zu Lande hielt und sich zuletzt mit sagenhaften 484 Stundenkilometern einmal mehr selbst überboten hatte, nannte Carstairs »den größten Sportsmann, den ich kenne«.

In Shorts, mit tief geknöpfter Bluse, die kurzen Haare wie elektrisiert, durchschritt Carstairs den Bogen in der Befestigungsmauer und steuerte das Café an. Marlene erhob sich wie ferngelenkt. Alle blickten verwundert zu ihr auf. Die beiden Frauen waren einander noch nie begegnet. Marlene stand da, ganz in Weiß, Carstairs sah sie und ging mit aufgekrempelten Ärmeln auf sie zu.

Erich erinnerte sich daran, wie Marlene und er auf dem Lido aufeinandergetroffen waren, an das unausgesprochene Verstehen, den Blick, das gegenseitige Wissen. Diesmal war Carstairs die Glückliche. Sie lachten, Marlene und Carstairs, verlegen angesichts der unerwarteten Vertrautheit.

Carstairs sagte: »I've seen *your* face before.«

Marlene lachte noch herzlicher. »And I'm glad I finally get to know you.«

Carstairs' Blick glitt an Marlene herab und wieder herauf. »Well – so am I.«

Keine Stunde später wollte sich Marlene von ihrer neu gewonnenen Freundin die Jacht zeigen lassen. Der Tross blickte ihnen nach, wie sie unter dem Bogen hindurchschritten, während sich um sie herum die Menge teilte. Kurz darauf und kaum zu begreifen glitt die Blue Marlin mit Marlene und Carstairs an Bord aus dem Hafen.

»Gibt's doch nicht«, murmelte Sieber.

Maria sagte: »Können wir zurück ins Hotel? Die sehen wir so schnell nicht wieder.«

Erich sagte, er werde später nachkommen, ließ die anderen vorgehen. In der Ferne blähte sich das Segel der Blue Marlin und zog die Jacht aufs Meer hinaus.

Was folgte, war ein tagelanges, für alle Seiten unwürdiges Versteckspiel. Mehrmals am Tag und häufiger noch in der Nacht schlich Erich zu Marlenes Suite, die er jedes Mal verschlossen vorfand. Klopfte er, kam keine Antwort. Marlene behauptete stets, bereits geschlafen zu haben, Erich war sicher, dass sie sich heimlich mit Jo traf. Er fing an, die Suite zu überwachen, legte sich auf die Lauer, schämte sich vor sich selbst.

Das Puma, konfrontiert mit seinen Beobachtungen, fauchte: »Du solltest froh darüber sein, dass ich dich belüge!«

Erich spürte den Boden nachgeben.

»Ich möchte deine Gefühle nicht verletzen«, erklärte sie. »Das allein zeigt doch schon, wie lieb du mir bist. Bei jedem anderen wäre es mir gleich.«

Erich zog jedes ihm zur Verfügung stehende Register: Drohungen, Liebesentzug, die kalte Schulter, die warme

Schulter, den Wehleidigen, den ganzen Mann. Nie schlief er länger als zwei Stunden, schreckte auf mit pochendem Herzen, das Kissen schweißgetränkt. In klaren Momenten schrieb er sich Ermahnungen ins Tagebuch, drückte den Bleistift so fest auf, dass die Mine brach:

Arbeiten. Arbeiten. Los vom Puma! Los, Los! … Nimm sie als Stachel, der dich treibt! Du kannst nicht der Schlattenschammes eines Filmstars sein. Das ist was für Rudi und Leute ohne Arbeit.

Wann immer er bereit war, der sanften Hölle ein Ende zu setzen, schlich sich plötzlich das Puma zu ihm ins Bett, schmiegte sich an ihn, klammerte die ganze Nacht. Und wieder war an Schlaf nicht zu denken. Das Puma war zärtlich, vertraut, doch von Sex wollte es nichts mehr wissen. Dabei glaubten Männer immer erst an Liebe, wenn Sex im Spiel war. Warum eigentlich? Wo Marlene und er sich ohne den Sex oft näher waren. Oder nicht? Erich wusste gar nichts mehr.

Schließlich verschwand Marlene für mehrere Tage, ebenso Carstairs und die Blue Marlin. Erich drehte Kreise in seinem Hotelzimmer, wie angeleint an einen Pfahl, trank, ging ins Kino. *Schanghai-Express*, ein Film ohne Hoffnung, dafür mit einer Marlene, die virtuos auf ihrer Verführungsklaviatur spielte. Zurück im Hotel weinte Erich vor dem Spiegel, ein jämmerliches Schauspiel, schlug mit der Faust hinein und drückte sich anschließend die Scherben in die Handflächen.

Nach Tagen, in denen er kaum gegessen, dafür umso mehr getrunken hatte, stand Marlene plötzlich im Zimmer, begehrenswert wie nie, Wind und Sonne in den Haaren.

»Du siehst elend aus.« Sie strich ihm über die Wange, die Haare. »Heute Nacht bleib ich bei dir.«

Sie streifte ihr Kleid ab, der Anblick ihres nackten Körpers schmerzte Erich. Er umfasste ihre Taille, zog sie zu sich heran, roch an ihr wie ein Tier. Mit pochender Erektion warf er sich auf sie. Doch Marlene war schon wieder woanders, auf der Blue Marlin, wo sonst?

»Ich weiß nicht, was das ist«, entschuldigte sie sich. Nein, es war keine Entschuldigung. Sie sagte es einfach. »Mit den Männern und mir. Manchmal, da kommt es über mich, dann will ich es unbedingt, sofort. Aber weißt du …« Sie schob ihn von sich herunter. »Wirklich gefehlt hat mir ein Mann im Bett noch nie. Ich genieße es von Zeit zu Zeit. Aber mit Jo, das ist etwas anderes. Mit Jo ist es Verschmelzung.«

Erich versuchte, nicht zu sterben.

»Dann wäre ich wohl besser impotent geblieben.«

»Sei nicht albern. Ein impotenter Mann wird nicht zur Frau, nur weil er impotent ist.«

»Sondern?«

»Zu einem impotenten Mann.«

Er wartete, bis Marlene eingeschlafen war, dann schluckte er sechs Veronal und legte sich neben sie. Russisch Roulette. Wenn er wieder aufwachte, gut. Wenn nicht, auch gut.

In dieser Nacht hatte sein Herz große Mühe, nicht stehen zu bleiben. Doch als Marlene ihm am Mittag des folgenden Tages Kaffeeduft aus der Tasse in die Nase fächelte, schlug er wieder die Augen auf. Sie konnte so fürsorglich sein.

Die Sonne schien ins Zimmer, ein gleißender Teppich aus Licht auf dem Boden.

»Edington hat angerufen.«

Der Name rollte in Erichs Kopf herum, schließlich klickte es. Marlenes Agent aus Beverly Hills. Er wusste, was das bedeutete.

»Hollywood ruft.«

Sie nahm seine Hand. »Ich liebe dich, Erich. Dich nicht bei mir zu haben wird mich sehr unglücklich machen.«

Möglich, dachte Erich.
»Die Trennung wird es zeigen«, sagte Marlene.
»Die Trennung wird es zeigen«, sagte Erich.

37

»Boni, du siehst zum Fürchten aus«, sagte Jutta.

Erich war wenig überrascht. Seit er in Antibes das halbe Dutzend Veronal geschluckt hatte, traute er sich selbst nicht mehr über den Weg. Er erinnerte sich daran, wie Doktor Melik ihn gefragt hatte, ob er überhaupt leben *wolle*.

Spielte das überhaupt noch eine Rolle, ob er lebte oder nicht? Für wen? Jutta war durch ihre Heirat abgesichert, und Marlene war in die USA zurückgekehrt. Auch sein Körper ließ ihn zunehmend im Stich. Sein Ischias hatte sich mit Wucht zurückgemeldet, kaum dass er aus Antibes abgefahren war, außerdem spürte er seine Füße kaum noch.

»Da wartet ein Brief auf dich«, sagte Jutta. »Aus Berlin, mit jeder Menge Hakenkreuzen drauf.«

> *Erich Maria Remark* – sie schrieben ihn stets mit k, nie mit que – *hat mit Unterstützung durch die jüdische Ullstein-Presse jahrelang in gemeinster und niederträchtigster Weise das Andenken an die Gefallenen des Weltkriegs beschimpft und sich schon dadurch aus der Deutschen Volksgemeinschaft ausgeschlossen. Seine Frau Ilse Jutta Zambona wird hiermit ebenfalls ausgebürgert.*

Immerhin: Es belebte ihn auf eine Weise. Wut setzte Energien frei. Die Frage war: Warum traf ihn die Ausbürgerung so sehr? Jutta und er hatten panamaische Pässe. An ihrer Situation in Ascona änderte eine Ausbürgerung nichts.

»Es scheint«, sagte Jutta, die das Schreiben überraschend unbeteiligt zur Kenntnis nahm, »als habe uns das Schicksal unwiderruflich aneinandergekettet.«

Erich war zu verletzt für eine Antwort. »Wo ist Billy?«

»Heute Morgen sprang er noch im Garten herum«, erwiderte Jutta. »Ich war zwischendurch im Ort …«

So plötzlich, dass Jutta zurückschreckte, riss Erich das Schreiben entzwei. In jeder Hand eine Hälfte rief er: »Nein, danke! Ich nehme Ihr Ausbürgerungsangebot nicht an!«

Er zerknüllte das Papier und schleuderte es in den Kamin. Dann trat er auf die Terrasse: »Billy?« Spätestens jetzt hätte er das vertraute Getrippel der Pfoten vernehmen müssen. »Billy!« Sein Herz schlug schneller. »Billy?«

Erich entdeckte ihn unten am Steg, nicht weit von der Stelle, an der Mendelssohn gelegen hatte. Er rannte die Stufen hinab.

Die Zunge hing Billy aus dem Maul, die Lefzen waren schaumverkrustet, die Vorderbeine spastisch erstarrt. Sie mussten mit dem Boot gekommen sein und ihm einen Köder zugeworfen haben.

Erich kniete sich neben ihn, roch am Schaum, schlug mit der Faust in die Erde: »Diese Schweine haben meinen Hund vergiftet!«

Es war unmöglich, so viel zu trinken, wie Erich hätte trinken wollen. Es gab kein Zuviel mehr. Eine Flasche nach der anderen, angewidert von sich selbst, von den Nazis, vom Rest der Welt. Wie war es möglich, dass das Schicksal eines ganzen Kontinents von einem Hanswurst abhing, der umso dreister wurde, je weniger Widerstand man ihm entgegensetzte?

Täglich lauschte Erich dem Radio. Ein kommunistischer Sender aus Deutschland funkte abends, vermutlich auf ein Auto montiert, Kurzwelle, aber gut zu verstehen. Die riskierten Tag für Tag ihr Leben, während Erich sich in Selbstmitleid erging.

Nachdem die tschechoslowakische Regierung sich geweigert hatte, die Sudetengebiete abzutreten, hatte Hitler

Chamberlain, Mussolini und Daladier in den Führerbau nach München geladen und den Herrschaften eröffnet, dass die Tschechoslowakei innerhalb von zehn Tagen die Sudetendeutschen Grenzgebiete zu räumen habe.

Allerspätestens jetzt hätten Chamberlain und Daladier reagieren müssen. Stattdessen hielten sie still wie dressierte Hunde. Es war offensichtlich, dass Hitler einen Vorwand suchte, um einen Krieg vom Zaun zu brechen. In der Hoffnung, ihn vermeiden zu können, stimmten England und Frankreich zu. Als dürfte irgendwer annehmen, Hitler werde sich mit dem Sudetenland zufriedengeben.

Der Regierung in Prag blieb die Wahl zwischen Ermordung und Selbstmord, musste diese Entscheidung aber gar nicht mehr treffen, denn die Tinte unter dem Abkommen war kaum getrocknet, da marschierte bereits die Wehrmacht ein.

Im strömenden Regen begrub Erich Billy unter der Kastanie. Der Sommer war vorbei.

Sechs Wochen nach dem Einmarsch in der Tschechoslowakei hielten Hitler und Goebbels den Zeitpunkt für gekommen, den Volkszorn zu entfesseln. Im Radio hörte Erich Scheiben zu Bruch und Synagogen in Flammen aufgehen. Die Kampftruppen von SS und SA fielen über die Städte her, Tausende ermordeter Juden in nur einer einzigen Nacht, Zehntausende verschleppt in Konzentrationslager. Erich flüchtete sich ganz und gar in seine letzte Hoffnung:

Ach, du-Bestimmte, mir und meinem schwankenden Leben, wie oft habe ich dich verloren in diesen wenigen endlosen Monaten, wo du fort warst! Fort, das ist für mich mehr als nicht da sein, fort ist fort, ich bin nicht gewohnt, etwas wiederzubekommen, und ich kann nicht warten, denn ich lebe zu schnell und habe zu wenig Zeit noch, ach, komm, ich kann nicht mehr leben ohne dich, ich sage es schamlos, so wie Todkranke schamlos sind, es hat mich gestreift und beinahe war es vorbei, ach komm, letztes, süßestes Licht meiner Augen, goldene Fata Morgana über der Wüste eines zwecklos hingeschleuderten Daseins, Palmwipfel und Oase, ach komm!

Statt einer Antwort von Marlene erhielt Erich ein Päckchen seines Verlegers aus Amsterdam. Ein Exemplar der ersten deutschsprachigen Ausgabe von *Drei Kameraden*. Jahre nachdem der Roman in den USA, Holland, Norwegen, Schweden erschienen war. Jahre zu spät. Doch was hätte es geändert? Dann hielt er jetzt eben einen Nachruf in Händen, eine Trauerrede auf die Menschlichkeit, pünktlich zur Reichskristallnacht.

38

Silvester bei Ludwigs. Erich brachte zwei Flaschen Dom Perignon mit, er hatte im Keller noch eine Kiste davon entdeckt. Besser, man trank ihn gleich. Nicht einmal mehr im abgeschiedenen Ascona wagte noch jemand darüber zu spekulieren, was in einem Jahr sein würde.

Elga zu sehen tat gut. Die Stimme der Vernunft. Wo Emil sein Ego im Weg stand, konnte seine Frau die Dinge noch rational betrachten. Erich dachte oft, dass sie eigentlich die Klügere von beiden war.

Er hatte versucht, die Zeit des Wartens auf Nachrichten vom Puma mit der Arbeit an einem neuen Roman zu füllen, dem Irrsinn der Welt eine andere entgegenzusetzen. Doch keine der Ideen, die ihm in Paris gekommen waren, hatte sich als die eine erwiesen. Zurück in Porto Ronco hatte er sie schreibend zu greifen versucht, ein Wechselbad aus warmer Euphorie und nasskalter Ernüchterung. Alles ausgedachter Käse. Und Briefe kamen immer die falschen.

Erna schrieb ihm, seine Schwester, was ihm schmerzlich in Erinnerung rief, wie wenig er sich in den letzten Jahren um seine Familie gekümmert hatte. Alles immer nur abgelegt und weggeschoben. Nicht viel Hoffnung für Vater, schrieb sie, schwere Arteriosklerose. Wenn sie das schrieb, bedeutete das, Vater würde sterben, zweiundsiebzigjährig, ein Leben voller Arbeit. Erich sah seine Schwester in Osnabrück im Dämmerlicht der Stube sitzen und auf Vaters Tod warten.

Heute tagsüber hatte er zwei-, dreimal daran gedacht, wie er aus Berlin geflohen – noch immer regte sich Widerstand bei dem Wort – und nach Ascona gekommen war. Dieselbe

Düsternis damals, Tage, die zu Ende gingen, ohne richtig begonnen zu haben.

Emil legte Holz nach, stocherte in der Glut. Erich saß in einem der Sessel, Elga lehnte an der Wand. Erich sah die Szene als Gemälde vor sich, Brauntöne in Öl, Gestalt gewordene Sprachlosigkeit. Das Radio ließen sie ausgeschaltet.

»Sollen wir?«

Elga hatte Sektgläser auf den Tisch gestellt, hielt Erich die Flasche, die er mitgebracht hatte, zum Öffnen hin. Plopp. Trüber hatte ein knallender Korken noch nie geklungen.

Erich füllte die Gläser und wandte sich an Elga: »Was erwartet uns im neuen Jahr?«

Sie drehte das Glas am Stiel zwischen Daumen und Zeigefinger. Schön eigentlich, der Kelch, die schlanken Finger, die aufsteigenden Perlen im Kaminschein.

»Hitler will Krieg. Und er wird nicht aufhören, ehe er ihn bekommt. Die Frage ist, wie lange wird es noch dauern?«

»Was glauben Sie?«

»Eine Frage der Allianzen. Wer sichert wem Beistand zu, wie lange können Frankreich und England sich noch wegducken. Nicht mehr allzu lange, denke ich.«

Keine zwanzig Jahre, nachdem der Kaiser abgedankt hatte, ein neuer Krieg. Reichte die Vernunft nicht weiter? War der Mensch von Natur aus so beschaffen, dass er sich alle zwanzig Jahre aufs Neue ins Verderben stürzte? Der ewige Kreislauf der Idiotie?

»Wollen wir das neue Jahr auf der Terrasse begrüßen?«, schlug Emil vor.

Der bronzene Apollon mit dem Bogen schimmerte matt im aus dem Salon fallenden Licht. Der Himmel schwärzer als die Berge, der See erstarrt. Bei Emden auf der Insel brannte noch Licht.

»Als wäre alles das letzte Mal«, sagte Erich.

Später, betrunken und mit polterndem Herzschlag, ging Erich in die Nelly-Bar. Billy lag unter der Erde und wurde von Würmern zerfressen, Jutta war in Davos, Marlene am anderen Ende der Welt. Verlorener als zu Hause hätte sich Erich nirgendwo fühlen können.

Die Nelly-Bar war gut besucht, trotz drei Uhr in der Frühe. Auch Emden war da, den es offenbar nicht länger auf seiner Insel gehalten hatte, in seinem Gefolge Rosina Vautier mit einem Hut, dessen Krempe den Durchmesser eines Regenschirms hatte, sowie Anna-Louisa Oppenheim.

Emden sprach über nichts als sein Geld. Er war panisch. Die einen fürchteten um ihr Leben, er um seine Einnahmen aus Danzig und Budapest. Als hätte er sonst nichts mehr. Er drängte Erich, ihm Bilder aus seiner Sammlung abzukaufen, er benötige dringend Bargeld.

»Ohne Danzig und Budapest, wie viel bleibt Ihnen da noch?«, wollte er wissen. »Zehn Millionen?«

»Höchstens!«

Erich ließ sich von Anna-Louisa in ein Gespräch verwickeln, dankbar für jede Ablenkung. Die Leichtfertigkeit, mit der er Emdens Angebot ausgeschlagen hatte, beeindruckte sie. Wohlerzogene Langeweile, perfekte Manieren, zufällige Berührungen. In angemessenen Abständen sah er ihre Zähne aufblitzen.

»Ich hatte ja keine Vorstellung davon, wie amüsant Sie sind!«, beteuerte sie mehrfach.

Irgendwann stand von der Heydt vor ihm, redete auf ihn ein. Zur Abwechslung trug der Hotelier Anzug und nicht Lufthemd und Sandale. Wenn Erich ihn richtig verstand, ging es um den abgedankten Kaiser, der sich offenbar in seinem holländischen Exil der Illusion hingab, Hitler werde ihm auf den Thron zurückhelfen. Erstaunlich, wie viele Menschen sich in diesen Zeiten ihre eigene Welt zurechtzimmerten.

Noch immer redete von der Heydt auf ihn ein, doch in dem Getümmel verstand Erich nur »NSDAP«.

»Was?«, rief er.

»Es war mir ein persönliches Anliegen, Ihnen davon Kenntnis zu geben. Ich weiß, dass Sie das immer kritisch gesehen haben.«

»Was denn?«

Von der Heydt kam unangenehm nah an sein Ohr heran: »Ich bin aus der NSDAP ausgetreten. Ich wollte, dass Sie das wissen.«

Die jüngsten Nachrichten aus Deutschland kamen Erich in den Sinn. Vergangene Woche hatte SS-Obergruppenführer Heydrich die Anweisung ausgegeben, in den Sudetengebieten keine Verhaftungen mehr vorzunehmen, weil die KZ bereits überfüllt waren. Wer erst überfüllte Konzentrationslager brauchte, um Zweifel an seiner Mitgliedschaft in der NSDAP zu bekommen, der hatte zu lange beide Augen zugedrückt. Von der Heydt aber sah aus, als erwarte er Anerkennung für seinen Schritt, zumindest Vergebung.

»Austreten«, sagte Erich, »kann nur, wer vorher eingetreten ist.«

Er stolperte ins Freie, die Luft wie eine Ohrfeige, und trottete die reifglänzende Uferstraße entlang. Bis er die Villa erreichte, dämmerte es bereits, und er war halbwegs nüchtern. Dennoch brauchte er Minuten, um den richtigen Schlüssel für den Schuppen zu finden und ihn aufzuschließen. Josef hielt strenge Ordnung in seinem Reich, zwei auf zwei Meter, die Geräte sorgsam gereinigt in Reih und Glied. Erich griff nach der Spitzhacke, der Stiel feucht, das Holz aufgewellt, schlug die Tür hinter sich zu und trug die Hacke zum See hinunter. Mit klammen Fingern begann er, Stücke aus dem angefrorenen Boden zu reißen, faustgroße Klumpen flogen durch die Luft. Als hebe er sein eigenes Grab aus. Er selbst hatte keine Erklärung für das, was er tat.

Hitlers Überspanntheit wurde immer offensichtlicher. Er wollte Krieg, um jeden Preis. Entsprechend nervös wurde die Ansprache zum Jahrestag der Machtergreifung erwartet.

Elga, Emil und Erich hatten sich einmal mehr vor dem Radio versammelt. Emil war tief in seinen Weinkeller hinabgestiegen und mit einem 28er Margaux zurückgekehrt. Jede Rede von Hitler konnte bedeuten, dass man seine Koffer packen müsste, am Ende vielleicht sogar Elga und Emil, Schweizer Bürgerrecht hin oder her. Bald würde einen kein Dokument der Welt mehr schützen. Man hortete keine Flaschen mehr im Keller, man trank aus, was da war.

Wie gewohnt erging sich Hitler zunächst in Selbstlob, pathosgeladen und von der ersten Zeile an begleitet von dem Bedrohungsszenario, das er später noch entwerfen würde. »Sechs Jahre genügten«, deklamierte er, »um die Träume von Jahrhunderten zu erfüllen.« Aufbrandender Applaus.

»Wenn er so anfängt«, Elga drehte die Lautstärke herunter, »dauert es noch eine Stunde, bevor er die Hosen runterlässt.«

»Was für eine schauerliche Vorstellung«, erwiderte Erich, »Hitler vor dem versammelten Reichstag, mit heruntergelassener Hose.«

»Immer, wenn man denkt, dieser Mensch könne sich unmöglich noch weiter entblößen«, sagte Emil, »gelingt ihm ein noch größerer Fehltritt.«

Beinahe auf die Minute genau eine Stunde später war es so weit. Hitler sprach über die Errungenschaften des zurückliegenden Jahres, den »Anschluss« Österreichs, die Sudetengebiete. Dennoch: »Das deutsche Volk hat dadurch, dass es nun in einem geschlossenen Reiche zusammenlebt, nicht eigentlich an Raum gewonnen. Es ist nach wie vor, ja mehr noch als früher, ein Volk ohne Raum.«

»Klingt, als kündige da jemand einen Eroberungsfeldzug an«, sagte Emil.

Erst vergangenen Monat hatte Hitler die Errichtung eines Westwalls verkündet, der den Grenzverlauf von Holland bis nach Südfrankreich sichern sollte. Wer seine Grenze mit einem Wall sicherte, hatte vermutlich nicht vor, sie zu verschieben. Der Westen also schied aus.

»Polen«, sagte Emil. »Österreich, Tschechien, Polen. So wird es kommen.«

Elga nickte.

Erich spitzte die Ohren, Elga drehte am Knopf. Jetzt waren die Juden dran. Das bedeutete, dass Hitler auf den Schluss- und Höhepunkt seiner Rede zusteuerte.

Europa werde nicht zur Ruhe kommen, bevor nicht die jüdische Frage ausgeräumt sei, rief er. Es müsse endgültig mit der Meinung gebrochen werden, das jüdische Volk sei vom lieben Gott dazu ausersehen, Nutznießer der produktiven Arbeit anderer Völker zu sein. Hitlers Stimme überschlug sich. Oft schon sei er Prophet gewesen. Nun wolle er es wieder sein:

»Wenn es dem internationalen Finanzjudentum gelingen sollte, die Völker noch einmal in einen Weltkrieg zu stürzen, dann wird das Ergebnis nicht die Bolschewisierung der Erde und damit der Sieg des Judentums sein, sondern die Vernichtung der jüdischen Rasse in Europa.«

Der Applaus war überwältigend. Die Vernichtung der jüdischen Rasse in Europa? Wollte er gegen alle Länder gleichzeitig Krieg führen? Die Rede eines Irren. Oder hatte er bereits heimliche Allianzen mit Franco und Mussolini geschlossen?

Zurück in der Villa wartete ein Brief auf Erich. Schon wieder der falsche Absender. Erna. Vater war gestorben.

39

Zum Frühlingsanfang besetzte die Wehrmacht »Rest-Tschechien«. In der Zeitung absurde Fotos: Der Führer in Feldherrenpose vor der Prager Kaiserburg. Ganz Böhmen und Mähren, so war zu lesen, stehe ab sofort »unter dem Schutz der deutschen Wehrmacht«. Jetzt deutete alles auf Polen hin. Alleine bei dem Gedanken an die Größe, die das Deutsche Reich nach seiner Einnahme haben würde, bekam der Führer glänzende Augen.

Frankreich und England konnten sich nicht länger wegducken, wie Elga das genannt hatte. Während Francos Truppen in Madrid einmarschierten, sicherte Chamberlain Polen für den Fall eines deutschen Angriffs militärische Hilfe zu.

Erich verließ kaum noch das Kaminzimmer, Tage, an denen unablässig das Grammofon lief, Grieg, Beethoven, Chopin, die Klavierkonzerte besonders. Das Pastell von Degas, die *Drei Tänzerinnen*, begann im Frühlingslicht zu leuchten, Schönheit, Anmut, Bewegung, Kontrolle, Disziplin. Erich liefen Tränen über die Wangen bei dem Anblick. Im späten Nachmittagslicht erschien eine schwarze Katze auf der Mauer.

Wieder nichts vom Puma. Immerhin gab es Tage, da wartete er weniger sehnsüchtig als an den anderen. Wollte er Marlene zurückgewinnen – als hätte er sie je gehabt – musste er zu sich selbst zurückfinden, unabhängig werden, arbeiten. Das wusste er. Doch es zu wissen war das eine. Abends mied er den Kaminsessel, in den er sich früher gesetzt hatte. Seit Billy sich ihm nicht mehr zu Füßen legte, klaffte auch dort eine Leerstelle.

Wer noch Zweifel an Hitlers Willen zum Krieg hatte, konnte diese am »höchsten Feiertag des Deutschen Reiches« ausräumen lassen. Führergeburtstag, noch dazu der fünfzigste. Manche Zeitungen wollten entlang der Charlottenburger Chaussee eine Million Menschen gezählt haben, während Hitler die Parade abnahm.

Vier Stunden dauerte das Spektakel, volle vier Stunden! Vierzigtausend Soldaten, fünfundzwanzigtausend SA-Männer, eintausendfünfhundert Offiziere, dazu donnerten sechshundert Panzer über die neu geschaffene Ost-West-Achse Berlins, schweres Geschütz, jede Kanone von der Menge bejubelt, ein »erhebendes Bild deutscher Stärke«, wie die Zeitungen schwärmten. Die größte Militärparade der Weltgeschichte, und zugleich eine Warnung an alle, die erwogen, sich Hitler in den Weg zu stellen. Niemand, der Zeuge dieses Aufmarschs wurde, konnte danach noch annehmen, Hitler habe es nicht auf einen Krieg abgesehen.

Eine Woche ließ der Führer verstreichen, dann folgte die nächste Rundfunkansprache. Hitler gab die Auflösung des Nichtangriffspaktes mit Polen bekannt. Vor Wut schlug Emil mit der flachen Hand auf den Apparat ein.

Wann wäre es so weit? Eine Frage der Allianzen, wie Elga meinte. Und die wurden hinter den Kulissen geschmiedet. Das Ergebnis nannte sich »Stahlpakt« und sollte die »Achse Berlin-Rom« festigen. Mussolini und Hitler sicherten sich für den Kriegsfall gegenseitige Waffenhilfe zu.

Toller hatte sich umgebracht. Man fand ihn im Bad seines Zimmers im Mayflower in New York, ausgebreitet auf dem Tisch die Fotos von ausgezehrten Kindern des spanischen Bürgerkriegs. Toller war von der Schweiz aus in die USA emigriert, hatte dann aber doch von dem Strick Gebrauch gemacht, den er so lange mit sich herumgetragen hatte.

Manchmal, hatte Leonhard Frank gesagt, erscheine einem die Ausweglosigkeit so groß, dass der Tod zu einem Versprechen werde. Erich erinnerte sich an seine Begegnungen mit Toller, im Verbano, der Nelly-Bar, die Tragik in dessen Gesicht, seine nie überwundene Festungshaft, die Unfähigkeit, nicht mitzuleiden. Ein Mann ohne jeden Selbstschutz.

Frank mochte recht gehabt haben in Bezug auf Tucholsky, bei Toller aber schien es anders zu sein. Für Toller barg die Aussicht auf den eigenen Tod kein Versprechen. Toller hatte es einfach nur beenden müssen, das eigene Leid, das der Kinder in Spanien, der Juden in den KZs. Er wollte nichts anderes mehr, als dass es aufhörte. Kein Versprechen, keine Aussicht, nur Schluss.

Wenn der Krieg wirklich kommt, was wird dann aus mir? Soll ich nach Amerika und endgültig meine Sprache verlieren, um einer von diesen Schriftstellern zu werden, die nicht mehr schreiben? Was bin ich dann noch?

Bleistift – pencil.

Keine Woche später der Nächste: Joseph Roth. Zu Tode gesoffen, Absinth, elendig verreckt in einem Armenhospital in Paris. Würde so Erichs Schicksal aussehen? Man konnte sich auch an Wein totsaufen, es dauerte nur länger. So schönes Licht draußen, Sommer in der Luft. Vormittags leuchtete der See türkis, mittags königsblau.

Sterben war nicht so schwer, wie man dachte. Er hatte es im Krieg gesehen. Sobald man akzeptiert hatte, dass man sterben würde, kehrte Ruhe ein. Schlimm war es für die, die sich nicht abfinden konnten. Vielleicht war es gar nicht wichtig, wo und wie Erich starb, solange es nicht in einem KZ war. Er würde nicht zulassen, dass die Nazis ihn langsam zugrunde richteten. Vorher brächte er sich selber um. So wie Frau Metz aus dem Dorf. Fünfundsechzig, Jüdin, Witwe, fröhlich, gesund, schönes Haus. Der einzige Sohn schloss sich den Nazis an. Sie stürzte sich vom Felsen.

Der Sommer kam, stoisch. In Frankreich wurden die ersten Jahrgänge mobilisiert, in England rückten dreißigtausend Wehrpflichtige ein. Jutta war nach Biarritz gefahren, hatte Zuflucht bei ihrer Freundin Bettina gesucht. Im Moment fühlte man sich am Ende der Welt noch am sichersten.

Sie käme zurecht. Jutta würde immer einen finden, der sie mit auf sein Schiff nahm. England vielleicht. So wie Ruth. Ihr Englisch war sehr viel besser als seins. Erich würde sich immer unzulänglich fühlen, sobald er Englisch sprechen musste.

In der Nacht läutete das Telefon. Erich tastete sich die gewundene Treppe hinab, nahm den Hörer.

»Boni, Geliebter!« Die Stimme aus der anderen Welt.

Seit Tagen versuche sie, ihn zu erreichen, immer sei die Leitung zusammengebrochen oder gar nicht erst zustande gekommen.

»Aber jetzt«, sagte Erich.

Krank vor Sorge sei sie, schon die ganze Zeit. Ob er vom Nichtangriffspakt zwischen Deutschland und Russland wisse? Ja, wusste er. Die *Südschweiz* hatte ihn abgedruckt. Hitler hatte die letzte Hürde auf dem Weg nach Polen aus dem Weg geräumt. Eine Frage der Allianzen.

> **Artikel 1:** Die beiden vertragschließenden Teile versichern sich, sich jeden Gewaltaktes, jeder aggressiven Handlung und jeden Angriffs gegeneinander, und zwar sowohl einzeln als auch gemeinsam mit anderen Mächten, zu enthalten.

Marlene wollte erfahren haben, dass der Krieg unmittelbar bevorstehe, ein Bekannter von Rudi, der in der Spanischen Botschaft in Berlin arbeite, habe sie informiert, eine Frage von Tagen, höchstens, dann säße Erich fest, niemand sei mehr sicher, nicht in Europa.

»Komm zu mir, nach Amerika, du musst. Ich werde verrückt bei dem Gedanken, dass dir etwas zustößt, in zwei Tagen läuft die Queen Mary aus, von Cherbourg, du musst auf dieses Schiff, Boni, egal wie.«

»Bis Cherbourg sind es zwölfhundert Kilometer«, sagte Erich.

»Dann fahr sofort los! Telegrafiere, sobald du in Paris bist. Ich liebe dich!«

Ein Leuchten im Zimmer, nachdem die Verbindung abbrach. Erwachte Erich in Wahrheit erst jetzt aus seinem Traum? Er meinte, Geräusche aus dem Bad zu hören, den Geruch ihres Schaumbads wahrzunehmen. Als er nachsah, war da niemand, natürlich nicht.

Er nahm die Mandelseife, mit der er so sparsam umging, ihre Seife, und wickelte sie in einen Waschlappen. Anschließend ging er durchs Haus, fotografierte die letzten sechs Jahre, den schweren Tisch, den Kamin, die Bilder, van Gogh, Renoir, Degas, den See, von der oberen Terrasse aus. Alles ein letztes Mal.

Nachdem er das Auto gepackt hatte, rief er bei Ludwigs an. Elga nahm ab. Emil war draußen auf dem Tennisplatz und drosch Bälle in die Gegend. Erich spürte, wie etwas zu Ende ging. Wir sehen uns in Amerika, hoffentlich, geben Sie auf sich acht, alles Gute.

Die zugelaufene Katze strich ihm um die Beine. Er hob sie auf und steckte sie in Billys alten Transportkäfig. Anschließend legte er eine Schallplatte auf, Lieder von Holländer, gesungen von Marlene. Holländer war schon vor Jahren nach Hollywood gegangen und lebte noch. Warum sollte es Erich anders gehen?

Als er die Tür ins Schloss zog, hörte er leise Marlenes Stimme aus dem Kaminzimmer, als sänge sie nur für sich und Holländer säße am Flügel.

40

Er fuhr mit offenem Verdeck, den Transportkäfig mit dem Kater auf dem Beifahrersitz. Der hatte ihm ordentlich den Arm zerkratzt, als Erich ihn in den Käfig gesperrt hatte.

Er erwartete, dass das Brennen nachlassen würde, nachdem sie die Grenze passiert hätten. Doch das geschah nicht. Stattdessen fing der Motor zu stottern an, die Hitze vielleicht, als reite er ein Pferd zu Tode. Bergab ließ er den Wagen rollen, eine Landschaft wie von Cézanne gemalt. Seiner hing in der Villa, Zukunft ungewiss.

In Dijon fand Erich eine Werkstatt. Ein Mechaniker versicherte ihm, er kenne sich aus mit Lancias, fand die Zündspule jedoch erst, nachdem Erich ihm gezeigt hatte, wo danach zu suchen war. Der Mechaniker klopfte, schraubte, wischte und ließ sich von Erich Geld geben, bonne balade. Bis zur Stadtgrenze hielt der Wagen durch, dann fing er erneut an zu spucken. So würde Erich bis übermorgen niemals nach Cherbourg kommen. Vielleicht doch der Vergaser. Solange er hochtourig fuhr, ging es einigermaßen. Zum Glück lagen die Berge hinter ihm. Nur nicht vom Gas gehen.

Eine fiebrige Erregung in der Luft, ein Zittern. Je näher er Paris kam, umso spürbarer wurde es. Militär auf den Straßen, Pferdetransporte, Schwarze in Uniform, motorisierte Kamions, Stahl unter den Planen.

Bis Erich in Paris eintraf, hatten sämtliche Läden geschlossen, auch die Werkstatt, in der er den Lancia schon einmal hatte reparieren lassen. Ein Mädchen mit Pferdeschwanz zeigte ihm das Haus des Besitzers. Als Dank für ihre Hilfsbereitschaft wollte Erich ihr Geld geben, doch der Anblick seiner prall gefüllten Brieftasche ließ ihn offenbar verdächtig erscheinen. »Non, non«, wehrte das Mädchen ab und verschwand in der Nacht. Er brauche den Wagen in der Frühe, erklärte Erich dem Werkstattbesitzer, koste es, was es wolle.

»Da können Sie unbesorgt sein. Das wird es.«

Um die Ecke ein namenloses Hotel. Die Besitzerin stieg im Rhythmus eines Jambus die Stufen hinauf. Ge-spenst, Gespenst, Ge-spenst, Ge-spennst! Die Luft im Zimmer gewächshausartig. Verwelkte Blumentapeten, zu naheliegend, um es nicht zu denken, quietschende Bettfedern. Der Blick aus dem Gaubenfenster ging weit, doch die gesamte Stadt war gegen Fliegersicht abgedunkelt. Den Eiffelturm sah Erich nur, weil er wusste, dass er da war.

Er stand in der Gaube und ließ den Rauch seiner Zigarette davontreiben. An Schlaf war nicht zu denken, sein Zimmer sirrte vor Mücken. Erich stand der Schweiß auf der Stirn, zu viele Zigaretten, zu viel schlechter Wein. Die Katze hatte sich unter dem Bett verkrochen.

Unterwegs hatte er versucht, Jutta zu erreichen, und war erleichtert gewesen, als die Leitungen unterbrochen waren. Anschließend hatte er wegen der Erleichterung Schuldgefühle bekommen. Sie würde mitkommen wollen, sich an ihn klammern. Das Gefühl der Ohnmacht musste furchtbar für sie sein. Sie hatte nie gelernt, auf eigenen Füßen zu stehen, war stattdessen aufgegangen in der Rolle der zu Beschützenden. Lange hatte Erich genau das gewollt: sie beschützen. Er hatte gebraucht werden wollen. Egoistisch im Grunde. Doch jetzt konnte er nicht mehr. Oder wollte nicht mehr können. Umso drückender sein Gewissen. Er ließ Jutta im Stich. So würde sie es formulieren, als rhetorische Frage: Du lässt mich im Stich? Sonderbarer Gedanke, dass er sie erst ein zweites Mal hatte heiraten müssen, um sich endgültig von ihr trennen zu können.

Am Morgen war der Kater verschwunden, war in der Nacht die Wand hoch und aus dem Gaubenfenster, die Tapete perforiert von seinen Krallen. Erich streckte den Kopf aus dem Fenster, suchte die Dächer ab, rief ihn. Nichts.

Die Leitung nach Biarritz war noch immer gestört. Erich entging Juttas Vorhaltungen und seinen Skrupeln, indem er ihr telegrafierte: Sein Gewissen beruhigte er, indem er Geld schickte, genug, um irgendwie aus Europa herauszukommen. Noch war ja gar nichts passiert.

Er fuhr quer durch die Stadt, nahm Abschied, die Straßen gespenstisch leer. Wieder war er auf der Flucht. Damals war Hitler am Tag darauf zum Reichskanzler ernannt worden. Was würde morgen sein? Zwischen ihm und Cherbourg noch vierhundert Kilometer, das musste zu machen sein.

Der Wagen lief ruhig, neunzig, hundert, hundertzehn. Bis Rouen. Dort begann er, mitleiderregend zu schnaufen. Erich klappte eine Seite der Haube hoch und fuhr so weiter, sechzig, fünfzig. Noch war Zeit. In Caen musste er tanken, befüllte noch einmal die Kanister. Doch der Wagen sprang nicht mehr an. Vier Soldaten schoben, der Lancia spuckte und prustete und begann ungesund zu knattern.

Erich ließ Bayeux hinter sich, kroch nach La Cambe, 33 Grad, immer der Sonne nach. Inzwischen quälte sich der Lancia nur noch vorwärts. Endlich Valognes, die Menschen drehten die Köpfe, da starb ein Auto, dann, an einer unscheinbaren Kreuzung zwischen abgeernteten Sonnenblumenfeldern, gab der Lancia endgültig auf.

Erich wuchtete den Koffer aus dem Auto, schloss das Verdeck. Die Luft roch bereits nach Meer. Er zündete sich eine Zigarette an, lehnte sich gegen den Wagen. Ein Bauer grüßte stumm.

»Cherbourg?«, fragte Erich.

Der Bauer richtete sich auf, blickte Richtung Westen. »Vingt kilomètres.«

Erich zählte die Schritte, Militär, das ging nicht raus. Der Koffer wog schwer, Handwechsel alle zweihundert Schritte. Der Schweiß brannte sich in den aufgekratzten Arm. Sein Ischiasnerv schickte Stromschläge das Bein hinunter.

Die untergehende Sonne berührte beinahe den Horizont, als Erich Hufgeklapper hinter sich hörte. Ein Einspänner. Cherbourg? Oui. Erich kletterte auf den Wagen, das Hemd klebte ihm am Körper.

Der Mann ersparte ihnen eine Konversation.

»Der Wagen hinter Valognes«, war das Einzige. La voiture derriére Valognes.

»Oui«, antwortete Erich. Nach kurzer Überlegung zog er die Schlüssel aus der Tasche. »Wollen Sie ihn?«

Die Nacht brach an, das Pferd trottete weiter. Erich fiel das Kinn auf die Brust.

Der Mann setzte ihn am Hafen ab. Erich zog den Koffer von der Ladefläche. Seine Arme zitterten, die Finger ließen sich nicht mehr zur Faust ballen.

»Merci.«

»Ça ne fait rien.«

Wortloses Gedränge, viel Militär, dunkle Kolonnen im Scheinwerferlicht. Hunderte Reisende wartend auf dem leeren Quai, Tausende womöglich. Erich setzte sich auf seinen Koffer. Du musst auf dieses Schiff, hatte das Puma verlangt. Egal wie.

Irgendwann in der Nacht ging ein Erwachen durch die Wartenden. Erich stieg auf seinen Koffer, Menschen, so weit das Auge reichte.

Eine Vibration vom Wasser her, in den Füßen, im nächsten Moment formte sich ein gigantischer Schatten aus dem Dunkel. Dass es so etwas überhaupt geben konnte, dreihundert Meter geschweißter Stahl. Die Queen Mary schmiegte sich an den Quai, kurz darauf kam Bewegung in die Menge.

Schlafende Kleinkinder auf den Armen ihrer Eltern, mehr Schweigen als Sprechen.

Als Erich an die Gangway kam, postierte er sich so, dass die hinter ihm Stehenden nicht über seine Schulter blicken konnten. Zwei Männer in Schiffsuniform flankierten den Durchgang.

»Billett?«

Egal wie. Er zog seine Brieftasche hervor, klappte sie auf wie ein Buch. Bedient euch, nehmt so viel Geld, wie ihr wollt, alles von mir aus.

Die Männer tauschten einen Blick. Der eine, deutlich größer als Erich, neigte den Kopf, sah unter Erichs Krempe.

»Monsieur Remarque?«

Erich sah ihn an.

Der Mann sagte: »A l'ouest rien de nouveau?«

Im Westen nichts Neues. Erich würde immer der Autor dieses einen Romans bleiben.

»Oui.«

Der Mann legte seine Hände unter Erichs und klappte die Brieftasche zu.

Der andere nickte. »Bienvenue à bord.«

Die Queen Mary war für zweitausend Passagiere ausgelegt. Als sie ablegte, waren sechstausend Menschen an Bord. Die Bibliothek, das Casino, die Lounges – alles zu Schlafräumen umfunktioniert. Viele würden in Liegestühlen an Deck schlafen, viele einfach auf dem Boden. Das gesamte Schiff war abgedunkelt. Man musste achtgeben, wo man hintrat.

Erich stand auf dem Achterdeck, sah den erleuchteten Quai zurückweichen, die Menschen, für die an Bord kein Platz mehr gewesen war. Er spürte die Vibration der Schiffsschraube, den aufkommenden Seewind. Als die Zurückgelassenen nicht länger als Einzelpersonen erkennbar, sondern zu einem bräunlichen Pinselstrich verschmolzen waren, zog

Erich sein Etui hervor, nahm sich eine Zigarette und verteilte die restlichen an Umstehende. Vor der Küste, hieß es, lauerten deutsche U-Boote. Niemand konnte sagen, was morgen sein würde. Oder in einer Stunde. Jetzt aber, hier, in diesem Moment, war er am Leben. Und solange man lebte, hatte Mendelssohn gesagt, war es noch nicht vorbei.